KB077802

민모 선증후군을 가진 남자

민모션증후군을 가진 남자

2016년 6월 14일 초판 1쇄 발행

지은이 · 안현서

펴낸이 · 김상현, 최세현
편집인 · 정해종

책임편집 · 김새미나, 이기웅, 이한아
마케팅 · 김명래, 권금숙, 양봉호, 최의범, 임민옥, 조히라
경영지원 · 김현우, 강신우

펴낸곳 · 박하/(주)쌤앤파커스
출판신고 · 2006년 9월 25일 제406-2012-000063호
주소 · 경기도 파주시 회동길 174 파주출판도시
전화 · 031-960-4800 | 팩스 · 031-960-4806 | 이메일 · info@smpk.kr

민모 선증후군을 가친 남자

안현서 장편소설

박하 BAKHA PUBLISHERS

당신은 마음을 내보일 수 있는 사람인가요

사람들은 얘길 하죠.
힘들면 울어도 괜찮아, 라고.
그러나 있는 그대로의 모습을 내보이면 곧바로 부담스러워 합니다.
외로운 사람들 사이에서도
우린 서로의 마음을 속고 속이며, 몰래 애달파하면서
끝내 모른 척 살아가고 있습니다.
솔직해지지 못한다는 것만큼 슬픈 일도 없겠지만
우린 이미 솔직하지 못한 것에 익숙해져버렸으니까요.

사회적 문제를 다룰 만큼 연륜이 있는 것도 아니고
삶을 알 만큼 많은 책을 읽은 것도 아니지만
이혼과 자살 등 무겁고 진중한 얘기들을
감히 다루어보았습니다.
소설의 마지막 장을 덮으며 가슴이 먹먹해져 오시는 분들은
틀림없이 마음이 따뜻한 분이실 거라고 저는 생각합니다.
그런 분들이 제 책을 읽어주신다는 것은 제겐 무엇보다 큰 행운입니다.

언젠가는 저의 책을 읽어주시는 독자분들과
서로 솔직한 마음을 내보일 수 있는
그런 날이 오기를 기다려보려 합니다.

여름이 오고 있는 길목에서
안현서

작가의 말   005

Chapter 1 009
Chapter 2 093
Epilogue 313

표지 그림으로 풀어보는 작가노트   325

Chapter 1

"이젠 되돌릴 수 없어요. 알고 있죠?"

장대비가 내리던 어느 봄날, 차창을 올리며 유안이 내게 속삭였다.

"알아요. 고마워요."
"고마워할 필요 없다니까요."
"그래도 고마워요. 그리고 미안해요."

차 안에는 나와 유안을 제외하고도 세 사람이 더 타고 있었는데 모두 같은 표정을 짓고 있었다. 피곤함에 찌든, 하지만 묘한 기대

감으로 부풀어 있는 표정이었다. 그들은 창밖을 멍하니 응시하고 있었다. 한 사람은 어깨가 넓은 전 역도 선수였고, 운전대를 잡은 채 무표정하게 운전만 하고 있는 다른 한 사람은 사기로 전 재산을 날려버린 로또 부자였다. 마지막으로 유안과 내 옆에 앉아 있는 남성은 서양철학을 공부하다 자퇴한 대학원생이었다. 암울함이 차 안을 잠식하고 있었으나 유안과 나만이 쉴 새 없이 대화를 이어가고 있었다. 이 차가 어딜 향하고 있든 우리 두 사람에게는 상관이 없었다. 어차피 목적지는 정해졌고 결말도 이미 나 있었다. 파란색 승합차가 새삼스레 부우웅 소리를 내며 고속도로 위를 매끄럽게 달려 나갔다.

툭툭 빗방울이 나선을 그리며 차창 위에 흩뿌려졌다. 눈물 같다. 누군가가 나와 유안을 위해 흘려주는 눈물 같다.

갑자기 소설 《향수》에서 읽었던 그르누이의 최후가 생각났다. 집시들에게 온몸이 찢겨 뜯어먹힐 때 그는 비로소 사회의 일원이 되어 사랑을 이해한다. 죽음으로 그는 완벽해졌고, 인간의 범주에 속하지 않은 다른 세계로 나아갔다. 위대한 향수 장인이었던 그는 그에 걸맞은 최후를 맞았다. 나는 지금 그런 최후를 맞을 수 있을 것인가. 말도 안 돼. 나는 위대한 향수 장인도, 천재도, 낭만적인 히어로도 아니다. 오히려 공허한 죽음을 맞는 일개 엑스트라일 뿐이지. 애매한 재능, 모방조차 잘하지 못하는 소심함에 사회에 대한 불평불만과 패배 의식만 가득한 나는 지금 이 순간에도 죽음이란 수단으로 현실을 도피하려는 비겁자일 뿐인데. 하지만 내 죽음은 내 삶만큼 덧없지 않을 것이다. 유안을 만나 현명한 선택을 내릴 수 있었기에.

　"유안 씨를 만난 건 내 인생에서 가장 잘한 일이에요."
　"아니에요. 난 그렇게 누군가의 인생을 좌우할 만한 인간이 못 돼요. 이기적이고, 모질고…."
　"그렇게 치면 저도 마찬가지예요."

　유안은 어둠 속의 전구 같은 존재였다. 유안을 처음 만난 날도 오늘처럼 비가 내렸다. 그날은 차가운 겨울비 대신 봄날 같은 가랑비가 내리던 초겨울이었다. 대학을 졸업한 지 얼마 되지 않았던 나는, 나로서는 파격적인 전시회를 그동안 모아둔 돈을 탈탈 털어 열었고 그로 인해 인생의 쓴맛을 직격탄으로 맛보게 되었다. 당시의 나는 전시회를 열어야만 한다는 모종의 압박감에 휩싸여 있었는데 이유는 지극히 단순했다. 처음이자 마지막인 심정으로 모든 것을 쏟아 붓는다면 그 결실이 권태롭고 무미건조한 내 인생을 바꿔줄 수 있지 않을까. 공허함만이 내려앉은 세상에서 나 자신도 예측하지 못한 무언가를 얻게 되지 않을까. 이런 막연한 희망이 시간이 흐르며 머릿속에서 전시회라는 구체적인 이미지로 굳어졌다.
　전시회를 준비하면서 실수 따위는 하지 않았다. 나름대로 차근차근 준비하여 전시 자체는 완벽했다. 은은한 오렌지색 조명 아래 누구나 들고 갈 수 있게 잘 정리해 놓은 팸플릿들, 복도에서부터 이어져 전시되어 있는 서른여 점의 작품들…. 아 그래, 솔직해지자. 정확히는 작품들이 문제였다.

점 하나를 찍어놓은 그림에도 의미가 있고, 온통 파란색으로 칠해놓은 그림을 보고도 사람들은 때로 눈물을 흘린다. 그림을 볼 때 관람객의 가슴속에선 무언가가 꿈틀거리고, 그 감동에 그들은 말로 표현할 수 없는 카타르시스를 느낀다.

그런데 나의 그림은 생명을 품지 못했다. 감정은 흩어지는 연기처럼 도화지 위를 떠나고 없었다. 지인이 대부분인 관람객들은 전시된 작품들을 보고 어깨를 으쓱하고 자리를 뜰 뿐이었다.

"그림이 섬뜩하다." 하지만 섬뜩한 게 끝이었다. "그림이 아름답다. 기법도 화려하다." 하지만 아름답고 화려한 게 다였다. 그림에 대한 판단은 제각기 달라도 결국 내게 돌아오는 말은 하나였다. "모든 게 애매모호해. 무슨 말을 하고 싶은 거지?"

생각해보면 난 창조에 적합한 인물이 아니었다. 무언가를 창조하면서 가슴 절절한 느낌을 받은 적도 없고, 딱히 대단하다고 할 만한 성취감을 느낀 적도 없었다. 점토를 만져도 붓을 들어도 그 안에서 의미를 찾지 못했다. 그래서 내게서 나온 모든 것은 잿빛이었다. 하지만 그게 뭐 어쨌다고. 전시회를 열기 전까지만 해도 그렇게 착각했다.

전시회는 5일간 열렸다. 사흘째가 되자 벌거벗은 채 관중 앞에서 계란 세례를 맞는 것 같았다. 가슴속에 던져진 계란은 내 안에서 부패해갔다. 두 동공에 빛을 잃었고, 나중에는 관람객이 들어오면 숨고 싶었다. 교수님이 찾아온 날에는 교수님의 한숨 소리를, '실망했다'라는 의미를 품고 있는 수많은 표현들을 감내해야만 했다. 미대 교수가 아닌 언어학자라고 오해할 만큼 신랄한 비판을 늘어놓은 교수님은 시간이 채 얼마 되지도 않아 유유히 자리를 떠났다. 그날 나는 애써 만든 유리 조형물을 망치로 박살내고야 말았다.

"자네 작품은 텅 비어 있어. 그릴 때 무슨 생각을 하며 그렸는가. 이 그림은 대체 무슨 의미가 있지?"

교수님의 말에 난 아무런 대답조차 하지 못했다. 기대가 크면 실망도 큰 법이지만, 애초에 교수님은 텅 빈 내게 무엇을 기대했던 걸까.

유안은 전시회의 마지막 날에 기묘한 아름다움을 몰고 등장한 마지막 관람객이었다. 그녀가 문을 열고 전시관으로 들어왔을 때 그녀의 붉은 목도리에는 빗방울이 내려앉아 있었다. 두 눈은 환희에 반짝였고 마스카라는 그 순간의 분위기에 어울리듯 살짝 번져 있었다. 입술은 은은하면서도 강렬한 연핑크빛. 긴 머리는 치렁치렁 붉은 목도리 사이로 삐져나와 있었고 하얀 얼굴은 그와 대조되어 더욱 또렷해 보였다.

유안은 잠시 내 쪽을 응시하더니 가벼운 목례와 함께 전시관을 둘러보기 시작했다. 여느 관람객처럼 금방 흥미를 잃고 이곳을 나가겠지 하는 생각에 나는 다시 몸을 의자에 기댄 채 러프한 스케치를 하고 있었다. 그러다 이 마지막 관람객이 한 그림 앞에 우뚝 선 채 움직이지 않는다는 사실을 깨닫고 고개를 돌려 그녀를 바라보았다. 유안은 세 번째 그림, 그러니까 배 부분이 비어 있는 여자의 그림 앞에서 반쯤 고개를 숙인 채 경건하게 두 손을 모으고 있었다. 아무에게도 기대하지 않았던 반응에 두 눈을 비벼보았으나 기쁘게도 현실은 변치 않은 채로 있었다.

그림 속 여자는 줄곧 섬뜩하다는 평을 받았다. 나는 배를 쓰다듬고 있는 여자를 그렸는데, 배 부위을 그리지 않아 그 부분은 하얀 도화지 상태였다. 그림 속 여자는 웃고 있지만 두 눈에서는 상아색 눈물이 흐르고 있었다. 유화를 뭉개 표정을 극대화시켰고 아크릴로 붓 튀김을 해 명암을 주었다. 스스로 걸작이라 여겼으나 남들에게는 혐오감 이상은 심어주지 못한 모양이었다. 생각해보면 나는 그림을 그리던 순간에도 왜 이 작품을 완성해야 하는지를 몰랐다. 제목을 붙이던 순간에도 어떤 의미에서 그렸는지 알지 못했다. 그러니 관람객과 교수님이 아무것도 느끼지 못한 것은 당연했다. 하지만 '탄생의 아이러니'라는 제목 앞에 서 있는 그녀는 조금 달랐다. 내가 전달하고 싶었던, 하지만 나 자신도 몰랐던 그 무언가를 그녀는 느끼는 듯했다. 왜냐하면 그녀는 이곳을 찾아왔던 그 누구도 짓지 않았던 감동적인 얼굴로 그림을 그윽하게 쳐다보고 있었으니까. 그런 유안을 향해 저절로 다리가 움직였다.

"탄생의 아이러니는 유화와 액체 아크릴을 이용한 혼합 미디어 작품이에요. 작업 시간만 보름 이상이 걸렸는데, 그럴 만도 한 것이 캔버스가 압도적으로 크다 보니….."

이쪽을 바라보지 않은 채 유안은 묵묵히 그림을 감상하며 고개를 끄덕였다. 그러고는 조용히 "사진 촬영해도 되나요?"라고 물었다. "아, 곤란한데요." 원래는 그렇게 말해야 함에도 불구하고 홀린 듯 고개를 끄덕였다. 핸드폰의 액정이 그림을 담고는 다시 '딸깍' 소리와 함께 캄캄한 화면을 내비쳤다.

"이 그림 얼마예요?"
"예?"

대답 없는 나를 향해 그녀가 다시 한 번 "이 그림 얼마예요?"라고 물었다. 오밀조밀한 입술이 오므라졌다 펴졌다.

"오, 오십만 원입니다."
"아, 사고 싶어요."

"마음에 드신 건가요?"

"사실은 이곳에 있는 작품 전부를 다 사고 싶어요."

혹시 이게 꿈일까 싶어 손가락으로 작품들을 쭉 가리키며 그녀가 한 말을 그녀에게 확인시켜 주었다.

"작품 모두를요?"

유안은 묵묵히 고개를 끄덕였다.

이 관람객은 무슨 생각으로 이런 말을 하는 거지? 혹 다른 의도가 있는 건가? 하는 마음으로 그녀 곁으로 좀 더 가까이 다가갔다.

"하나도 빼놓지 않고 모두 제 마음에 쏙 들어요. 의미는 잘 모르겠지만 그냥 끌린다고 할까요."

"제대로 보셨어요. 의미를 부여하지 못했거든요. 제 능력이 부족해서…."

"능력이 부족한 게 아니라 본인 스스로에게 확신이 없어서 그럴 거예요. 저도 한때 그랬거든요. 모든 것에 불확실한 태도로 적당히, 애매모호하게. 그게 편하니까요. 그런데 오히려 그게 독이더라고요."

"예?"

띵 하고 머리가 울렸다.

"아, 죄송해요. 그냥 흘려들으세요."
"혹시 그림 쪽에…?"

내 말에 유안이 고개를 저었다. 하지만 예술에 문외한이라는 유안이 지금 한 말은 그 누구보다도 핵심을 찌르는 말이었다. 이런 말을 초면인 사람에게서 듣게 되었다는 이질감이나 불쾌함 따위는 없었다. 오히려 나를 이해해주는 사람을 만나 위안을 받는 느낌이었다.

무슨 말을 다시 할까 고민하기도 전에 유안이 다른 작품 쪽으로 발걸음을 옮겼다. 그녀를 따라 그제 부순 유리 조형물 옆에 놓여 있는 철근을 슬쩍 바라봤다. 일순 그녀의 반응이 궁금했다. 나조차도 모르는 이 작품의 의미를 그녀가 어떤 식으로 생각해줄까, 하고 기대가 스물스물 부풀어 올랐다. 반지하 전시관에는 유안과 나 단둘 뿐이었고, 이는 이상스레 비밀스런 분위기를 불러 일으켰다. 그녀의 입술은 붉었고, 그 붉은 입술에 자꾸만 시선을 빼앗겼다. 만난 지 한 시간도 채 되지 않은 젊은 남녀가 밀폐된 공간에서 미술 작품을 감상하고 있었다. 의식하지 않으려 해도 자꾸만 그녀의 입술이, 흐트러진 머리카락이, 살짝 떨리는 숨소리가 신경 쓰였다. 그녀를 탐색하고 싶어졌다.

"이 철근, 엉켜 있네요."

"아, 네. 알루미늄이라 구부리기가 쉬웠어요."

"뇌를 닮아 있어요."

"예?"

"뇌 같다구요. 뇌. 사람의 뇌. 다만 아무것도 생각하지 못하는 석회질로 굳어진 뇌."

유안의 말에 재빨리 석회질 덩어리(이미 머릿속에서는 철근이란 단어를 쓰길 거부하고 있었다)가 되어버린 뇌를 보았다. 그녀의 말대로 그 뇌는 생각하기를 스스로 멈추었고, 자신의 치부를 관람객 앞에 부끄러운 줄 모르고 당당히 드러내고 있었다.

그녀의 말을 듣고 나니 무제라는 팻말이 거슬렸다. 눈치채지 못하게 살짝 팻말을 드는데 유안이 품속에서 매직펜을 꺼냈다. 마치 미리 준비한 것처럼 말이다.

"제목 바꾸고 싶어요?"

"아… 고맙습니다."

유안은 이미 예상했다는 듯이 자연스레 내게 매직펜을 건넸고, 난 무제라고 인쇄되어 있는 글자를 직직 지우고 새 제목을 붙였다.

'생각하길 그만둔 석회질 뇌'

"멋진 제목인데요?"

유안이 활짝 웃었다. 하얀 이가, 보일 듯 말 듯한 왼쪽 덧니가 살짝 드러났다. 그 웃음은 슬로모션처럼 몇 번이고 머릿속에서 재생되었다. 순간 번데기 같던 내 머릿속에서 나비들이 부화하는 소리가 들려왔다. 빠자작. 그 소리를 듣는 순간 이 사람이 내 뮤즈가 되어줄 수 있겠다는 직감이 왔다. 예술가는 계몽주의적 과학자가 아니다. 본능에 충실하고 아름다운 것에 반응한다. 뮤즈를 고르는 기준도 그렇다. 감에 따라 본능에 따라, 자신의 예술성을 한 단계 높은 곳으로 고양해줄 존재를 갈망하는 것이다. 그리고 그 존재가 지금 내 앞에 그 모습을 드러냈다. 어떠한 예고도 없이 나의 일상 속에 들어와 나를 뒤흔들려 하고 있었다.

그런 생각에 휩싸이기 시작하자 그녀가 두르고 있는 붉은색 목도리마저 예사롭지 않게 보였다. 전시관을 도는 내내 작품에 생명을 불어넣어 주는 그녀의 능력에 감탄하면서도 한편으로는 어떻게 이 여자를 다시 만날 수 있을까 하는 궁리에 머리가 터질 것 같았다. 하지만 일단 매사에 신중을 기하기로 했다. 그동안 내가 범해왔던 숱한 착오에 또 한 번의 결정적 실수를 더할 수는 없으니까. 아니, 절대 그래서는 안 되니까.

"듣고 있어요?"

　유안과 나는 어느새 마지막 작품 앞에 우두커니 서 있었다. 가장 혹평을 받았던, 그나마 나 자신을 가장 객관적인 시선으로 표현했던 자화상. 제목은 '울고 있는 소년'. 하지만 정작 나는 이 작품을 그리며 표정 한 번 바꾸지 않았지.
　유안이 말했다.

"지금까지 본 작품들 중에서 단연 으뜸이에요."

　'피날레를 장식할 작품이 이 모양이라니.' 누군가는 이렇게 말했는데⋯. 하지만 꼭 모은 두 손이 방금 유안이 내뱉은 말이 거짓이 아님을 증명해주고 있었다. 저 그림이 아름답다고? 대체 왜 그렇게 생각하는 거지? 순서를 다투는 질문들을 겨우 어금니 뒤에 숨겨둔 채 유안의 안색을 살피니, 뜻밖의 표정이 나를 기다리고 있었다. 내 미래의 뮤즈는 진정으로 감동한 듯 벅차오르는 감정을 절제하지 못한 채 가쁜 숨을 내뱉었다. 후, 하, 라마즈 호흡법을 연상시키는 그 호흡은 나까지도 숨이 가빠지게 만들었다.

"정말⋯ 최고예요."

"네?"

"참으로 자신을 잘 표현하시네요."

"저를요?"

"이런 평가를 해도 될지 모르겠지만…. 저 그림 속 남자는 울고 있지만 울고 있지 않아요. 그냥 우는 척을 할 뿐, 사실 아무 감정이 없는 사람 같아요. 제가 아까 그쪽에 그랬잖아요. 모든 게 확신이 없다고. 모든 게 확실치 않은데 감정이라고 확신이 있을까요. 자신의 심리 상태를 그대로 표현하셨네요."

유안은 정확히, 내 치부를, 송곳으로 후벼 파듯 찔러댔다.

굉장히 모욕적인 말임에도 불구하고 차마 도리질을 할 수 없어 묵묵히 듣고 있는데 유안이 말을 이어나갔다.

"이 근처 전시관을 여러 곳 관람했지만, 참, 이름이 서윤 씨 맞죠? 서윤 씨 같은 아티스트는 본 적이 없어요. 서윤 씨의 모든 작품은 베일에 감싸져 있지만 그 베일만 걷어내면 모두가 당신의 추종자가 될 거예요."

"좋게 말씀해주셔서 고맙습니다."

"제가 그림을 사는 대신 부탁을 하나 해도 될까요?"

막 전화번호를 물어보려는 순간 치고 들어온 질문이기에 된다고 말하기까지 잠시 뜸을 들이게 되었지만, 유안은 신경 쓰지 않는다는 듯 가방에서 사진 한 장을 꺼내 건넸다.

"원하신다면 아까와 같이 제가 서윤 씨가 그리는 모든 그림에 의미를 부여해 드릴게요. 대신에 이 사진을 보고 아티스트만의 느낌을 살려 재창조 해주실 수 있을까요. 그냥 보고 느낀 그대로 그려주시면 돼요."

유안은 혹시라도 내가 거절할까 걱정스러운지 사진을 반쯤 가린채 눈치를 살폈다. 보아하니 몇몇 전시관에서 이미 퇴짜를 맞아본 모양이었다. 하긴 어떤 화가가 처음 보는 여자가 전시관에 들어와 그림을 사는 대신 자신을 그려달라고 한다고 덜컥 승낙하겠는가.

"기한은…?"

나는 나도 모르게 승낙의 의미를 담은 말을 내뱉고 말았다.

"음… 딱히 상관없어요. 그냥 느낌이 올 때 그려주시면 돼요. 이 부탁을 할 아티스트를 찾기 위해 여러 곳을 다녔어요. 이제야 이 일에 맞는 적격자를 찾았네요. 이 사진은 제가 딱 그쪽처럼 방황했을 때…"

이 말을 하고 유안은 잠시 숨을 골랐다.

"모든 게 공허했을 때 찍은 사진이에요."

그러고는 지익 하고 발끝으로 원을 슥슥 그렸다. 이후에도 그녀
는 곤란한 일이 생기면 발끝으로 크고 작은 원들을 그리곤 했는데,
그건 그녀만의 독특한 습관이었다.

"이 사진은 저에게 일종의 트라우마처럼 되어버려서… 아, 설명
하자면 조금 시간이 걸릴 테니 이것에 대한 건 나중에 자세히 말씀
드릴게요. 일단 지금 이 사진 속 저를 가장 잘 표현할 수 있는 사람
은 서윤 씨밖에 없다고 생각되어요. 당신은 예전의 저랑 굉장히 닮
아 있거든요."

'그 말인즉슨 지금 내가 방황을 하고 있다는 소리네요.'

"그때의 모습을 굳이 그림으로 그려야만 하는 이유라도 있나요?"
"동기부여 같은 거예요. 어쩌면 제 자신에게 거는 마법 같은 것?
저때로는 절대 돌아가지 않겠다, 하는. 사진보다는 그림으로 그려
서 걸어놓고 싶었어요. 그뿐이에요."

평소라면 만난 지 얼마 되지도 않은 사람이 내게 이런 부탁을 한다면 가차 없이 거절했을 것이다. 그러나 유안의 말에는 모든 걸 수긍하게 만드는 마력이 있었다. 그녀는 이미 내 마음속에서 완전무결한 뮤즈였다. 유안은 진실한 내 모습을 볼 줄 알았다. 이는 내가 유안에게 맹목적으로 빠져들 이유가 되기에 충분했다. 유안은 바둑알 같은 검은 두 눈동자로 내 속을 찬찬히 훑어보았다. 설명이 필요 없는 얼굴···. 유안은 내게 인간의 얼굴이 다른 모든 것에 대한 설명을 생략하게 만들 수도 있다는 걸 알려주었다.

밤 10시가 넘어가자 유안은 나를 조용한 폅으로 데려갔다. 블루 사파이어 칵테일과 과일 안주 그리고 붉은 목도리 안에 숨어 있던 하얀 피부가 뇌의 잔주름 하나하나에 조용히 각인되었다. 유안은 오른손으로 머리카락을 배배 꼬았다. 잔머리들이 그녀가 웃을 때마다 이리저리 흔들렸다. 술기운이 돌자 나는 전시관을 떠나간 매몰찬 관객들에 대해 험담을 하기 시작했다. 사캐즘이 난무하는 대화는 눅눅했다. 질척한 흙냄새가 진하게 풍겨왔다. 그럼에도 유안은 흥미를 잃지 않고 꿋꿋이 내가 하는 모든 말을 참을성 있게 들었다. 가지지 못한 재능에 대한 푸념은 그녀 앞에서 불운한 예술가의 인생 이야기로 그럴듯하게 포장되었다.

"난 예술가를 동경해요. 왜냐하면 나는 진정한 예술가가 되지 못했거든요."

유안은 그렇게 말했다. 그녀는 스스로에게 이야기를 만들어내
는, 사연을 만들어내는 재주가 있다고 말했다. 하지만 그것을 그림
으로 표현하는 재능은 가지지 못했다고 덧붙였다.

"그렇기 때문에 서윤 씨와 나는 최고의 작품을 만들어낼 수 있다
고 생각해요. 당신이 의식의 흐름에 따라 그림을 그리면 나는 거기
에 이야기를 붙이는 거예요. 하지만 세간의 사람들은 모든 것을 서
윤 씨가 해내었다고 믿는 거죠. 난 그늘에 숨어 있고."
"그걸로 만족해요?"

우린 어느 순간부터 반쯤 말을 놓은 채 오래된 연인처럼 자연스
럽게 서로의 이름을 부르기 시작했다. 머리는 이미 제정신이 아니
었고 입은 제어장치가 풀린 채 아무렇게나 나불대고 있었다. 확실
한 것은 유안이 뮤즈라는 자리에 적합한 사람이 분명하다는 사실
과 그녀가 지나친 동안의 소유자라는 것이었다.

"스물아홉. 그게 그렇게 놀랄 일인가요?"
"스물일곱인 내 눈에 당신은 아무리 많아도 스물서넛이거든요."
"그때는 지금처럼 안정적이지 않았어. 철도 없었구."

"혹시 사진 속의 유안 씨, 스물서넛일 때의 당신이에요?"

내 질문에 유안은 말을 돌리며 이렇게 대답했다.

"매우 충격적인 일을 겪고 찍은 사진이에요."
"충격적인 일이라니."
"아직 말해줄 수 없어요."

그 말을 끝으로 유안은 화장실에 간다며 가방을 챙겨 밖으로 나갔다. 그녀를 기다리며 남은 안주와 잔을 기울이다 보니 정신이 혼미해져 왔다. 그렇게 몇 분을 기다렸을까. 유안은 돌아오지 않았고 나는 그 자리에 쓰러져 잠이 들었다. 아니, 유안은 돌아왔다. 잠에 취한 나를 보고 코트를 어깨에 걸쳐주곤 펍을 나갔을 뿐이다. 폐점 시간이 되어 누군가 내 어깨를 두드렸다. 정신을 차리고 보니 옆에 귀엽게 접힌 쪽지가 가지런히 놓여 있었다. 계산은 이미 마친 상태였고 쪽지에는 그녀의 전화번호가 적혀 있었다.

'유안이에요. 유! 안!'

아침이 밝자 나는 전시관으로 돌아가 작품들을 정리하기 시작했다. 철거되는 캔버스들을 보면 굉장히 가슴이 쓰릴 거라 예상했는데 이상하게도 아무런 느낌이 들지 않았다. 온통 유안에게로 쏠려 있는 관심은 도파민과 엔도르핀을 차례차례 분비시켜 정신을 붙잡을 수 있도록 도와주었고, 그 덕에 다른 작품들을 열등감에 북북 찢는 대신 전시관을 빌려준 관리자와 평화의 악수를 하고 밖으로 나올 수 있었다.

집으로 돌아온 내가 가장 먼저 한 일은 새로운 캔버스 위에 마구잡이로 아크릴 물감을 휘갈기는 것이었다. 코발트 블루, 아쿠아 마린, 화이트, 그리고 버건디 물감이 캔버스 위로 어설픈 삼류 영화의 한 컷처럼 난잡하게 튀겨졌다. 두근대는 마음을 진정시키기 위해 그 무언가를 하지 않고서는 배길 수 없었기 때문이었다.

캔버스가 물감 덩어리로 굳어갈 무렵 나는 제목을 짓는 것을 포기하고 유안이 남긴 쪽지를 꺼내 전화를 걸었다. 신호는 정확히 네 번 하고 반이 갔다. 동시에 낭랑한 목소리가 스피커폰을 통해 울려 퍼졌다.

"늦게 전화하셨네요. 난 바로 전화할 줄 알았는데."

수화기 너머로 들리는 소리는 틀림없는 유안의 목소리였다. 통화를 하면서 그녀는 손가락으로 스피커를 반복적으로 톡톡 두드렸는데 그 소리는 마치 그녀가 있는 곳에 비가 오고 있는 것 같은 착각을 불러 일으켰다. 그렇게 빗소리를 들으며 완성된 또 하나의 작품, '무제'를 눈앞에 둔 채로 나는 입을 열었다.

"지금 바쁘세요?"

"마침 저도 그걸 물어보려 했어요. 전 한가해요."

"어디서 만날까요?"

"작품도 사야 하니까 어제 그 전시관으로 갈까요?"

"제 전시회 기간이 끝나 이미 철수했습니다."

"그렇게나 빨리?"

"본래는 한 이틀 정도 여유가 있었지만 빨리 전시관을 비우고 싶었습니다."

"왜죠?"

"글쎄요."

"그동안 또 다른 사람이 와서 당신의 그림을 나처럼 극찬할 수도 있잖아요?"

그 말에 난 잠시 눈을 감고 오늘 아침까지만 해도 남아 있었던 그림들과 전시관을 떠올렸다. 어젯밤, 유안이 그 전시관에 살며시 들어와 나의 뮤즈가 되었다. 행복하고 기뻤다. 운명론적인 무엇인가를 믿게 되었다. 그리고 빨리 전시관을 비워야겠다고 생각했다. 그 이유는….

"또 다른 뮤즈를 만날 가능성을 원천 봉쇄하고 싶어서요."

"네?"

"너무 많은 사람들이 나를 이해하는 것에 무의식적으로 부담을 느껴요."

"그건 무슨 뜻이죠?"

유안은 모든 것을 다 알고 있지만 모른 척하려는 듯이 간결하고 조곤조곤한 목소리로 또 다른 질문을 던졌다. 만난 지 하루밖에 되지 않은 사람과 이런 대화를 하고 있는 이 상황이 낯설게 느껴지면서도 달콤해서 나는 홀린 듯이 대답했다.

"나를 이해하는 사람들이 둘 이상이 되는 순간 내게 있는 비밀이 사라질 것 같아서, 발가벗겨진 채로 사람들 앞에 놓인 기분이 될 거 같았어요. 나를 오롯이 이해하는 사람은 한 사람으로 충분하다… 그런 기분이라면 이해가 되실지….'

"그래서 서윤 씨는 지금까지 일부러 자신을 완벽하게 드러내는 그림을 그리지 않은 거네요."

"그렇게 되는 건가요."

그래서 난 교수님에게 인정받지 못하고 사람들에게 외면받은 건가. 사람들은 발가벗겨진 화가의 내면을 원하니까. 좀 더 파격적이고 이해 불가한 수준까지 자신을 드러낸 그 무언가를 보고 싶어 하니까. 나는 무의식적으로 그러기를 거부했기에 지금까지 아무도 나를 이해하지 못한 것이었나. 심지어 나 자신조차도.

  "서윤 씨는 지금 무엇을 하고 있었어요?"
  "그림을 그렸습니다."
  "제목이 뭐예요?"

　유안의 말에 막 탄생한 물감 덩어리를 찬찬히 뜯어보았다. 유안
이 곁에 있다면 이 그림에 어떤 제목을 붙여줬을까. 그녀 앞이라면
내가 평생 하지 못했던, 나를 온전히 드러내서 의미를 부여하는 일
을 할 수 있을지도 몰랐다. 하지만 아무리 오랫동안 그림을 살펴봐
도 적당한 제목이 떠오르지 않았다. 머릿속에서 무언가가 형상화
되고는 있으나 단어로 명확하게 발현되지 않는다고 해야 하나. 온
통 안개가 낀 것처럼 머릿속이 희뿌연 느낌이었다.

  "모르겠어요."
  "내가 제목을 붙여줄까요?"

　그녀의 제안은 마취제를 맞은 듯 몽롱하고도 나른했다. 그러나
손을 내뻗기에는 불안하고 손을 거두기에는 초조해지는 이상한 양
면성이 있었다.

'유안 씨가 제목을 붙여주는 순간 모든 것이 변화하겠지.'

이 제안을 받아들이는 순간 더 이상은 스스로의 힘으로 무언가를 생각하고 표현하는 게 불가능할 것이라는 필연적인 예감이 들었다. 이 승낙이 일종의 계시처럼 느껴졌다. 아이러니하게도 나는 지금 내가 유안에게 의존적으로 변할까봐 두려워하고 있는 것이다. 의존할 존재를 줄곧 찾아왔던 주제에.

유안의 영향력을 단 하루 만에 온몸으로 절감하게 되었다. 그녀는 이야기를 만드는 것에, 의미를 부여하는 일에 재능이 있었다. 내가 가지지 못한 재능을 그녀는 마음껏 방출하고 있었다. 내가 그림을 그리고 그녀가 이야기를 만들어준다면 나는 내 감정을 억지로 끌어내어 그림 위에 입히지 않아도 될 것이다. 관객들은 내 작품을 보고 감정을 느끼고 화가를 이해할 것이다. 내 그림은 살아 움직이게 될 것이다.

하지만 동시에 내가 이래도 되는 것인가에 대한 갈등이 밀려왔다. 그동안 생각해본 적 없는 본질적인 물음이 나를 두드렸다. 나는 나를 다른 사람에게 드러내지 않아도 되는 것인가? 이렇게 한 사람에게만 이해받아도 충분한가? 수많은 생각들이 꼬리에 꼬리를 물고 독사처럼 몸을 휘감아 갔다.

그리고 독사가 말했다.

'지금까지 무시당했던 나날들이 유안이란 존재 하나로 바뀔 수

있어.'

'그렇지만 유안이라는 사람으로 인해 나라는 인간이 다르게 평가받는다면 그건 비겁하지 않아?'

쉭쉭 소리를 내며 독사가 반문했다.

'뭐가 비겁한데?'

말문이 막히고 말았다.

⠿

"네, 붙여주세요."

잠시 동안의 정적이 흐른 뒤에야 나는 겨우 그녀의 말에 대답할 수 있었다. 유안은 수줍은 웃음소리를 보내더니 내가 있는 곳으로 오겠다고 말했다. 그녀는 이제 틀림없는 나의 뮤즈가 될 것이다. 나는 유안이 산 그림을 갈색 포장지에 포장해 가져다 줄 셈이었다. 나는 그토록 갈망하던 나의 운명의 상대, 생각하기를 그만둔 석회질 뇌를 대신할 새로운 뇌, 아름다운 연상의 여인 유안을 벅찬 마음으로 받아들이고 있었다.

"서윤 씨, 여기!"

약속한 카페로 달려가니 창가 쪽에서 유안이 이쪽을 향해 살짝 손을 흔들어 보였다. 잔뜩 상기된 볼에 그 인사가 진득하게 달라붙었다. 난 사실 세간의 여자들이 좋아할 만한 이상형과는 다소 거리가 있었다. 콧등과 그 주변을 장식하고 있는 주근깨, 분명 작은 키가 아님에도 더없이 왜소해 보이는 체격, 얇은 눈썹이 어울리는 남자답지 않은 가는 선, 푸석푸석한 머리카락과 핏기 없는 혈색. 차라리 현대무용을 했더라면 조금은 인기가 있었을까.

유안은 검은색 니삭스를 신고 있었다. 허벅지까지 오는 연보라색 니트 아래로 비정상적으로 가는 발목이 그동안 느껴보지 못했던 온갖 욕망을 소용돌이치게 했다. 밝은 불빛에서 보는 유안은 붉은 이가리 메이크업(얼굴의 홍조가 돋보이는 화장법)을 하고 있음에도 불구하고 내추럴한 아름다움을 뿜내고 있었다. 원래 볼이 그렇게 붉은 것처럼 그녀는 지극히도 소녀스러워 보였다. 은은한 빛을 띠는 두 볼에 비해 아무런 색조 화장조차 하지 않은 말끔한 두 눈이 나를 투명하게 바라보고 있다.

유안은 단아한 매력이 있으면서도 때로는 정신을 빼놓을 만큼 고혹적이었다. 하지만 내가 이토록 유안에게 끌리는 이유는 단순히 외면적인 것뿐만이 아니라 그녀의 특별한 어투와 분위기 때문이기도 했다. 그녀는 내가 미처 알지 못했던 잠재된 무언가를 끌어 냈다. 마치 비단가게의 잘 정리된 천들 중에서 그때그때 필요한 색을 살짝 튀어나온 모서리를 잡아 쓱 하고 빼내는 것처럼.

"유안 씨….."
"저번에 펍에 두고 나간 건 미안해요. 깨울 수가 없었어요."
"아, 괜찮아요. 그것보다도 이거."

등 뒤에 매고 온 그림을 가리키며 유안의 눈치를 살폈다. 유안은 "아 맞다."라고 작은 탄성을 내지르더니 가방에서 분홍색 봉투를 꺼내 내게 건넸다. 봉투를 어색하게 보고 있는 사이 유안은 아까 전화로 하다 말았던 이야기를 다시 화두에 올렸다.

"제목을 붙여주기로 했던 그림, 구경해봐도 괜찮을까요? 사실 작업실이 궁금하거든요."
"아, 오늘은 집에서 작업했어요. 원래는 화실에서 주로 하는데….."
"집에서 하면 가구들에 물감이 묻기도 하고 여러모로 불편하지 않나요?"
"예….. 근데 오늘만큼은."
"집에서 작업하지 않고는 못 배겼나보네요. 왜요?"
"좀 특별해서."

"왜 특별했을까요?"

"글쎄요."

"그 이유가 나냐고 물으면 웃을 거죠?"

남들은 섣불리 하지 않을 말들을 유안은 시원스럽게 쏟아냈다. 내가 설혹 아니라고 해도 그녀는 더욱 유쾌하게 내 말을 받아쳤을 것이다. 하지만 난 유안의 말에 추호도 반박할 의사가 없었다.

"유안 씨 때문 맞아요."

부담스럽게 받아들이지 않을까 걱정하면서도 그녀가 동요하면 어떤 표정을 지을지 문득 궁금해졌다. 가뜩이나 붉은 볼이 더 붉어질까? 아니면 계속해서 흔들리는 저 오른쪽 다리가 멈추어질까. 그것도 아니면 한껏 짓고 있던 여유로운 미소가 사라질까. 그래서 더욱 말에 힘을 주어 나를 집에서 작업하게 만든 결정적인 원인이 그녀 때문이라고 대답했다. 하지만 유안은 내 말에 휘둘리지 않는다는 듯이 가볍게 그리고 유쾌하게 내 말을 받아넘겼다. 그리고 발 끝으로 또다시 원을 그리기 시작했다.

"하하하, 서윤 씨 솔직하네요. 연애 많이 안 해봤죠?"

"많이… 못 해봤습니다."

"괜찮아요. 소년 같아서 좋아요."

"20대 중반을 넘어선 남자에게 좋은 말은 아닌데요."

두어 시간 동안 유안과 시시콜콜한 대화를 나눴다. 유안은 현재 웹사이트 디자이너로 일하고 있다. 취미는 신생 화가들의 전시관 돌아다니기. 금전적으로 여유가 있을 때에는 그 사람들을 인터뷰해서 개인잡지에 기고하기도 한다고 했다. 그녀는 삶이 다채로운 사람이었다. 나와는 다르게.

"서윤 씨에 대한 이야기도 해봐요."

"전 뭐, 특별할 게 없어요. 초등학교나 중학교 때는 미술상도 많이 받았는데 그 후론 공모전에 나가질 않았어요. 그냥저냥 고등학교를 졸업해 대학을 다녔어요. 순수미술을 하게 된 까닭은 미술관을 좋아해서 큐레이터로 일해볼까 하고 들어왔는데, 그리는 일 자체에 흥미가 생겨서 지금에 이르게 되었죠."

"지금도 자신의 일을 좋아해요?"

"좋아는 하는데, 자신이 없을 뿐이죠."

"후회는 없구요?"

"사실 지금도 제가 순수미술을 택한 게 맞는 선택인가 싶긴 해요. 저는 그냥 부모님이 반대하지 않으셔서 미술을 택했어요. 지금와서 후회해봤자 달라질 게 없겠지만 그때 조금만 더 신중했더라면⋯. 제게 있는 가능성들을 스스로 잘라버린 것은 아닌가 하는 아쉬움은 들어요."

나는 글 쓰는 것도 좋아했고, 번역에도 관심이 있었다. 하지만 어느 분야를 끈질기게 파고들려는 노력은 하지 않았다. 좀 더 솔직해지자면 스스로에게 재능이 없다는 것을 깨닫게 될까 두려웠다. 부모님은 그저 내가 미술관에 자주 드나든다는 이유 하나만으로 나를 미술학원에 보냈고, 나도 별다른 불평불만 없이 그곳을 다녔다. 그리고 미술대학을 졸업한 후 최초의 전시회에서 교수님에게 먼지 하나 남지 않을 만큼 탈탈 털리고, 전시회를 보기 좋게 말아먹었다. 참 비루한 인생이다.

"저도 후회를 많이 했어요. 좋아하는 사람을 위해 간이고 쓸개고 다 빼줬거든요. 조금은 그 헌신에 보답받나 했는데 아니었어요."
"헤어졌나요?"
"⋯."

유안은 말을 흐렸다. 순간 그녀가 내게 부탁한 사진, 충격적인 일을 겪고 나서 찍은 사진이 그 남자 때문이라는 것을 미루어 짐작할 수 있었다. 저렇게 매혹적인 사람을 거부하는 사람도 있나 싶어 유안을 뚫어져라 바라보고 있으니 유안이 내 코끝을 손으로 톡 건드린다. 손가락에서 뜨거운 열기가 생생히 전달되어 왔다. 작은 접촉에도 얼굴이 화르륵 달아오르고 심장이 펄떡거려 미칠 것만 같았다. 사춘기 소년과 다를 바가 없는 모습을 숨기려고 옆에 놓여 있는 냉수를 억지로 마셨다. 갑자기 붓을 잡고 싶었다. 무언가를 그리고 싶었다. 그래, 유안을 그리고 싶다. 니삭스를 신은 유안의 다리를, 붉은 두 볼을 그리고 싶다. 재료는 뭘 쓰지? 수채화가 좋겠다. 웜톤을 위주로 채색하면 유안의 분위기를 살릴 수 있을 것이다.

"우리 나갈까요? 음, 좀 걷는 것도 나쁘지 않을 거 같아요. 일단 그림은 제 차 뒷좌석에 놓으면 될 거 같네요."

망상에 빠져 있는 나를 현실로 다시 끌고 오듯 유안이 자리에서 일어나 내 뒤에 놓인 작품을 두 손으로 살짝 들었다. 사랑을 한다면 이런 기분일까. 유안과 만난 지 하루밖에 되지 않았다. 하지만 이렇게 누군가에게 호감을 품어본 적은 처음이다. 유안과의 대화는 마음을 풍족하게 만들었고 내 본연의 모습을 자연스럽게 이끌어내도록 도왔다. 유안은 이미 나라는 인간을 전부 알고 있음에도 모른 척 내가 나 자신을 알아가도록 도와주는 상담사 같았다. 그에 반해 나는 스스로가 너무 왜소해 보여 자기 모멸감을 숨길 수 없었다. 동그란 안경 속에 모든 감정을 숨기기는 어려웠다.

"밤바람이 차요."

"걱정 마세요. 단단히 입고 와서 춥지 않아요."

그렇게 우리는 오랫동안 걸었다. 가로등이 희미해지고, 공원에 남아 있던 사람들이 전부 사라질 때까지. 주위가 고요했다. 쏴아아 하고 앙상한 나뭇가지들이 바람에 흔들렸다. 그 소리가 마치 파도 소리 같다고 유안은 말했다. 어둠 속에서 가로등 불빛에 드러나는 유안의 옆얼굴은 청초하다 못해 창백해 보였다. 그 모습이 너무 아름다워 가슴이 터질 듯 아파왔다.

"사람이랑 이렇게 진득하게 대화해본 건 정말 오랜만이에요. 전시관들을 돌아다니며 몇몇 사람들을 인터뷰하기도 했지만 사적인 이야기는 거의 하지 않았어요. 제 사진을 보고 그려달라는 부탁을 하지도 않았구요. 믿지는 않겠지만…. 그때 서윤 씨가 거절할까봐 굉장히 초조했는데, 지금 돌이켜 생각해보면 제가 왜 그런 말을 꺼내게 되었는지 모르겠네요. 제목을 붙이는 일도, 원래는 상상조차 하지 못할 일인데…. 서윤 씨는 저 이외에 다른 사람들에게 그런 부탁을 들어본 적이 있으세요?"

그 말에 고개를 저으며 유안의 말을 듣고 보니 그날 유안이 가지고 있던 펜도, 자연스럽게 무제의 작품에 이름을 선물해준 일도, 모두 계획된 것이 아닌 운명이었다는 생각이 절로 들었다. 나는 운명 따위를 운운하는 사람도 아니거니와 운명적인 사랑을 믿는 사랑꾼은 더더욱 아님에도. 지금 내 속에서 일어나는 온갖 화학 작용과 뇌 회로 속에서 팡파르를 울리며 터지는 사랑은 그런 나의 생각을 비웃고 있었다. 나는 스스로에게 일어나는 변화에 적응하지 못한 채 그저 반쯤 얼이 빠진 얼굴로 유안을 응시하고 있었다.

"저도 지금까지 전시관에 찾아온 관람객과 직접적으로 대화해 본 적은 없어요."

잠시 시간을 두었다가 다시 내가 말했다.

"유안 씨의 제안을 부담스럽다거나 불쾌하다고 느끼진 않았어요. 만약에 그랬더라면 유안 씨에게 전화를 걸지 않았겠죠?"
"그렇네요."

유안은 조금은 안심이 된다는 표정으로 나를 향해 살짝 웃어 보이고는 "이제 슬슬 돌아갈까요? 시간이 많이 흘렀는데."라고 속삭였다. 휘영청 밝은 달이 오렌지빛으로 빛나다 유안의 정수리 위에서 흐드러지듯 부서졌다. 그 모습을 가만히 보고 있는 사이 유안이 정확한 대칭을 뽐내는 도로 위로 탁탁 걸어갔다. 위험하다고 손을

뻗기도 전에 유안은 차가 다니지 않는 한적한 도로 위에 털썩 주저
앉았다. 그리고는 멀뚱히 나를 바라봤다. 당황스러운 유안의 돌발
행동에 순간 취했나 싶어 그녀의 얼굴색을 살폈지만 유안은 카페
에서 알코올이라곤 한 방울도 들어가지 않은 카페인 음료를 마셨
을 뿐이었다. 반쯤은 겁에 질려 반쯤은 걱정되는 마음에 그녈 향해
다가가자 유안이 피어나는 목소리로 말하며 손뼉을 쳤다.

"나 미쳤다고 생각하지 말아요."
"계속 그렇게 앉아 있으면 그러고 싶지 않아도 그렇게 여길 참이
에요."
"있잖아요, 서윤 씨. 내 그림 꼭 그려줘야 해요."
"그러기로 했잖아요."
"확답을 아직 못 받았어요."
"그럴게요."

내 대답에 유안이 살짝 서글픈 표정을 지었다. 막무가내로 투정
부리는 꼬마 아이 같은 유안에게 제발 도로 한복판에서 위험천만
하게 있지 말라고, 일어나라는 뜻으로 그녀에게 손을 뻗으니 유안
이 스스럼없이 내 손을 맞잡았다. 웃차 하고 그녀를 일으키는 순간
저 멀리서 쌍라이트를 켜고 달려오는 벤츠 한 대가 시야를 사로잡
았다. 빠아앙 경적과 함께 불타오르는 자동차의 매서운 두 눈이 유

안과 나를 노려봤다. 철렁 심장이 내려앉는 기분에 소리를 지르며 유안의 허리를 끌어안고 옆 차선으로 재빨리 비켜서자 품 안에서 거친 웃음보가 터져 나온다.

"우악!"

샤악 소리를 내며 아슬아슬하게 자신을 비켜간 벤츠는 안중에도 없는지 유안이 날 꼭 안은 채로 빙글빙글 돌았다. 달빛 아래서, 그것도 길 한복판에서 춤을 추게 될 줄은 상상도 못 했지만 유안과 함께 한 이 정신 나간 짓은 위험하다는 생각보다는 살아 있음을 머리 터지게 느끼게 하는 스릴을 맛보게 했다. 처음으로 산다는 것이 그리 큰 의미가 아니라는 생각과 유안과는 같이 죽을 수도 있다는 생각이 동시에 내 머릿속을 휘감았다.

"있잖아요, 서윤 씨. 난 진정한 친구가 없어요."
"걱정 마요. 나 역시도 같이 한잔할 마땅한 술친구조차 안 키웠으니까."

슬프게도 내가 한 말은 거짓이 아니다. 염세적이고 비관적인 마인드의 소유자인 나는 적당한 정도로만 인간관계를 유지하려 했지만 오히려 상대편이 먼저 관계를 끊었다. 가끔씩 가슴을 타격하는 적적함은 때로 혼자 달래기가 힘들기도 했다. 그때마다 여자를 만나긴 했으나 다 얼마 가지 못해 상대방에 의해 끊어지고 말았다. 그런데 지금 유안을 만나고 있자니 이번만큼은 이 연을 길게 이어나가야겠다는 생각이 들었다.

유안과 빙글빙글 가로등 불빛과 달빛으로 가득 찬 거리를 돌고 있으니 무제로 남겨두었던 그림이 떠올랐다. 하지만 유안이 제목을 붙여주기로 했던 기억이 떠올라 왠지 세상이 아이스크림처럼 달콤하게 느껴졌다. 밤은 더욱 깊어가고 내 동그란 안경에 비친 유안은 지나칠 정도로 사랑스러웠다. 그것만으로 모든 욕망이 다 채워지는 기분이었다. 그녀의 코끝의 작은 점은 앙증맞게도 유안이 숨을 내쉴 때마다 내 시선을 사로잡았다.

그날 이후로 나와 유안은 급속도로 친밀해졌다. 우린 자주 만나 아주 밤늦은 시간에 도로 위를 활보했다. 가끔 사람이 없는 틈을 타 유안을 따라 도로 위에 앉아서 수다를 떨기도 했다. 물론 남들이 보면 목숨을 내놓았다고 비난할지도 모른다. 타인의 시선으로 본다면 힐난할 것이 분명한 행동에도 유안과 함께 있으면 모든 것이 정당화되는 것만 같았다. 그곳에서 많은 대화가 오갔다. 주로 내 이야기를 유안이 들어주는 일이 많았다. 나는 그녀에게 교수님에 대한 불평불만, 대학에서 배운 의미 없는 지식들, 그리고 모든 지루한 일상에 대해 얘기했다. 하지만 그녀에게 내 과거를 밝힐 수는 없었다. 불운하고 별 볼일 없는 과거를 밝히면 그녀가 나를 비루한 인간으로 보게 될까봐 걱정한 탓이었다. 물론 그녀가 그녀 자신에 대해 더 이상 털어놓지 않기 때문이기도 했다.

추위가 짙어지자 우린 예전처럼 도로에서 함께 있기보다는 내 작업실이나 집에서 주로 시간을 보냈다. 처음이자 마지막인 전시회를 끝으로 내가 실질적으로 하는 일이란 없었다. 유일한 삶의 낙이 유안이었고 그 외에는 혼자 독서를 하거나 그림을 그렸다. 이런 생활이 언제까지 계속될지는 모르겠으나 당분간은 이렇게 여유를 만끽하며 살고 싶었다. 나는 유안의 분위기를 모델로 한 그림을 수채화로 그리기 시작했고 유안은 약속한 대로 그 그림에 제목을 붙여주었다.

"제목은… '거짓말 하는 여자'예요."
"왜요?"
"제가 수채화로 그린 그림을 좋아하는 이유는 여러 레이어의 색깔들이 겹쳐지면서 다른 물감을 사용하는 것으로는 표현할 수 없는 깊이가 생기기 때문인데… 서윤 씨가 그린 여자를 보면 그 레이어가 최소 다섯 겹은 넘어 보여요. 하지만 이상하게도 두 눈동자만은 레이어가 하나뿐이죠. 여자의 두 눈을 봐도 사실 아무런 감정이 느껴지지 않아요. 앙 다문 입술과는 너무 대조되어 보여요. 여자는 거짓말을 하고 있어요."
"자기 얼굴인데 너무한데요?"

"어, 제 얼굴이었어요?"

"하하…. 네."

그 말에 유안은 조금 멋쩍은 듯이 얼굴을 붉혔다. 자신의 분위기
를 빼닮은 여자라는 것을 부정하고 싶다는 듯이. 하지만 얼마 지나
지 않아 유안은 '그래 뭐, 화가가 그린 건데 어쩌겠어.' 라는 체념한
얼굴을 하고 말을 이어나갔다.

"보는 그대로 전 말하니까요. 서윤 씨야 말로 제 어떤 면을 보고
이 그림을 그린 거예요?"

"유안 씨를 모델로 썼지만 표정이나 그런 건 제가 상상한 거예요.
오해하지 마세요."

휙휙 손을 내젓는 내 모습이 사랑스럽다는 듯이 유안이 푸석한
내 머리카락을 마구 휘저었다. 그리고 도로 위에서 왈츠를 추던 날
밤처럼 복잡한 표정을 짓고는 날 있는 힘껏 안아주었다. 옅은 향수
냄새 사이로 희미한 제비꽃 향기가 났다. 눈을 감은 채 조용히 그
녀를 안고 있었던 이유도 그 제비꽃 향 때문이었을 것이다.

유안은 낮에는 집에서 웹사이트 광고 일을 했다. 그리고 저녁이 되
면 작업실 문을 두드렸다. 그녀의 손에는 안개꽃이나 케이크, 간단
한 요깃거리가 들려 있는 경우가 많았다. 내 인생이 이렇게 행복해

도 될까 하는 생각이 들 정도로 모든 일이 순조로웠다.

"참, 그 사진은 어떻게 되어가요?"

유안은 회피하고 싶은 질문이 있을 때마다 이 말로 내 입을 틀어막았다. 사실 그녀를 위한 그림은 아직 시작조차 하지 않은 상태였다. 유안을 만난 지가 어언 두 달이 다 되어감에도 불구하고 나는 그녀에 대해 자세히 알지 못했다. 그저 그녀의 나이, 대학, 일, 그리고 옛사랑에 관한 정보만을 알고 있을 뿐이었다. 그러니 사진 속의 그녀가 가지고 있을 감정이나 분위기를 이해하지 못함은 당연했다. 그래서 스케치를 시작할 엄두가 나질 않았다.

하루는 침묵으로 일관하는 대신 유안의 질문에 "잘 되어가고 있어요."라고 거짓말을 했다. 그녀는 그 말에 "아, 그래요?"라고 아무렇지 않은 듯 말했다. 다음날 그녀로부터 바쁜 일이 생겨 못 온다는 짤막한 문자가 왔다. 그녀가 그런 식으로 일방적인 통보만 하고 오지 않은 경우는 처음이어서 나는 놀란 나머지 그림을 그리고 있다고 거짓말을 해서 미안하다는 문자를 보냈다. 하지만 그에 대한 대답은 간명했다.

'그것 때문이 아니에요.'
'그럼 일이 바쁘신가요?'

'아니요.'

　새벽까지 문자를 보냈다. 도둑이 제 발 저린 꼴이라고, 미안하다
는 사죄의 이야기로 시작해 내 구차한 인생에 대한 이야기마저 다
풀어놓고야 말았다. 이혼한 부모님 이야기와 아닌 척했지만 그 일
이 큰 트라우마로 남아 누군가에게 정을 주는 일에 아직도 거부감
을 느낀다는 것까지.

　'그 뒤로는 지금까지 단 한 번도 누굴 절절히 사랑해본 적 없어
요. 유안 씨에게는 철없는 연하로 보일까봐 이런 면을 숨겨왔어요.
나의 그런 나약함 때문에 실망하신 거라면 제발 화를 풀어주세요.'

　나는 이 문자를 보내고 그대로 혼절한 듯이 잠들어버렸다. 꿈속
에서 유안은 죽은 고양이를 안고 있었다. 눈알이 터지고 일그러진
고양이 시체 위로 파리 소리가 윙윙 귀에 울렸다. 분명 악몽이라는
걸 알았지만 깨어날 수 없었다. 어느새 내 앞으로 불쑥 다가온 유
안은 나를 겁에 질리게 하기보다는 악몽 속의 고양이를 양지 바른
곳에 묻어주었다. 난 그 자리에서 그대로 울음을 터트리고 말았다.
꿈에서 깨어서까지 눈물이 그치지 않고 흘러내렸다.
　그렇게 며칠이 흘렀다.
　또다시 꿈속에서 울고 있던 어느 새벽, 누군가 기별도 없이 현관

문을 두드렸다. 눈을 떠보니 폭우가 내리고 있었다. 천둥은 비명을 지르고 있었고 나뭇잎들은 벌벌 떨며 북쪽으로 고개를 숙였다. 새벽 3시 반, 유안은 우산 하나 없이 흠뻑 젖은 채 내가 문을 열어주길 기다리고 있었다. 홀린 듯 잠금장치를 해제시키고 문을 열자 꿈속이 아닌 현실의 유안이 내 티셔츠를 끌어당기며 가슴에 얼굴을 묻었다. 은은한 제비꽃 향기에 취한 채 나는 아무런 말도 하지 않고 유안을 집 안으로 들였다. 어둠 속에서 서서히 그녀의 윤곽이 드러났다. 향수 냄새도 없고, 화장도 하지 않은 유안은 거부할 수 없는 퇴폐적인 우울함으로 내 마음을 파고들었다. 번쩍이는 번개가 유안의 하얀 살갗을 비추었다.

유안과의 재회는 시간을 마비시켰고 우리는 아무 말 없이 침대 위로 쓰러져 서로를 끌어안았다. 카키색의 농밀한 입맞춤을 하면서도 유안은 연신 슬픈 얼굴을 한 채 내 볼을 쓰다듬었다. 붉은 입술의 움직임을 따라가며 난 조용히 유안에게 물었다.

"왜 연락이 없었어요?"
"미안해요. 서윤 씨가 보내온 메시지 전부 읽었어요. 그래서 이젠 내 비밀도 말해주려고요."
"…무슨 비밀인데요?"

유안은 잠시 입술을 떼고는 멍한 눈빛으로 날 조용히 응시했다.

다시 날카로운 번개가 우리의 아지트를 덮쳤을 때 유안을 안고 있는 내 팔 위로 눈물 몇 방울이 떨어졌다. 갑작스런 눈물에 당황해 몸을 일으키니 유안이 얼굴을 두 손으로 가린 채 소리 없이 끅끅거리기 시작했다.

"유안 씨, 왜 그래요. 울지 마요."
"숨기려던 게 아니었어요. 나야말로 미안해요."

유안의 몸을 담요로 덮어주니 가뜩이나 떨리던 몸이 이젠 오히려 사시나무 떨듯 경련을 일으켰다. 담아둔 것이 많았던 모양이라고 생각하며 등을 두드리는데 유안이 내 손을 꼬옥 잡았다. 눈물이 번진 유안의 얼굴은 지독히도 아름다웠다.

"서윤 씨를 떠나려고 한 이유는 제 자신에게 문제가 있기 때문이었어요. 나, 고등학교 때 심장수술을 받은 적이 있어요."

유안이 자신의 가슴 사이에 죽 하고 그어져 있는 흉터를 가리켰다. 우툴두툴한 살색의 나뭇가지들이 유안의 흉터 부위에 자라나 있었다.

"생존할 가능성이 희박하다고, 다들 포기하라고 했어요. 하지만 제 부모님은 제가 건강해지기만 한다면 당신들의 목숨까지 내놓을 수 있다고 생각하셨죠. 제게 남은 건 천운뿐이었어요."

'천운'이라는 두 글자가 강렬하게 와 닿았다.

"저를 살리기 위해 부모님은 안 다닌 데가 없었어요. 무당집, 절, 교회…. 그리고 마지막으로 발을 들인 곳이 사이비 종교였죠. 넘으면 안 될 선을 넘을 수밖에 없을 정도로 부모님은 절박했겠죠. 이해해요. 저라도 그런 상황에서 의지할 데가 종교밖에 없었을 거예요. 하지만 문제는 교주가 교활한 사람이었다는 거죠. 어머니 아버지의 두 눈에서 더 이상 사람다움을 찾아볼 수 없게 된 것도 그 무렵이었어요. 집에는 향내가 곳곳에 들러붙어 예전의 따스하던 분위기는 사라진 지 오래였어요. 당시만 하더라도 전 부모님이 저를 위해서 그렇게까지 맹목적으로 변했다는 것에 한편으로 공포를 느끼면서도 감사했어요. 그리고 얼마 후 전 수술대 위에 놓여 열한 시간의 대수술을 받았죠. 수술은 극적으로 성공했어요. 중간에 심장이 멈추었다 다시 뛰는 기적도 선보이면서."

들어본 적 있다. 극한의 상황에 몰리면 사이비 종교에 현실 도피를 하려는 사람들이 있다는 것을. 현실성 없는 잔혹동화에나 나올 일들은 생각보다 가까이, 숨을 죽인 채 우리 곁을 맴돌고 있었다.

내가 겪은 불행과는 차원이 다른 불행한 삶을 유안은 살아왔구나.

"전신마취가 깨고 제정신이 돌아오기까지는 시간이 걸렸어요. 눈을 뜨고 가장 먼저 보고 싶었던 건 기쁨에 눈물짓는 어머니와 아버지였어요. 쾌차를 기원하는 따스한 말 한마디를 듣고 싶었어요. 하지만 어찌된 영문인지 깨어난 제게 맨 처음으로 주어진 것은 그 사이비 종교의 전도서였어요. 퇴원하여 돌아간 집은 외형적으론 바뀐 것 없이 온전하게 유지되었지만, 가구는 바뀌지 않았어도 사람들이 바뀌어버렸어요. 제가 알던 엄마 아빠는 사라져버렸어요. 두 사람은 제가 심장이 아팠던 건 악마가 씌었기 때문이라고 말했고, 수술이 성공한 것도 전부 자신들의 믿음 덕분이라고 했어요. 서윤 씨, 기적이란 없어요. 제 수술이 성공한 것은 기적이 아닌 저주였어요."

"저주라니…."

"교주는 매일같이 제가 사는 보금자리로 뱀처럼 기어들어 왔어요. 종합반 학원을 신청한 이유도 그 사람이 있는 집에 일찍 들어가고 싶지 않아서였구요. 아침이 되면 어머니와 아버지는 이상한 옷을 입고 괴기한 유리 인형을 향해 절을 했어요. 제가 밤늦게 귀가한 이후에도 계속. 급기야 종교 활동을 위해 아버지가 회사 공금을 빼돌리는 바람에 아버지는 법의 처벌을 받게 되었고 어머니는 어디론가 사라져버렸어요. 심장은 다시 건강하게 뛰었지만 마음은 죽어버렸지요. 저는 일시적으로 쉼터라 불리는 곳에 가게 되었어요. 보통의 이야기는 여기서 끝을 맺어요. 하지만 제 이야기는 여기서 끝이 나질 않아요.

그날도 전 하교 후 지하철을 타고 쉼터로 향하고 있었어요. 굉장히 더운 날이었지요. 매미 소리가 귀에 끈적하게 붙어 웅웅거릴 만큼. 문득 원래 살던 집에 걸어둔, 내가 그린 그림이 생각났어요. 공연히 그걸 핑계로 내려야 할 역이 아닌 다른 역에 내려 예전에 살던 집으로 걸어가기 시작했어요."

녹음이 우거진 플라타너스가 깔린 보도를 따라 유안은 집으로 걸어갔을 것이다. 아파트촌을 조금 벗어난 주택가의 작은 길을 그녀는 걷고 또 걸었을 것이다. 그리고 옛날의 그리운, 뼈아픈 추억의 집에 당도했겠지.

"뒤에서 미묘하게 어긋나는 발걸음 소리가 들린다는 것을 눈치챘어야 했어요. 그랬더라면 아마 지금 제 인생은 달라져 있겠지요."

한 남자의 그림자가 어느 순간 유안의 뒤로 길게 드리워졌다고 한다. 그는 거친 숨소리를 내뱉으며 유안의 옷깃을 세게 낚아채고는 그대로 유안을 아스팔트 위에 내동댕이쳤다. 주위는 한산했고 빈 집은 잠겨 있지도 않았다. 유안은 비명조차 지르지 못하고 옛 집의 정원으로 남자의 손에 질질 끌려갔다. 남자의 억센 손이 유안의 여린 뺨을 몇 대나 후려쳤고 눈물범벅이 된 유안이 남자의 얼굴을 확인했을 때는 이미 옷이 전부 벗겨진 뒤였다고 한다. 자신의 경제적 밑천이었던 물주를 잃어버린 교주가 혹시나 하는 마음에 그 신도들이 살았던, 유안과 그녀의 부모님의 집을 찾아왔던 것이다. 유안은 정원의 풀들조차 차마 얼굴을 돌려버릴 일을 당해야만 했다.

"도중에 지나가던 행인이 제가 마지막으로 지른 비명을 듣고 집으로 달려 들어와 줬고, 경찰이 신고를 받아 교주를 구속했어요. 하지만 저의 추억의 집은 제 안에서 산산조각이 나버렸고, 전 정신적인 충격으로 한동안 트라우마에 시달렸어요. 아무도 제 곁에 없었어요. 아무도. 낮과 밤이 차례차례 느리게 지나갔어요. 몸무게는 38킬로그램을 찍었고 거식증에 물만 마셔도 구토를 했어요."

유안은 그 일이 일어나고 1년 동안 거의 말을 하지 않았다고 한다. 벙어리가 된 채 주로 멍하니 밖을 응시했다고 한다. 바깥을 응시하지 않으면 시간이 멈추어버린 것 같아서 공포스러웠다고 유안은 말했다. 부모님이 유안을 찾아온 적도 있었다. 하지만 유안이 발작을 일으키며 두 사람을 보자마자 비명을 질러대자 그들은 두 번 다시 유안을 찾지 않았다.

그 후 유안은 스스로의 힘으로 일어섰지만, 체중과 언어는 돌아왔어도 잊을 수 없는 상흔은 파편이 되어 찔렀다. 유안은 텅 빈 가슴의 무감정한 사람이 되어버렸다. 유안이 겨우 그 상처를 봉합하고 다시 감정의 조각들을 하나하나 그러모아 지금과 같은 모습이 된 것은 그리 오래된 일이 아니라고 했다.

"이 이야기를 제 옛사랑에게 했을 때 그는 저를 떠나가버렸어요."

유안의 두 눈은 기대와 두려움으로 흔들리고 있었다. 당신마저 날 배신한다면 나는 다시는 그 누군가를 믿지 않을 거란 그런 눈빛이었다. 이미 한 번 상처를 받아본 유안은 그 상처를 통해 견고해지기보다는 더욱 유약해졌던 것이다. 그렇기에 지금도 벌벌 떨고 있는 거겠지. 그런 유안의 마음을 이해하자 그녀가 왜 자꾸만 내게 이상한 거리를 두었는지, 나 역시 왜 그녀에게 내 모든 것을 털어놓지 못했는지 납득이 갔다.

유안의 걱정과 달리 나는 유안의 말을 듣자 오히려 그녀가 더욱 가깝게 느껴졌고 내가 무언가 그녀에게 해줄 게 있을 것이라는 생각이 들었다. 내가 누군가에게 도움이 되고 위안이 될 수 있는 존재라는 생각에 가슴이 터질 듯 벅차올랐다.

말을 끝낸 유안은 그 후로도 한참을 울부짖었다. 어쩌면 그녀는 여름이 돌아올 때마다 그 남자에 대한 기억을 악몽처럼 떠올리지 않았을까. 그 사람을 생각하며 아물고 있던 상처를 또 얼마나 헤집었을까. 유안에게 시간은 약이 아니라 독이었을 것이다. 시간이 흘러갈수록 쌓여만 가는 울분에 차라리 가루가 되어 사라지길 빌고 또 빌었을지도 모른다. 그 교주는 유안이 얼마나 고통스러웠는지 알고나 있을까. 그렇게 여린 소녀가 스스로를 더럽다고 생각하며 밤마다 악몽에 시달린 채 가슴의 흉터를 손톱으로 죽죽 긁었다는 것을 알까. 자신의 심장을 살리는 대신 꿈속처럼 아름답던 가정을 잃었다는 사실에 심장을 다시 빼내어 난도질 하고 싶었다는 것을 그 사람은 과연 알고 있을까.

"서윤 씨, 고마워요. 그리고 너무 미안해요."
"미안할 게 어디 있나요."

처음으로 누군가에게 감정의 응어리를 토해내는 일은 그녀에게도 피로한 일이었는지 어느 순간 유안은 내 품속에서 지쳐 잠들었다. 그런 유안을 가만히 안고 있자니 이상하게도 텅 빈 가슴이 조금씩 채워지는 기분이었다. 이제야 유안이 누군지 알 것 같았다. 누군가 "유안을 잘 아나요?"라고 묻는다면 "그럼요."라고 자신 있게 대답할 수 있을 만큼.

누군가의 특별한 사람이 되고, 누군가가 나의 특별한 사람이 된다는 일이 이리도 마음을 절절하게 흔들어놓을 줄은 몰랐다. 유안을 보면 느껴졌던 신비함은 이제 사라졌지만 그를 대신할 마음이 차고 넘쳤다. 유안에게 처음으로 연민을 느꼈고 제대로 된 사랑을 느꼈다. 나는 그렇게 유안을 꼭 안은 채 날을 지새웠다.

　옅은 아침 햇살 사이로 꿈같은 아침이 찾아왔다.

"일단 샤워부터 해요."

　뜨거운 물을 욕조에 받고 있으니 유안이 초조한 얼굴로 날 바라봤다. 지난밤 사이 내가 변심을 했으면 어쩌나 하고 걱정하는 유안의 표정을 보고 나는 진심을 다해 그녀를 안았다. 긴장을 풀어 몸에 힘을 쭉 빼는 게 느껴졌다. 사랑스러웠다.

　유안을 샤워실에 들여보내고 나서 나는 소파에 쓰러지듯 누워 어젯밤의 일을 회상했다. 유안은 나를 만나면서도 죄책감에 시달리고 있었던 모양이었다. 내가 이 사람에게 호감을 가져도 될까. 이 사람을 비참한 자신의 인생에 끌어들여도 될까. 이 남자도 훗날 내 안에 있는 시한폭탄을 보고 기겁을 하며 예전의 그이가 그랬듯 자신을 질책하고 연락을 끊어버리지는 않을까. 온갖 걱정을 다 했을 테지.

　하지만 그 고민은 알고 보면 그녀만의 것은 아니었다. 나 또한 누군가와 깊게 인연을 맺지 못하는 성격 때문에 그런 생각을 시시때때로 했으니까. 때로는 여명의 시각에, 때로는 달이 아스라이 하늘 끝에서 스러지는 깊은 어둠 속에서 나도 유안과 비슷한 고민을 많이 했다.

'나 같은 사람이 저렇게 아름다운 사람과 깊은 관계를 맺어도 괜찮을까.'

나는 늘 내가 불운하다고 생각해왔다. 어린 시절 내게는 유일하게 마음을 붙였던 길고양이가 한 마리 있었다. 등교를 할 때마다 그 길고양이에게 참치캔을 뜯어주고 돌봐주는 것이 소일거리였다. 그날도 보통 때처럼 고양이가 있던 자리로 찾아갔지만, 고양이는 말라붙은 핏자국을 베개 삼아 밴 채 미동도 없이 차갑게 식어 있었다. 뎅그렁 내 손에서 참치캔이 떨어지는 소리가 들렸다. 근처의 편의점으로 달려가 편의점 직원에게 어제 고양이에게 무슨 일이 있었냐고 다급하게 묻자 알바는 '아, 어젯밤에 어떤 술 취한 남자가, 고양이가 자기 발목을 물었다고 난리를 치면서 옆에 있는 벽돌로 고양이를 내려쳤어요.'라고 담담하게 말했다. '나도 고양이 울음소리에 내다보니 이미…. 으응, 그러고 보니 학생이 고양이 먹이를 자주 주던 사람이네. 어쩌지? 점장님이 오셔야 시체를 처리할 텐데….'

보통의 사람들이라면 그 고양이를 죽인 취객한테 분노를 느낄 테지만 나는 그렇지 않았다. 잠시 정신을 놓고 있던 나는 그 직원에게 말없이 고개를 끄덕이고는 편의점 밖으로 나왔다. 심장이 쿵쿵쿵 뛰고 있었으나 아무런 내색도 하지 않았다. 마치 아무 일도 없었던 것처럼.

아이러니하게도 나는 그때 고양이를 죽인 사람에 대한 분노보다 그 고양이에 대한 원망이 더 컸다. 왜 수많은 길고양이들 가운데 내가 돌봐준 너만 벽돌에 맞아 죽었나. 왜 그 술 취한 남자의 발목을 물었나. 왜 약삭빠르기로 유명한 종이면서 그 벽돌 하나 피하지 못했나.

사랑하고 아끼던 길고양이를 잃었다. 가해자는 취객이 명확하다. 하지만 나는 그 가해자를 증오하기보다 내가 아끼던 존재를 원망했다. 아무리 가해자를 미워해보았자 사랑하는 존재를 잃은 슬픔은 덜어지지 않기 때문이다. 나는 조금 더 쉬운 선택지를 골랐다. 차라리 가슴 깊이 좋아했던 누군가를 원망하는 편이 내가 덜 아파도 되는 길이었다. 아꼈던 누군가를 미워하다보면 그 존재를 향한 사랑도 무뎌질 것이고, 그러면 내가 그 누군가를 사랑했다는 사실도 언젠가 잊힐 것이다. 사랑했던 사람이 사라졌다는 상처에 아파할 필요도 없어진다. 논리적으로 모순된 생각이지만 극심한 슬픔으로부터 도망치고 싶었던 머리는 탁탁 생선 대가리를 칼로 잘라내듯 여지없이 그 결론을 따랐다.

덕분에 매번 악몽에 등장하는 고양이를 볼 때마다 난 슬픔보다도 불쾌함이나 공포를 느끼게 되었지만 '아무렴 어때.'라고 생각했다. 그게 저릿저릿하고 사무치게 슬픈 마음보다는 훨씬 견딜 만했다.

사람들은 이런 나에게 어딘가 꼬였다고 말했다. 하지만 그것을 바로잡아줄 어른이 내 곁엔 없었다. 어머니는 그저 내 변화를 사춘기로 치부할 뿐, 나와 다른 사람들과의 차이점을 느끼지 못하였다. 그런 면에서 내게는 섬세하고 예민했던 아버지가 필요했다. 하지만 의지하고 싶었던 아버지는 심각한 조울증 증세로 직장을 그만두었고, 내가 진정으로 그를 필요로 했을 때 이혼을 하고 필리핀으로 떠나버렸다. 가끔씩 말린 꽃을 한 송이 넣어서 보낸 편지가 전부였다. 하지만 편지로는 내 상황을 충분히 설명할 수 있을 리가 만무했다. 나는 위대한 작가도 아니었고 한낱 알량한 학생이었으니까. 그래서 언젠가부터 아버지가 보낸 꽃들을 그냥 책에 끼워놓고 답장을 쓰지 않았다.

내겐 하늘 같은 부모님이었다. 가끔 삐걱거리긴 했어도 풍족하고 따스한 가정이었다. 어머니는 아버지를 사랑해. 아버지도 어머니를 사랑해. 어린 내게 이 말은 절대적이었고 그 절대성은 함무라비 법전을 능가할 정도였다. 하지만 아버지가 심각한 조울증으로 약을 복용하면서 모든 게 변해가기 시작했다. 아버지는 점점 무감정한 사람이 되었다. 아버지는 웃지를 않고, 어머니는 나를 쳐다보지도 않고 아무 감정이 없는 눈으로 내게 저녁을 퍼먹이던 순간부터 철없던 나였음에도 뭔가 잘못되어가고 있다는 것을 느낄 수 있었다. 밥상머리에서 두 분은 힘겹게 웃고 있었지만 모두가 그 공기에 질식해가고 있었다.

어머니와 아버지는 언성을 높여 싸우지 않았다. 다만 서로 아무 말도 하지 않아 음소거 버튼을 눌러놓은 것처럼 집 안이 조용했다. 이혼 직전에는 집 안이 온통 흑백 같았다. 지금 와서 생각해보면 부모님이 어느 날부터 약속이라도 한 것처럼 입을 다물어버린 이유는 서로에게 너무 지쳐버려서가 아닌가 싶다. 그리고 원래의 관계로 되돌리려는 일말의 노력조차 하지 않는 스스로에게 지친 걸지도 모른다.

두 분이 이혼을 한 당일에 나는 벽장 속에서 목이 쉬도록 울었다. 가정폭력은 자식을 때리는 일뿐만이 아니라 자식이 벽장 안에 스스로를 가두고 혼자 고통을 감내하도록 만드는 것도 해당된다. 나는 내가 이렇게 울어대면, 두 사람이 나를 위해서라도 이혼을 하지 않을 거라 굳게 믿고 있었다. 어린아이였던 나는 이기적이고 아둔하기까지 했다. 벽장 속에서 한참을 울고 있는데 밖에서 부시럭대는 소리가 들렸다. 목을 빼서 빼꼼 하고 밖을 내다보니 어머니가 평온한 얼굴로 나를 보고 있었다. 안아줄 준비가 됐다는 듯 두 팔을 벌리고 있었다. 어머니는 이미 마음의 정리를 끝낸 것처럼 보였다. 나는 벽장문을 열고 뛰쳐나가 어머니에게 안겨서 오열했다.

"서윤아, 우리 둘이도 잘 해나갈 수 있어. 엄마가 보란 듯이 너 키울 거니까 그렇게 울지 마."

이혼 후 어머니는 누구보다도 씩씩해졌고 그래서 낯설어졌다.

어머니는 원래 그렇게 억척스러운 사람은 아니었다. 아버지와 함께 살던 때의 어머니는 조금 권태로워 보였고 일상에 회의감을 느끼는 듯했다. 어머니와 아버지의 이혼 후에 어머니는 나를 교육시키는 데에만 매달렸다. 그 무렵 나는 사랑에 대해 의문을 품기 시작했다. 사랑해서 결혼한 부모님이 그렇게 끝을 달리게 된 것도 충격이었고, 두 분에 대한 내 사랑이 끝끝내 그들을 함께 있게 하지 못했다는 깊은 상심도 가슴을 천천히 갉아먹었다. 사과 같은 심장은 송충이로 가득했는데도 슬픔에 빠져 허우적거릴 때마다 어머니는 공부만을 강요했다.

갈수록 어머니에게 사랑을 표하기가 두려웠다. 내가 절대적으로 믿었고, 평소에 나를 위해서는 모든 걸 포기할 수도 있다고 이구동성 말하던 부모님이 결국은 자신들의 이해관계에 따라 그리도 쉽사리 가정을 포기해버렸기에. 나는 납득할 수 없었고, 두 분을 신뢰할 수 없었다. 나는 이미 한 번 벽장 속에서 배신을 당했다. 아니 그걸 배신이라고 말하는 것 자체가 이기적인 생각 같지만 그게 나 자신이 편해지는 길이니까 그렇게 생각하기로 했다. 그때부터 어머니와 나 사이에 소통이 사라져버렸다. 그러니까 감정의 교류가 없어진 것이다. 이미 벌레 먹은 사과 같은 심장은 더 이상 과실을 맺을 수 없게 되어 건네고 싶어도 줄 사랑이 없었다. 시간이 흐를수록 내 안에 연민이라든지, 사랑이라든지 그런 원초적인 감정들이 존재하지 않게 되었다. 그것이 정상적인 가정의 모습이 아니라는 걸 알게 된 건 친한 친구의 집에 놀러 갔을 때였다.

그 집의 어머니는 아들이 현관문을 열면서 "나 왔어."라는 말이 들리자마자 "어서 와."라고 상냥하게 말하며 바삐 문을 향해 다가왔다.

'달콤한 냄새가 나.'

친구의 집은 모든 것이 달콤했다. 그 집에서 풀풀 풍기는 단란함에 발을 담그기가 무서웠다. 그 순간 우리 집과 친구 집의 괴리감을 알아채버릴 것 같았다. 나는 이미 우리 집에는 영원히 이 달콤한 냄새가 나지 않을 것이라는 사실을 예감하고 있었다. 친구의 집은 사랑이 넘쳤다.

어머니는 내게 사랑을 주려고 했을지도 모른다. 하지만 내가 거절했을 것이다. 훗날 엄마가 내게 했던 것처럼 내가 그 사랑을 배신해버릴 수도 있으니까. 벽장 속에서 우는 건 나 혼자로도 충분하다고 생각했다. 아니, 이것도 어설픈 핑계에 불과하다. 나는 그저 누군가를 사랑하기가 싫었을 뿐이다. 누군가를 사랑하기가 무서웠고, 아무도 사랑하지 않을 때 안도감과 편안함을 느꼈다. 나는 스스로를 비극의 주인공 역에 밀어넣고 어머니와의 관계 개선을 위해 아무런 노력도 하지 않은 채 불행을 견뎠을 뿐이다. 소소한 불행이 겹쳐서 두꺼워지다보니 행복해지는 것이 무서웠다. 언제 그 행복이 휙 하고 날아갈지 모르는 일이니까.

　나는 비겁했고, 그래서 외로웠다. 부모님이 이혼을 했을 때도, 어머니에게 사랑만 받고 주는 것을 거절했을 때도, 고양이가 죽었을 때도 나는 항상 도망쳤다. 내가 상처받을 것 같으면 내가 먼저 그 관계를 끊어버리고 없었던 일로 만들었다. 내가 상처받을 상황에서 벗어나려고 모든 감정을 갈기갈기 찢어버렸다. 외로움조차 내게는 존재하지 않는 감정으로 치부했다.

　내가 무슨 감정을 가지고 무슨 생각을 하며 살아가는지 잊어버렸다. 그리고 대학에 들어왔다. 갑자기 자신의 감정을 표현하라고 했다. 어려웠다. 감정을 드러내는 법을 잊어버린 나는 교수님의 입술에서 나오는 모든 말들이 지독히도 어렵게만 여겨졌다.

　내 감정조차 나에게 상처를 줄 뿐이라고 생각하는 나는 스스로에게도 거리를 두었다. 무언가 바뀌길 바라는 덧없는 희망으로 전시회를 열었지만 그림들은 아무런 의미를 내포하지 못했다. 그림은 화가의 생각과 감정을 담아야 하는데, 나는 내 안의 것들을 전부 무시한 채 본만 뜬 껍데기를 만들었으니까.

　유안은 그런 내 상태를 정확히 짚어내었다. 그녀는 내가 애써 외면했던 인간적인 나, 수면 아래서 숨을 참고 때를 기다리던 감정들의 잔물결들을 슥 건져내고는, 내 내면 깊숙한 곳까지 한걸음에 저벅저벅 걸어와 맑은 눈으로 나를 꿰뚫어 보고 있었다. 그때 나는 예전의 나처럼 자신을 꼭꼭 숨길 수도 있었다. 하지만 무시하려 해도 버드나무처럼 가지를 드리우고 있던 외로움은 어디서건 유안의 손을 잡기를 간절히 바라고 있었다. 이 사람에게 내 마음을 주면 그것이 사라지지 않고 온전히 남아 있을 거란 생각이 들었다. 유안에게 스스럼없이 다가가 데이트 신청을 한 것도 나의 평소 모습에 비추어 보면 전혀 어울리지 않는 행동이었다.

나는 유안이 눈부셨다. 태양 같다고 생각했다. 그런데 유안도 행복하진 않았다. 나처럼 스스로 불행을 치덕치덕 바르고 있는 것이 아닌, 거대한 불행의 늪에 빠져 허우적거리고 있었다. 유안은 나와 닮아 있었다. 그래서 나를 꿰뚫어 볼 수 있었는지도 모른다. 유안도 외로웠고 나도 외로웠다. 유안과 나는 의지할 사람이 서로밖에 없었다. 그 사실이 서글프면서도 한편 기뻤다. 나나 유안이나 참 가여운 사람들이었다.

···

겨울이 가고 이른 봄이 올 무렵 유안과 나는 각별하다고밖에 말할 수 없는 사이가 되어 있었다. 그날, 유안이 새벽에 불쑥 집으로 찾아온 날 이후로 나와 유안은 하루가 멀다 하고 함께 시간을 보냈다.

유안은 가끔 나를 처연한 표정으로 바라볼 때가 있었다. 그림을 그릴 때나 그녀가 붙여주는 제목을 경청하고 있을 때면 그런 얼굴을 볼 수 있었다. 그런 유안의 모습을 나는 정면으로 보진 않았다.

가슴이 찢어질 듯 아팠지만, 내가 유안만의 슬픔을 아는 척해서는
안 될 것만 같았다.

그날도 다른 날과 다를 바 없는 지극히도 평범한 날이었다. 아무
런 예감도 준비도 없이 그냥 그렇게 그 사건은 일어나고 말았다.
유안은 우리가 자주 가던 카페에서 갑자기 무언가 큰 결심을 한 듯
비장한 얼굴로 내게 말하기 시작했다.

"서윤 씨."

유안은 파란색 원피스를 입고 있었다. 오른쪽으로 흘러내린 머
리를 끈으로 자연스럽게 묶고 있었고, 처음 만난 날처럼 붉은 화장
을 하고 있었다. 그날따라 그녀의 왼쪽 발끝은 계속해서 작은 원을
그리고 있었다. 시선은 발 아래를 향하고 있었지만 초점 없이 멍하
니 응시하고 있었다.

"생각해보면 참 짧은 시간이었는데, 이렇게 깊은 관계가 될 줄
몰랐어요."
"상상조차 못 했지요."
"그러고 보니 새 전시회를 열만큼 많은 작품들이 모이지 않았나
요?"
"유안 씨 덕분이죠."

"혼자서 제목 붙이기는 서윤 씨에게는 아직 힘든가요."

"불가능해요. 유안 씨가 붙여주는 것이 이미 습관이 되어서."

유안을 모티브로 한 그림만 해도 스무 점이 넘어간다. 내 눈에 비친 유안의 모든 것이 담긴 그림은 하나씩 늘어가 작업실에 얌전히 진열되었다. 하지만 작품들은 유안이 없으면 다 무가치했다.

"제가 사라지면 어쩌려구요."

"따라가야죠."

유안을 만나 내 감정을 인정하고 표현할 수 있게 된 것은 분명 좋은 징조였다. 하지만 유안이 있을 때만 그렇다는 게 문제였다. 가슴은 여전히 벌레 먹은 사과였고, 유안 앞에서는 그것을 멋들어진 포장지로 잘 감싸고 있다는 만족감에 웃고 있을 뿐이었다. 유안이 곁에 없을 때는 또다시 무기력감에 온몸에 개미떼가 기어 다니는 환상을 봐야만 했다.

"솔직하게 말하고 싶은 것이 있어요."

유안이 조심스레 말을 꺼냈다.

"뭔데요?"

유안은 두 손을 꽉 쥐며 날 바라봤다. 형태 없는 불안감이 안개처럼 피어올랐다. 유안이 아직 말을 꺼내지 않았는데도 그녀가 무슨 말을 할지 막연히 알 것만 같았다. 곤란하다는 표정, 계속해서 빙빙 돌리고 있는 왼발, 나를 피하고 있는 시선. 유안은 지금 이별을 고하려 하고 있었다. 설마, 내 목소리는 입 밖으로 나가지 못한 채 가슴 속에서 웅웅웅 울렸다.

"난 서윤 씨 만난 것을 후회해요."

내가 태어나서 가장 깊게 안 사람이었다. 나를 변화시켜준 사람이었다. 고마운 사람이었다. 감정을 표현하는 법, 나를 인정하는 법, 슬픔을 극복하는 법, 사랑하는 법, 내게 결핍되어 있던 것들을 하나하나 곁에서 가르쳐주었던 아름다운 사람이었다. 그런 유안이 갑자기 사라진다면 지금까지 내가 그녀에게 배운 이 더할 나위 없이 아름다운 것들이 덧없이 흩어질 것이다. 그건 안 될 말이었다.

"아니잖아요."
"아뇨, 후회해요. 진짜 끝났어요. 서윤 씨."
"뭐가 끝이에요. 도대체 뭐 때문에 그래요."

"난 누군가를 사랑할 수 없어요. 그리고 그런 내가 혐오스럽고요."

유안이 "이건 진심이에요."라고 덧붙였다.

"전 이해가 안 가요."

"간단하게 말할게요. 서윤 씨가 내게 기댈 수 있게 이야기를 들어주고, 제목을 붙여주는 것을 더 이상 할 수 없다는 뜻이에요."

"그게… 무슨."

"사실 지금까지 붙여온 제목들도 다 가슴에서 우러나온 제목이 아니에요. 두리뭉실한 형태를 잡은 단어일 뿐, 진정으로 그 그림이 가지고 있는 의미를 전달한 것이 아니라고요."

"그래도 지금까지 잘 해왔잖아요. 다 잘 되고 있는데 왜 그러는 거예요."

"그 맹목성이 무섭다는 거예요. 부담스럽고요. 마치 종교에 미쳤던 우리 부모님 같아서, 제가 그 절을 받는 유리 인형이 된 것 같아서 무서워요."

순간 머리에서 데엥 하고 징이 울린 것 같았다. 그와 함께 눈동자 위에 서리가 끼인 것처럼 모든 것이 탁하게 보였다. 유안의 얼굴도, 유안의 목소리도 불분명하게 일렁였다. 내가 지금 무슨 말을 들은 거지? 유안이 날 사랑하지 못한다고? 그럼 지금까지 내게 했던 말들은 모두 거짓이었나? 하지만 유안은 나를 사랑하지 않는 것이 아니라 사랑할 수 없다고 말했다. 그 둘 사이에는 무슨 차이가 있는 걸까.

"한마디로 버거워요."
"버겁다고요?"
"서윤 씨가 주는 애정이, 사랑이 저한테는 견딜 수 없을 정도로 무겁고 부담스러워요. 위에서부터 천천히 저를 짓누르는 기분에 숨이 막혀요. 차라리 아무도 곁에 없었을 때가 괴로워도 마음은 편했어요. 아이러니하죠. 난 불행해야 하는 사람인가 봐요. 웃기지만 그래요. 외로움은 오히려 내가 견디고 극복할 수 있는 감정이에요. 외로움은 빗물과도 같아서 어느 순간 고였다가 해가 뜨면 말라붙어 사라지거든요. 서윤 씨를 만나면서 행복했지만 사실 나 자신은 그걸 바라지 않아요. 오히려 단 것을 필요 이상으로 먹어 속이 엉기는 느낌이에요. 이제 난 서윤 씨를 어떻게 대해야 할지도 모르겠고, 이 난감한 기대에 어떤 식으로 보답해야 할지도 전혀 종잡을 수가 없어요."

유안은 얼음장 같은 목소리로 말을 속사포처럼 쏟아냈다. 정신이 멍한 가운데 한 가지 확실한 것은 그녀가 지금 자신의 부모님을 보던 경멸의 시선으로 나를 바라보고 있다는 사실이었다. 가끔 유안에게서 느껴졌던 이질적인 시선은 바로 이 때문이었다. 유안은 내가 그녀에게 의지할 때마다 이런 식으로 느껴왔던 건가? 나는 유안이 부담스러워 할 만큼 맹목적으로 그녀를 옭아맸나? 순간 고양이의 울음소리가 이명처럼 귀에서 울렸다. 벽장문이 닫히는 소리, 어머니와 아버지의 마지막 대화들이 오버랩 되며 내 머릿속은 혼란스럽기 그지없었다.

'그러길래 난 누구도 사랑해서는 안 된다고. 항상 끝이 비극이잖아. 부모님도, 고양이도, 지금 저 여자도.'

머릿속에서 누군가가, 아마 내 솔직한 마음이 조용한 목소리로 내게 속삭였다.

"그러니까, 이쯤에서 그만하자고 말하고 싶어요."
"유안 씨가 내게 준 사진은요? 그 그림은요? 거의 다 완성돼가요! 그걸 다 완성할 때까지만 시간을!"
"이젠 필요 없어요."

유안이 냉정하게 자리에서 일어났다. 붙잡을 생각조차 하지 못할 정도로 온몸이 굳어버려 그 자리에 그렇게 한참을 앉아 있었다. 유안의 갑작스런, 아니 실은 예고되어 있었지만 나만 눈치채지 못했던 이별은 그렇게 툭 던져진 돌멩이처럼 내 앞에 굴러다니고 있었다.

여자를 꽤나 오랜 기간 동안 사랑했다는 사실이 나답지 않다고 생각되었다. 나다운 건 뭐지? 외로워하는 불쌍한 남자? 사랑을 할 때면 운이란 운은 다 떨어져 상대가 나를 떠나버리는 기구한 운명을 타고 난 사람?

'내가 외롭다는 사실을 몰랐을 때가 나았어.'

예측 못 한 상실감에 숨이 막혔다. 마치 비극의 주인공처럼 마음 놓고 극단적인 선택을 할 수도 있겠다는 생각조차 들었다. 자리에서 일어서는데 기우뚱 몸이 앞으로 쏠렸다. 실연의 슬픔은 아주 천천히 하지만 눈치챌 수 있게 나를 밑바닥으로 끌어내리고 있었다. 이별은 나로 하여금 심연 속에 있는 슬픔과 외로움을 마주하게 했고, 이제는 내가 미쳐버리기를 기다리고 있는 것 같았다.

카페를 나와 무작정 걷고 또 걸었다. 가로등 불빛이 하나둘 켜지는 동안 도로에서 유안과 같이 춤을 추었던 거리를 걸었다. 나는 나도 모르게 유안의 집으로 향하고 있었다. 어쩌면 유안이 그렇게 말해놓고도 나를 기다리고 있을지 모른다는 생각이 들었다. 유안을 만나서 무슨 말을 해야 할지 모르겠다. 아마 꿀 먹은 벙어리처럼 서서 유안의 폭언을 듣고 상처받을지도 모른다. 하지만 어찌 되었든 이렇게 허무하게 끝낼 수는 없었다.

"여기쯤일 텐데."

언젠가 유안과 함께 와보았던 유안의 집 가로등 앞에서 한참을 서성거렸다. 식은땀이 난 이마와 콧등 때문에 동그란 안경이 자꾸만 흘러내렸다. 심호흡을 한 후 고개를 들어 올려다보니 유안이 사는 4층에 다행히 불이 켜져 있었다. "휴우…." 나도 모르게 안도의 한숨이 새어나왔다. 전화를 걸기 위해 핸드폰을 손에 쥐는 순간 옆에서 이상한 말소리가 끼어 들어왔다.

"출발할까요?"

갑작스런 소리에 화들짝 놀라 옆을 돌아보니 선팅을 진하게 한 승합차에서 한 남자가 나왔다. 얼핏 보아도 다크서클이 유난히 눈에 띄는 어두운 분위기의 남자였다. 주춤하며 옆으로 비키자 남자가 이쪽은 신경 쓰지 않고 어디론가 전화를 걸었다.

"이별님, 내려오세요. 차 준비됐어요."

'이별님? 무슨 동호회인가?'

이 사람들이 가고 나서 유안을 만나는 것이 좋겠다는 생각이 들어 가만히 있으려니 핸드폰 스피커로 익숙한 목소리가 들렸다.

"네. 지금 나가요."

척추를 타고 전류가 흘러들어 오듯 온몸에 오소소 소름이 돋았
다. 지난날 내가 유안과 보낸 시간이 거짓이 아니라면 지금 저 목소
리는 분명 유안의 목소리였다. '요'자를 삼키듯 내뱉는 것도, 잔잔
하고 조용한 음색도 유안의 것이었다. 떨리는 손으로 겨우 입을 틀
어막은 채 등을 보이고 서 있기를 몇 분, 계절에 어울리지 않게 얇
은 셔츠를 입은 유안이 빌라 입구로 천천히 걸어나왔다. '꿈을 꾸고
있나.'라는 생각이 들 정도로 현실감이 없는 나와는 달리 유안은
이쪽을 한번 응시한 뒤 놀라지도 않은 채 조용히 차에 올라탈 뿐이
었다. 그 순간 두 다리가 생각을 앞질러 차를 향해 돌진했다. 나는
차를 부술 기세로 두드리며 말했다.

"잠, 잠시만!"
"뭐야?"
"이 사람 누구예요? 이별님이 아는 사람이에요?"
"당신 누구야?"

차에서 내린 또 한 명의 남자가 내 앞을 가로막았다. 그리고 그

뒤로 유안이 조금도 놀랍지 않다는 기색으로 날 뚫어져라 바라보고 있었다. 남자들의 제지를 무릅쓰고 유안을 향해 몸을 밀어 넣었다.

"유안 씨! 어딜 가는 거예요?"
"서윤 씨는 몰라도 돼요. 그것보다 왜 따라온 거예요."
"잠깐만 얘기해요. 잠깐만, 잠깐만 내려봐요. 유안 씨."

다급해서 숨이 막히는 나와는 달리 유안은 느린 동작으로 차 안의 일행들에게 동의를 구하듯 머리를 숙이곤 밖으로 나왔다.
그 절박한 순간에도 나는 유안이 내쉬는 한숨 소리마저 사랑스러워 죽을 것 같았다. 유안의 마음을 돌려놓기 위해서라면 무슨 짓이라도 할 수 있었다. 더는 불행한 사람이 되고 싶지 않아. 내가 사랑하는 존재가 또다시 나를 떠나가게 하고 싶지 않아. 절대 이대로 헤어질 순 없어.

"제발, 잠깐만, 어딜 가는데요!"
"죽으러 간다 그러면 어쩔 거예요?"
"네?"
"따라 죽기라도 할 건가요?"

너무나도 담담한 그 말에 순간 꿀 먹은 벙어리가 되어버린 듯 아무 말도 할 수 없었다. 지금 유안이 뭐라고 했지? 잘못 들은 게 아니라면 유안은 지금 스스로 목숨을 끊어버리기 위해 차에 타려 했다는 건데. 이별님이라는 말은 자살 모임을 위해 쓴 닉네임이었나. 그럼 이 남자들은…. 그것보다 유안이 왜 갑자기 죽으려 하는 건지 이해가 가질 않았다.

"유안 씨, 죽고 싶어요?"
"네."
"진심이에요?"

내 말에 유안은 상처받고 지친 눈빛으로 날 애처롭게 바라봤다. 작고 붉은 빛을 띠는 입술이 붉은 단어들을 뱉어냈다.

"죽고 싶어서 미쳐버릴 것만 같아요. 자살 모임에서 일면식도 없는 사람들이랑 인생을 끝낼 정도로. 이건 오래전부터 예고되었던 일이에요. 오늘 서윤 씨에게 이별을 고하고 충동적으로 죽으러 가는 게 아니에요. 혼자 몇 번이고 리허설을 해봤는지 몰라요. 이 날을 위해서."
"도대체 왜요?"

내 질문에 유안이 곤혹스러운 얼굴로 기다리고 있는 두 남자를

바라봤다. 지체시켜서 미안하다는 그 눈빛에 점점 마음이 초조해
졌다.

"이별님, 금방 끝내세요. 저흰 일단 들어가 있을게요."

한 남자가 나와 유안을 번갈아 바라보더니 차로 슥 하고 들어가
버리고 남아 있던 한 사람도 헛기침을 하며 자리를 비켜주었다. 숨
통이 조금은 트이는 기분이었다. 유안에게 이젠 방해꾼도 없으니
솔직히 이야기해달라고 말하고 싶었다. 하지만 그 말을 꺼내기도
전에 유안이 먼저 입을 열었다.

"서윤 씨. 내가 말했죠. 나는 불행해야 하는 사람이라고."
"그랬죠."

유안이 카페에서 그렇게 또박또박 말했는데 기억 못 할 리가 없
다. 내 대답에 유안은 푸우 하고 얕은 한숨을 내쉬었다. 그리고 똑
똑히 들으라는 듯 내 눈을 마주했다. 지친 기색을 물씬 풍기는 그
런 시선이었다.

"서윤 씨와 나는 닮았지만 전혀 닮지 않은 사람이에요. 있잖아
요, 나는 누군가를 사랑할 수가 없어요. 사랑하고 싶어도 사랑을 주

질 못하겠어요."

"그건 저도 마찬가지…"

"아니에요. 서윤 씨는 누군가에게 사랑을 주면 그 사람이 떠나버
린다는 징크스만 가지고 있을 뿐이지, 내가 가지고 있는 문제랑은
전혀 관련이 없어요. 생각하는 것도 마음가짐도, 그냥 모든 게. 난
인생이 완전히 고장 나서 너덜너덜해요. 그게 얼마나 끔찍한 일인
지 알기나 해요? 몸도 마음도 다 망가졌어요. 그런 상태에서 누군
가를 좋아하는 건 말도 안 되는 일이에요. 나 자신에 대한 혐오감으
로 구역질이 나요. 이건 그냥 지옥에서 살아가는 거랑 다를 바가 없
다고요."

"제가 곁에 있어도 부족한가요? 유안 씨에게 전 아무것도 아니
었어요?"

"아무것도 아닌 게 아니에요. 서윤 씨는 나한테 소중한 사람이에
요. 내가 과거 이야기를 털어놓은 사람은 극히 드문 거 알잖아요.
하지만 우습게도 지금 날 죽음으로 몰아넣은 장본인도 다름 아닌
서윤 씨예요."

"어째서, 제가 왜?"

"난 서윤 씨가 정말 좋은 사람이라는 걸, 날 위하고 진심으로 사
랑하는 사람이라는 것도 아주 잘 알고 있어요. 그런데 내가 서윤 씨
에게 해줄 수 있는 것은 아무것도 없어요. 알아요? 그 쉬운 정을 주
는 일조차 난 못 하겠다고요. 나 스스로를 향한 혐오가 너무 깊어서

요. 그 혐오증이 언제 생겼는지는 잘 모르겠어요. 강간을 당했을 때? 부모님이 나를 다시 찾아왔을 때? 아니면 사람들이 뒤에서 쑥 덕거리는 것을 알면서도 모른 척 앞에서 웃어야만 했을 때? 어쩌면 이 모든 일련의 사건들이 원인일지도 모르겠네요. 그냥 모든 게 역겹고, 지칠 대로 지쳐서 더 이상은 살 수가 없어요."

유안은 미친 듯이 내게 소리를 질러댔다. 핏대가 선 목을 보며 내가 할 수 있는 거라곤 머리를 푹 숙이는 일밖에 없었다. 이 자리를 피하고 싶었다. 더 이상 저런 이야기를 듣고 싶지 않았다. 정말 끝인 것 같은 무력감에 머리가 어질어질했다.

"그래요, 서윤 씨를 만나기 전에는 구질구질한 게 뭐 어떠냐고 생각했어요. 그냥 더 이상 실패하지 말고 악착같이 살아야 한다고 생각했죠. 하지만 서윤 씨에게 사랑을 받으면서 나 자신이 초라해 보이기 시작했어요. 보통은 자존감이 높아지겠지만 난 오히려 나 자신을 향한 증오심만 늘어나더라고요. 이렇게 저 사람을 속여도 돼? 난 그럴 자격이 있나? 저 순진한 사람의 마음을 결국 배신하게 될 텐데."

"제가 곁에 있으면서 유안 씨가 변할 수 있도록 돕겠다고 해도 요?"

"왜 말을 못 알아들어요. 서윤 씨가 옆에 있으면 난 나 자신을 오

히려 학대하게 된다니까요. 난 서윤 씨 마음에 보답 못 해요. 당신을
사랑하고 싶어도 사랑할 수가 없어요. 그게 얼마나 비참한 일인지
알아요? 나, 몸과 마음이 망가진 건 알았지만 감정도 고장났구나.
난 영원히 고립되겠구나. 그게 얼마나 무서운 일인지 아냐고요!"

　"나도 외롭다고요. 나도 혼자라고요. 나랑 유안 씨가 뭐가 달라요.
뭐가 달라…."

　부모님도 멀리 떠났고 정을 준 고양이도 죽었다. 철저하게 고립
되어 말라가는 저수지의 물고기처럼 살아가기란 결코 달가운 일이
아니었다. 그러나 처음이자 마지막으로 온전하게 내 곁에 남아 있
을 것만 같은 사람을 찾아서, 이제 겨우 삶이 행복하다는 걸 알게
되었는데…. 그런데 그 사람이 지금 떠나려 한다.

　"나랑 서윤 씨는 다른 사람이에요. 당신은 누군가에게 마음이라
도 줄 수 있지, 나는 그것을 못 한단 말이에요. 이 사실을 알아버린
이상 더 살고 싶지 않다고요. 나를 고문하려는 생각이 아니라면 여
기서 이러지 말고 조용히 집에 가세요. 그리고 그림을 그리든지 여
행을 떠나든지 그냥 서윤 씨 마음대로 살아가요. 지금 나랑 같이 죽
을 것이 아니라면. 난 이 죽음을 오래전부터 준비했어요."

　유안이 마지막 문장에 힘을 주어 말했다. 그리고 등을 돌려 차로

걸어갔다. 더 이상 미련은 없다는 듯이. 유안의 죽음은 모두 나의 책임이다. 나를 만나지 않았더라면 유안에게 이런 일도 일어나지 않았을 것이다. 유안의 뒷모습은 내게 그렇게 말하는 것 같았다.

타버릴 것 같은 통증 속에서 심장이 옥죄는 것 같았다. 이 느낌을 안다. 고양이가 죽었을 때도, 이혼을 한 부모님이 마지막으로 함께 서서 내게 안녕이라 말했을 때도 나는 이 아릿아릿한 아픔을 느꼈다. 옥죄인 심장에서 피가 후두둑 떨어지고 그와 함께 눈물이 주룩주룩 흐르기 시작할 때 모든 것은 이미 돌이킬 수 없을 만큼 멀어져 있었지.

이번에도 그렇게 상황이 종결될 것이 뻔했다. 하지만 이번엔 그렇게 남겨지고 싶지 않았다.

"유안 씨와 같이 죽어줄 수 있어요."

충동적인 대답은 아니라고 믿고 싶다. 나 역시 오랜 시간동안 죽음을 고민해왔다. 태어난 건 내 자의가 아니지만 죽는 건 내 자의로 가능하다고, 언제든 인생이 별것 아니다 싶을 땐 죽을 수도 있다고 생각했다.

뉴스에서 수시로 보도되는 자살한 이들에 관한 기사, 난 항상 그들을 이해할 수 있었다. 내가 사랑하는 것은 언제나 사라진다는 징크스는 틀렸다. 나는 지금 유안과 함께 사라질 테니까. 내 사랑이 언제나 배신당하지는 않았다는 이야기로 인생을 끝맺을 수 있다. 만족스럽다.

"거짓말이죠?"

등을 보인 채로 유안이 내게 물었다. 순간 세상이 미동도 없이 정지한 것만 같았다. 나는 천천히 고개를 끄덕이며 나지막이 "아니요."라고 속삭였다.
그리고 기적이 일어났다.

"고마워요…."
"네?"

유안이 천천히 나를 향해 몸을 돌렸다. 어둠은 나와 유안 사이를 담요처럼 감싸고 천둥이 치던 그날 밤처럼 유안은 눈물범벅이 된 얼굴로 내게 다가왔다. 이게 꿈일까. 이런 꿈이라면 영원히 꿔도 괜찮겠다는 생각이 들 정도로 비현실적이었다. 유안은 발갛게 상기된 얼굴로, 사슴 같은 눈동자 사이로 맑은 눈물을 뚝뚝 떨어뜨렸다. 유안이 마침내 내 품에 안기었을 때 나는 진정으로 그녀를 위해 같이 죽을 수 있다는 확신이 굳게 들었다.

"미안합니다. 미안해…. 미안해요."

유안을 꼬옥 껴안았다. 내 생에서 가장 행복한 순간이라고 감히
말할 수 있을 만큼 가슴이 뜨거웠다. 갑자기 굵은 비가 후두둑 떨
어졌다. 지금까지 엉키고 설킨 연들을 다 땅속으로 끌고 가려는 것
처럼 거센 폭우가 내리기 시작했다.

"젖어서 어떡해요."
"뭐 이젠 추울 일도 없는데요."

차 안의 분위기는 조금 우울했지만 편안했다. 차 안의 사람들은
각자 무언가 할일이 있는 듯 핸드폰을 두드리고 있었다. 그래도 형
식상 자기소개는 했다.

'역도선수, 대학원생, 몰락한 로또부자. 화가, 그리고 화가의 연인.'

참 이상한 조합이었다. 픽 하고 웃음이 터졌다. 유안이 걱정스러
운 눈빛으로 날 바라보았으나 그녀가 걱정할 것은 아무것도 없었
다. 두서없이 나열된 물건을 이제야 제자리로 갖다놓는 기분이었으
니까.

"날 따라와줄 거라곤 상상도 못 했어요."

그 말에 난 대답 대신 그저 싱긋 웃었다. 그리고는 의자 등받이에 몸을 편하게 뉘었다. 차창을 때리는 빗소리가 마음을 편안하게 만들었다.

"내 징크스는 틀렸어요."

그 말에 유안의 얼굴빛이 어두워졌다.

"해피엔드예요."

그녀가 두 눈을 질끈 감았다. 그리고는 두 손으로 내 왼손을 감쌌다. 살짝 밴 땀이 열기를 전달했다.

"유안 씨는 기쁘지 않아요?"
"그냥 너무 미안해서."
"그래도 말리지 않는 걸 보면 기쁘긴 한가 봐요. 그걸로 충분해요."
"눈 좀 붙여요."

유안의 한 손이 얼굴께로 다가오더니 내 눈꺼풀을 감겼다. 더 이상의 대화는 없었다.

"내리시면 돼요."
"외진 곳이네요."
"이별님도 내려요."

유안이 앞서 내린 남자의 에스코트를 받아 차에서 내렸다. 유안을 따라 밖으로 나오니 주위가 허허벌판이었다. 가로등이 드문드문 떨어져 있어서 정확히 이곳이 어딘지 판별하기가 어려웠다.

"여긴 어디예요?"
"수도권에서 한참 벗어난 곳입니다. 일단 핸드폰을 끄는 게 좋을 것 같아요. 자살 모임에서 준 팁인데 위치 추적이 붙은 사례가 있어서."

그 말에 나를 포함한 다섯 사람이 모두 핸드폰을 꺼내 전원을 끄고 배터리를 뺐다. 전 역도선수를 따라 조금 걸어가자 붉은 벽돌의 전원주택이 등장했다. 주위에는 논과 고가도로를 달리는 차 몇 대를 제외하고는 아무것도 보이지 않았다.

"들어가죠. 열쇠는 제가 가지고 있습니다."

큰 가방을 짊어진 대학원생이 주머니에서 열쇠를 꺼내 굳게 닫힌 대문 구멍에 끼워 넣었다. 끼릭 소리와 함께 대문 창살이 비명을 질렀다. 유안이 조금은 긴장한 듯 내 팔을 강하게 잡아왔다. 얼굴을 슥 내려다보니 유안이 두 눈을 꼭 감은 채 덜덜 떨며 무언가를 중얼거리고 있었다.

"유안 씨?"
"끝났어. 드디어 이걸로 끝이야."

만감이 교차하는 듯 유안의 떨림은 쉽게 잦아들질 않았다. 그런 유안을 거의 안다시피 해 집 안으로 들어가니 나머지 사람들이 새삼스레 의아한 눈빛으로 이쪽을 응시했다. 그들 중 한 명이 질문을 던졌다.

"그런데 당신은 정말로 죽으려고 온 거예요? 그렇게 충동적으로?"
"이 사람을 위해서는 죽을 수 있어요. 그리고 그건 저를 위한 것이기도 하고요."
"대단한 사랑이네요."
"불쌍한 사람."

방 안으로 들어가며 한 사람이 나지막이 속삭였다. '불쌍한 사람'

이라니 당치도 않다. 난 지금 누구에게도 버림받지 않았고 나 스스로 징크스를 깼다. 또한 유안과 마지막을 함께할 수 있다.

'사실은 지친 거겠지. 유안에게 버림받아도 살아갈 수는 있을 거야. 하지만 더 이상 누군가를 사랑하진 못하겠지. 그런 생이 의미가 있을까. 사랑했다는 사실을 잊고 상처도 애써 무시하고, 투명인간이 되어가는 스스로를 지켜보며 사는 것이 무슨 의미가 있을까. 그럴 바에는 지금 의미 있는 죽음을 맞는 편이 짧지만 더 값진인생이겠지. 정확히는 누군가에게 더 이상 버림받고 싶지 않다는이유가 가장 커.'

방 안은 뜻밖에도 너무 차가웠다. 남자 셋은 나와 유안이 앉을 수있을 만한 방석 두 개와 투명한 액체가 담긴 종이컵을 내밀었다. 유안은 계속해서 눈물을 흘렸다. 후회하느냐고 묻자 유안은 도리도리고개를 젓고는 조용히 한 마디를 내뱉을 뿐이었다.

"이제야 긴 불행이 끝나는 기분이어서 가슴이 울렁거려요."

종이컵을 든 채로 우리 다섯 사람은 원을 만들어 빙 둘러앉았다.지금까지 고생하셨습니다. 다음 생에는 이렇게 만나지 않기를. 다음생이 없었으면 좋겠는데요? 이런저런 이야기들이 냉기가 흐르는 방을 조금씩 데워갔다.

"이별님은 하실 말씀 있으세요? 마무리하는 사람으로서."

마무리라는 말에 유안이 흠칫 놀라더니 다시 태연하게 사람들을 둘러봤다. 그리고 내게 시선을 건네고는 희미하게 웃었다.

"존재 자체가 불행이었지만 이젠 그런 생활도 끝이에요."
"그래요. 이걸로 끝이죠."

유안이 먼저 종이컵을 입가로 가져갔다. 유안의 손끝에서 찰랑이는 액체를 보며 나 또한 종이컵을 들었다. 짧았지만 값진 인생이었다. 아름답지는 않았지만 나름대로는 의미가 있었다. 유안을 만났고 나 자신이 어떤 사람인지도 알 수 있었다. 그것만으로도 허무하지 않다고 여긴다. 가슴이 울컥했다. 눈가가 붉어지며 열이 피어올랐다. 종이컵 안에 든 이 액체가 무엇인지는 모르겠지만 이렇게 삶을 끝내줘서 참 고마웠다.

"안녕."

우린 모두 동시에 안에 든 액체를 입안에 털어 넣었다.

"억!"

차가운 감각이 입안을 뒤흔들더니 찌릿 하는 느낌과 함께 피부의 감각이 사라졌다. 모든 일이 슬로모션처럼 시야에 들어왔다. 몸이 중심을 잃고 뒤로 넘어가고 있었다. 카메라를 360도 회전하듯 천장이 비현실적으로 보였다. 격통 따위는 없었다. 다만 미친듯한 어지러움이 몸을 잠식했다. 쿵 하고 머리가 바닥에 부딪히는 소리가 들렸다. 그건 다른 사람들이 아닌 내게서 나는 소리였다.

유안은 괜찮을까? 이 지독하고 불쾌한 감각에 자신의 선택을 후회하고 있진 않을까? 너무 괴로우면 안 되는데. 추를 달아놓은 듯 감겨가는 눈을 안간힘을 다해 치켜뜨고는 유안 쪽으로 고개를 돌렸다. 그 순간이었다.

"끝났네."
"옳길까요?"
"건강한 사람이네요. 좋은 상품이네. 내용물도 그러면 좋을 텐데."

'어?'

유안을 포착한 동공이 미친 듯이 요동쳤다. 흔들리는 눈동자 사이로 바라본 유안은 쓰러져 있지 않았다.

'이게 어찌된 일이지? 왜 당신들은 멀쩡한 거야?'

몸이 벌벌 떨려왔다. 피가 역류하며 새된 비명을 내질렀다. 설마!
설마!! 거짓말!!! 마비되어가는 입이 제멋대로 움직여 혀를 깨물었
다. 피가 주르륵 흐르며 짭짤한 비린내가 입안에 한가득 퍼졌다.

'설마.'

다른 세 명의 일행이 멀쩡하게 자리에서 일어나 내 쪽을 향해 다
가왔다. 쿵쿵쿵 발걸음 소리가 귀를 울리며 공포를 극대화시켰다.
무슨 말을 하려 해도 윗니와 아랫니가 딱딱 엇마주쳐 말을 할 수가
없었다. 억센 손들이 내 몸을 끌어내듯 일으켰다. 온 근육이 격렬하
게 흔들리며 영원한 잠을 호소했다. 소리를 지르고 싶은데 더 이상
입술이 말을 듣지 않았다. 미친 듯이 뛰던 심장이 점점 느려지는
것이 느껴졌다. 미쳐버릴 것만 같았다.

'그럴 리가 없다고!!!'

발악해야만 했다. 이대로 죽을 수는 없었다. 유안에게 무슨 말이

라도 들어야만 했다. 이게 무슨 상황인지, 지금 나를 놀라게 하는 것인지. 아득해지는 정신을 겨우 붙잡으며 유안을 향해 파들파들 떨리는 손을 절박하게 내뻗었다.

"유안…씨….."

마지막으로 살아 있는 안구가 비춘 유안의 붉은 입술이 천천히 움직였다.

"미안해요."

'아….'

그 말을 듣는 순간 탁 하고 힘이 풀리며 뜨거운 눈물과 함께 온몸이 무섭게 어둠 속으로 끌려 내려갔다. 감각이 사라졌음에도 불구하고 심장이 찢겨나가듯 가슴에 격통이 느껴졌다. 두 개로 비치는 유안을 마지막으로 내 몸은 남자들에 의해 질질 끌려 가고 있었다.

"거…짓…마 ㄹ….."

유안은 괴로운 듯 얼굴을 두 손으로 가리고 있었다. 울고 있었는지는 모르겠다. 다만 그것이 내가 마지막으로 본 유안의 모습이었다. 분노가 솟구칠 새도 없이 온 세상이 캄캄해졌다.

Chapter 2

'따뜻해.'

언젠가 느껴보았던, 아주 오래전에 경험했던 그런 온기가 몸을 감싸고 있었다. 그리운 감각에 무심코 싱긋 입꼬리를 울려 미소를 지을 정도로 주위는 따스했다. 눈을 뜰 수는 없었지만 본능적으로 이곳은 안전하다는 것을 감지할 수 있었다. 때가 되면 배가 불렀고 그 누구도 날 흔들어 깨우거나 방해하지 않았다. 주위는 평화로웠다. 가끔씩 노랫소리가 들리기도 하였고 대화 소리가 저 멀리서 울려 퍼지기도 하였다. 하지만 그것이 무엇을 의미하는지는 알 수가 없었다.

한 가지 이렇게 평온한 상태를 뒤흔드는 요소가 있다면 가끔씩 한 남자의 모습이 머릿속에 떠오른다는 것이었다. 그 남자는 핏대가 선 눈으로 쿨럭이며 이쪽을 향해 무어라 소리쳤다. 하지만 내겐 웅얼거림으로 들릴 뿐이다.

아무 생각을 하지 않아도 누구도 뭐라 하지 않았기에 억지로 기억해낼 필요가 없었다. 난 점점 남자에 대한 것을 잊어버렸다.

그리고 난 세상 밖으로 나왔다.

"건강한 아드님이네요!"

"산모님, 축하드려요!"

"수고했어. 정말로 수고했어."

새벽 4시 반, A병원에서 나, 김지한이 태어났다. 3.5킬로그램의 알맞은 무게로 태어난 사랑스런 아기는 울지도 않고 의사선생님 품에 한참을 안겨 있어 병실 안에 있던 모든 사람의 심장을 들었다 놓기도 하였다. 모두의 축복 속에서 태어난 작은 천사. 사람들은 나를 그렇게 불렀다. 나는 잔병치레 하나 없이 무럭무럭 자라났다.

내 세상은 나를 보살펴주는 엄마와 저녁마다 돌아와 나를 터져라 안아주는 아빠가 전부였다. 하지만 그 작디작은 세상에도 봄·여름·가을·겨울은 존재했고 첫 돌 때는 성대한 파티가 집 안에서 열렸다. 아직 잘 걷지도 못하는 나를 엄마는 힘들지도 않은지 항시 안고 있었고 나는 그 품속에서 잠을 청했다. 사람들의 웃음소리가 유쾌하게 귀를 울렸다. 그것이 나의 한 살 때 기억이었다. 꿈만 같은 나날이었다. 아침이 밝으면 난 아장아장 창가로 걸어갔다. 1층 전경은 아담한 정원이 전부였지만 어린 내겐 무엇보다도 아름다운 풍경이었다. 그렇게 엄마 아빠가 깰 때까지 밖을 멍하니 보고 있었다. 사실 정확한 물체를 보진 못했다. 시력이 또렷하게 사물을 비출 수 있을 만큼 좋지 않아 내 눈에는 그저 색깔 덩어리들의 향연이었을 뿐이다. 하지만 그럼에도 행복했다. 슬픔도 억울함도, 불편함도 하나 없이 사랑을 받고 부모님을 사랑하며 하루하루를 보냈다. 엄마 아빠는 일어나면 가장 먼저 차가운 베란다 바닥에 앉아 밖을 응시하고 있는 나를 담요로 감싸기 급급했다. 그 부산스러움에서도 애정이 느껴졌다. 한 번은 감격스러워 울음을 터트렸다. 물론 두 사람은 내가 무언가 불만이 있어 울음을 터트렸다고 생각했지만.

"쉿쉿, 아궁, 울지 마."
"잘못 든 거 아니에요? 지한이 이리로 줘봐요."

엄마의 품은 포근했다. 맡아본 적이 있는 지나치게 익숙한 냄새가 났다. 그래서 마음이 편하기도 하였지만 초조하기도 하였다. 어디론가 사라질까봐. 엄마가 없으면 펑펑 우는 이유도 그 때문이었다. 원초적이고도 본능적인 그리움과 사랑. 부모님을 향한 아기의 맹목적인 애정. 그것이 내게는 다른 사람들보다도 더욱 강하게 자리잡아 있었다.

"지한이 잘 보고 있어. 아빠 다녀올게. 지한아."
"아빠, 다녀와."

세 살 때 출근하는 아빠를 향해 이 말을 처음 했을 때 아빠는 출근하는 것도 잊어버리고 서류가방을 내려놓고는 와이셔츠가 다 구겨지도록 나를 안고 서 있었다. 그 한 마디가 그리도 가슴 벅차오르는 말이었을까.

아빠는 건축가였다. 그만큼 일이 많았고 그로 인해 엄마는 대부분의 시간을 나와 단둘이 보냈다. 엄마는 나를 위해 모든 것을 헌신했다. 엄마는 집 안에서 나를 위해 여러 가지를 만들었다. 붉은 목도리부터 시작해서 나를 위한 영양죽, 엄마들끼리의 정기적인 모임에서 나온 정보들이 담긴 노트까지. 나는 지극정성으로 키워졌다. 집 안에서, 거실 바닥에서 하염없이 엄마의 뒷모습을 바라봤던 기억이 난다. 엄마는 무엇인가를 할 때면 항상 머리를 단정히 하나로 묶어 길게 등 뒤로 늘어뜨렸고, 살짝 곱슬거리는 머리끝은 덩굴같이 활기를 띠고 움직였다. 엄마의 갈색 머리는 늘 입는 베이지색 앞치마와 굉장히 잘 어울렸다. 엄마는 꽃향기가 나는 향수를 뿌렸고 나는 그 향기를 어디선가 맡아본 적이 있다고 생각했다. 여린 어깨와 하얀 살갗 또한 낯이 익었다.

봄이 오면 새 옷을 입고 엄마와 벚꽃 놀이를 갔고 여름이 되면 유모차를 타고 동네를 매일같이 산책했다. 네 살 무렵에는 꽤나 말도 많이 할 줄 알게 되어 많은 사람들로부터 박수갈채를 받았다. 내 주위 사람들은 진실로 날 사랑해주었다. 유년 시절, 내게 주어진 것들에서는 슬픔과 비극을 찾아보려야 찾아볼 수가 없었다. 난 유복한 집안의 외동아들이었다. 네 살 꼬마는 많은 단어를 배웠다. 물건을 지칭하는 단어부터 시작해서 감정, 행동을 일컫는 단어에 이르기까지. 하지만 난 유독 감정에 대한 단어들을 잘 이해하지 못했다.

그러는 사이 나는 다섯 살이 되었고 이제는 정원에 있는 꽃들을 구별할 줄 알게 되었다. 매미가 나무에서 떨어지는 것은 그저 피곤해서 잠을 자기 위해 떨어지는 것이 아닌 생을 마감하기 위해서라는 것까지 알게 되었다. 그래도 나에게 생과 사의 경계는 굉장히 애매모호하게 느껴졌다.

"엄마, 매미가 잠들었어."

"응, 매미가 잠들었네."

"이 매미는 언제 깨어나?"

"매미는 쭉 잘 거야. 깨어나지 않을 거야."

"왜?"

"죽어서 하늘나라로 갔으니까."

"그러면 하늘나라에서 사는 거야?"

"응, 행복하게 살 거야. 노래도 부르고 나무에 매달려서."

"그러면 죽은 게 아니잖아?"

"하늘나라에서 사는 걸 죽었다고 그래. 더 이상은 만날 수 없는 곳에서 살아가니까."

"그렇구나."

다섯 살 무렵의 가을이 유난히 기억난다. 그 날은 바쁜 아빠까지 사흘간의 휴가를 얻어 먼 산으로 여행을 갔다. 아빠는 듬직한 사람이었다. 어린 마음에도 그런 아버지를 두어 참 다행이라고 생각했다.

"넌 우리에게 주어진 최상의 선물이야. 너를 가지기까지 엄마가 힘들었지. 엄마는 마음이 급해서 너를 빨리 갖고 싶어 했거든. 배시시 웃는 거 봐. 예쁘지 여보?"

"참, 애한테 별말을 다 해요, 당신도. 지한아, 엄마한테 안겨. 그래 그래."

두툼한 두 손으로 내 여린 살을 살짝 늘리며 토닥이는 아빠를 엄마가 제지했다. 시력이 나빠 아빠의 얼굴이 자세히 보이진 않았지만 두 눈에 사랑이 가득하다는 것은 잘 알 수 있었다. 그런 아빠를 지켜보는 엄마의 눈에서도.

그래, 기억한다. 고요한 가을밤에 나와 엄마 아빠는 펜션을 나와 가을의 정취를 더 깊이 느끼고자 산길을 걸었다. 난 엄마 아빠의 손을 하나하나 잡고는 온몸을 따스한 미니 담요로 감싼 채 대뚱대 뚱 걸었다. 하늘은 별밭이었다. 별 하나를 보고 있으면 다른 별 하나가 빛났다. 하늘 전체를 보고 있자면 가슴 속에도 별이 점처럼 박히는 기분이었다. 시력이 끔찍하게 좋지 않았음에도 불구하고 거대한 검은 천장을 뒤덮고 있는 작은 빛들은 또렷하게 보였다. 구원받는다. 그때 별을 보며 느낀 감정은 이 단어와 가장 가까웠다.

"엄마."
"지한이 왜?"

어둠 속에서 엄마가 내 손을 꼭 잡은 채로 내게 물었다. 그 잔울림이 가슴을 뒤흔들어 놓았다. 그립다. 미친 듯이 그리운 목소리에 두 눈에 그렁그렁 눈물이 고였다. 별들이 반짝이는 밤하늘이 흐려 보였다. 엄마는 내 곁에 있는데 왜 이렇게 슬플까. 왜 이렇게 무언가를 잃어버린 기분이 들까. 그래서 나지막이 속삭였다.

"마음이 아파."
"지한이, 마음이 아파?"

내 말에 반응한 것은 다름 아닌 아빠였다.

"마음이 크는 거야. 그건."
"아니야, 아빠 아니야."
"뭐가 아니야. 지한아."
"마음이 크는 게 아니야."
"왜 아닌데?"

엄마가 조용조용히 되물었다. 엄마는 내가 답을 스스로 끌어내도록 다시 묻는 습관이 있었다.

"마음이 크는데 왜 아파야 해?"
"성장통이야."
"성장통이 뭐야?"
"크기 위해 아픈 거."
"그런 거 이상해."
"이상한 게 아니야. 자연스러운 거야."
"난 아프기 싫어. 아픈 게 무서워."

진지하게 말하는 내가 귀여웠는지 아빠는 한 손을 들어 입을 막으며 웃었다. 그러나 엄마는 조금은 안쓰럽고 애처롭게 바라보았다. 하지만 사실인 걸 어떡해. 난 아픈 게 싫었다. 정확히는 마음이 아픈 것이 싫었다. 구르고 넘어져서 무릎이 까지거나 머리카락이 선풍기에 들어가서 뽑혀도 나는 울지 않았다. 하지만 생물의 죽음을 목격하거나 누군가에게 쓸쓸한 말을 듣고 있으면 참을 수가 없었다. 내가 그로 인해 슬프다는 것을 부인하고 싶었다. 솔직하게 슬프다고, 마음이 아프다고 인정하는 게 힘들었다.

가을 산에서 돌아온 뒤 아빠는 더더욱 바빠졌다. 회사의 잦은 인사이동 탓에 아빠는 밤늦게까지 회사에 남아 있어야만 했다. 아빠는 장신에 조금 마른 체형이었다. 모든 여자들의 이상적인 남편상이라고 말할 수 있을 만큼 치우치는 면 없이 모든 분야에 능력을 발휘하는 사람이었다. 그래서인지 때때로 여유가 없어 보이기도 했고, 이성이 감성보다 앞선 경우도 많아 냉철한 사람이라는 인상을 주기도 하였다. 그리고 내 눈에는 아빠의 그런 면을 마땅치 않아 하면서도 그것을 애써 이해하려 하는 엄마의 모습이 선명하게 보였다. 엄마는 때로 자신보다 컴퓨터와 더 오랜 시간을 마주하고 있는 아빠에 대해 안타까워했다.

내겐 참 이상하게 보이는 게 있었다. 아빠가 엄마를 대할 때는 극히 자연스러웠으나 엄마가 아빠를 대할 때는 조금은 포장된, 꾸며진 모습으로 보였다. 엄마는 아빠 앞에서 활짝 웃고 있지만 실은 웃고 있지 않을 때도 많았다. 사랑한다고 말하지만 왠지 공허하게 들렸다. 그러니까 순수하고 완전한 사랑이라기보다는 불안하고 아슬아슬한 사랑 같았다. 하지만 엄마는 분명 아빠를 사랑했다.

엄마의 그 가면은 나를 대할 때면 홀렁 하고 벗겨졌는데, 그걸 어떻게 아냐고 묻는다면 난 아이의 직감이라 대답하는 것 외에는 적당한 말이 떠오르지 않는다. 나와 함께 있을 때 엄마의 웃음은 진심으로 가슴에서 우러나오는 웃음이었고 나를 향한 사랑은 순도 100퍼센트의 붉은빛 염료 그 자체였다. 엄마는 나와 단둘이 있을 때 더 많은 이야기를 했다.

"지한이 오늘은 무슨 단어를 배울까? 이제 꽃은 거의 다 배웠으니까 다른 걸 배워볼까?"

엄마는 볕이 드리운 거실에서 내게 단어를 가르쳤다. 엄마의 얼굴 반쪽은 햇빛을 받아 상앗빛을 띄고 있었고 알록달록한 실내용 원피스는 더욱 화려하게 보였다.

"엄마는 천사 같아."
"엄마가 천사 같아?"
"반짝반짝 빛나. 그런데 그게 내 앞에서만 그래. 그래서 엄마는 나한테만 천사야."
"왜 지한이 앞에서만 반짝반짝 빛날까? 아빠 앞에서는 안 빛나?"
"빛나는 척해."

무심코 한 그 말에 엄마가 뚝 하고 대화를 멈추었다. 무언가가 잘 못되었다는 것을 직감적으로 알 수 있었다. 따스하던 분위기가 순식간에 싸늘해졌다. 해가 구름에 가려 집 안이 어두워지자 나는 초조함에 발가락을 꼼지락거렸다. 엄마는 입가에서 웃음을 지운 채 흔들리는 눈동자로 내게 반문했다. 빛나던 두 눈이 금세 빛을 잃고 잿빛을 띄었다. 엄마가 이런 모습을 보이는 일은 흔치 않았다. 아이의 순수한 호기심이 공포로 돌변했고 나는 내가 느낀 것을 사실대로 말해야 할까 아니면 거짓말을 해야 할까 고민했다. 하지만 내게 엄마는 거짓말조차 다 꿰뚫어볼 수 있는 신과 같은 존재이기 때문에 남은 선택지는 하나뿐이었다. 솔직하게 말하자.

"지한이는 왜 그렇게 생각할까? 엄마는 지한이도 아빠도 둘을 비교할 수 없을 정도로 똑같이 사랑하는데."

"똑같이 사랑해?"

"그럼. 똑같이 사랑하지."

"응, 엄마는 나랑 아빠를 똑같이 사랑해. 그런데 사랑하는 게 달라."

"왜 그런 생각을 했어. 지한아, 그건 당연한 거야. 아빠는 엄마의 남편이고 지한이는 소중한 아들이야. 사랑하는 방식이 조금 다른 건 어쩔 수가 없는 거니까, 그렇게 보이는 건 아닐까."

"방식?"

"방법이라는 뜻이야."

내가 엄마의 말에 납득했다고 생각했는지 엄마는 다행히도 금방 얼굴을 풀었다. 퉁, 하고 무겁게 가슴을 짓누르던 돌멩이도 함께 사라지는 기분이었다. 엄마가 기분이 좋아지니까 덩달아 마음이 편해졌다. 그래서인지 하지 않아도 되는 이야기를 마구잡이로 꺼내기 시작했다.

"나는 엄마를 좋아해. 아주 많이. 그런데 엄마를 막 엄청 좋아하기가 무서워."

"왜 지한이가 엄마를 엄청 좋아하기가 무서워?"

"엄마가 사라져버릴 것 같아."

"사라질 것 같다고? 엄만 항상 지한이가 눈을 뜰 때마다 곁에 있는데도?"

"엄마는 내가 아주아주 아기였을 때 많이 울었다고 했잖아. 그때 기억은 별로 없는데 그냥 엄마가 사라지면 너무 무서울 것 같아. 엄마가 날 두고 없어질 리가 없는데 한번 내 앞에서 확 없어진 것 같아. 그래서 엄말 보면 막 가슴이 울렁울렁해. 요즘 밤에 꿈도 꿔. 엄마가 사라지는 꿈."

"악몽을 꿨어?"

"악몽이 뭐야?"

"무서운 꿈."

"응, 맨날은 아닌데 세 밤에 한 번씩은 꿔. 꿈속에서 엄마가 나한
테 미안하다고 말해. 꿈속의 나는 엄마 얼굴이 잘 보여. 분명 엄마
도 꿈속의 엄마와 똑같이 생겼다면 정말 예쁠 거야. 꿈속에서 나
엄마한테 무언가를 말하려고 하는데 입이 열리질 않아서 괴로워
해. 그리고 잠에서 깨어나. 꿈속 엄마는 많이 예쁜데 무서운 사람
이야. 다정하지도 않고 날 봐주지도 않아. 손으로 얼굴 가리고 흑
흑 울어. 그래서 난 꿈속에서 엄마 만나는 게 무서워. 잠에서 깨면
꿈속의 이상한 사람이 엄마인 척 하고 있을 것 같아서. 그래서 엄
마가 사라질까봐 덜덜 떨어."

엄마는 그날 내가 한 말에 적잖은 충격을 받은 듯했다. 그 탓에
난 낮이면 반강제적으로 놀이터로 이송되어 새로운 친구 사귀기
프로젝트에 몸을 담그게 되었다.

엄마는 내가 엄마에게 필요 이상으로 의존적이어서 사회성을 잃
을까봐 걱정한 모양이었다. 하지만 내가 느낀 것은 그런 단순한 아
이의 투정이나 애정결핍이 아니었다. 난 진심으로 엄마가 사라질
까봐 공포에 떨고 있었다. 엄마가 날 떠난 적이 한 번도 없었음에
도 불구하고 말이다.

"엄마, 추운데 놀이터 안 가면 안 돼?"

"아냐, 지한아. 오늘부터 엄마랑 놀이터에서 놀자. 단어 공부도 거기서 하는 거야."

겨울의 어느 추운 날이었다. 목도리와 기린무늬가 있는 장갑까지 끼고, 가장 아끼는 파란 찍찍이 신발을 신고 집을 나섰다. 엄마 손을 꼭 잡고 바람에 얼굴이 아리는 것을 겨우 참으며, 나오지 말자고 끝까지 찡찡거릴 걸 후회도 하면서.

아파트 뒤쪽에 있는 놀이터는 추운 날씨에도 아이들로 붐비고 있었다. 그네에 두세 명이 매달리고, 미끄럼틀을 내려가는 아이와 올라가려는 아이, 그리고 저 끝에서 차가워진 손으로 모래를 공중에 흩뿌려대는 모습에 난 그저 자리에 얼어붙어 헤 하고 입을 벌렸다. 지금까지 이렇다 할 또래와의 교류가 없었던 내게 친구와 놀이터, 둘의 집합은 말 그대로 '신천지'였다.

"자 지한아, 가서 함께 놀아. 친구들이랑."
"엄마는?"
"엄마는 여기서 지한이 지켜보고 있을게. 아무 데도 안 가니까 걱정하지 말고."
"진짜 여기 계속 있는 거지?"
"그럼, 당연하지."

엄마한테 몇 번이고 확답을 받아낸 뒤에야 나는 아이들 사이로 뛰어갈 수 있었다. 물론 그 와중에도 엄마를 계속 돌아봐야만 했지만. 엄마에게 솔직한 마음을 전달했던 것을 난 줄곧 후회하고 있었다. 그때 엄마의 불안과 초조함이 복합적으로 섞인 표정을 다시는 보고 싶지 않았다. 하지만 놀이터에 들어오는 순간부터 그 고민은 뒷전으로 밀려났고 난 한 발짝 한 발짝 천진난만한 아이들의 세상 속으로 들어갔다.

"꺄아아아!"
"잡아, 잡아!"

시소에 네 명이 들러붙어 엉덩방아를 찧고 웃고 비명을 질렀다. 기쁨과 희열을 표출하는 최고의 방법이었다. 곁에 몸을 맞대고 있는 아이들의 얼굴은 발그스름했고, 아까까지만 해도 춥다고 느꼈던 바람이 이보다 상쾌할 수는 없었다. 누군가 밀어준 그네는 올라갔다 내려갔다 하며 뱃속 장기를 울렁이게 했고 그네에 앉아 하늘을 바라보는 내 눈에는 하늘과 아파트의 옥상이 번갈아 들어왔다. 어지러운 가운데 해방감과 만족감이 바람을 타고 가슴 안으로 파고들었다.

"와아아!"

"너 거기! 이연이 앞에! 몸을 너무 뒤로 젖히지 마! 이연이가 무서워 하잖아!"

그물흔들이 시소를 타고 있던 내게 한 남자애가 거칠게 쏘아 붙였다. 남자애의 말대로 내 뒤에는 나보다도 훨씬 왜소한 몸집의, 연갈색 머리카락을 가진 여자애가 끙끙거리며 뒤로 넘어지지 않으려 버티고 있었다. 미안한 마음에 상체를 앞으로 젖히자 이연이라고 불리는 소녀가 푸우 하고 안도의 한숨을 내쉬며 나를 향해 활짝 웃어보였다.

"고마워!"

그리고 다시 시소가 위로 올라갔다. 우리 앞으로 푸른 하늘이 수채화처럼 잔잔히 번져갔다. 연갈색 긴 머리카락이 이리저리 흩날렸다.

"너 이름이 뭐야?"
"지한, 김지한이야."
"꺄아!"

시소가 누군가에 의해 갑자기 멈추면서 이연이 외마디 비명을 질렀다. 하지만 그 와중에도 내 이름은 들었는지 몇 번이나 "지한이구나, 지한. 나보다 예쁜 이름이네."라는 말을 반복했다. 사랑스러운 분위기가 물씬 풍기는 소녀였다.

놀이터에서 난 한 시간도 넘게 지칠 줄 모르고 아이들과 부대끼며 놀았다. 결국 엄마가 집에 가자고 손을 잡아끄는 바람에 놀이는 끝이 났다. 그러지 않았다면 아이들이 전부 사라질 때까지 놀이터에 있었을 것이다. 엄마는 집으로 돌아가는 길에 내 손에 묻은 먼지를 탈탈 털어주며 여러 가지를 물었다.

"지한아, 친구들 많이 사귀었어?"

"응, 이연이랑 신우랑 그리고 또…. 많이 사귀었어!"

"어때, 놀이터 재밌지? 지한이 엄마를 완전히 까먹어버린 것 같아서 엄마 섭섭할 뻔했어."

"아냐! 엄마 까먹은 적 없어."

"지한이가 이렇게 친구들이랑 잘 놀 줄 엄마도 몰랐는데, 이제 매일 놀이터 오자고 하면 올 거지?"

"응응! 내일은 좀 더 일찍 오자."

방방 뛰며 엄마 손을 크게 크게 흔드는 내 모습에 엄마가 활짝 웃었다. 안심한 듯, 하지만 조금은 섭섭한 듯 잠시 나를 보더니 다시 환하게 웃었다.

"근데 엄마는 왜 엄마 친구들이랑 안 놀아?"

"엄마는 친구들이랑 연락 안 한 지가 너무 오래돼서 같이 놀 수가 없어. 그리고 엄마는 그렇게 친한 친구들이 없어."

"엄마는 그러면 친구가 나밖에 없어?"

"응. 엄마는 친구가 지한이밖에 없어."

"그럼 내가 친구를 사귀면 엄마가 외로워질 거잖아. 난 그건 싫어. 나 놀이터 안 갈래."

"아냐, 엄마는 지한이가 여러 사람을 만나고 함께 행복하게 대화하는 걸 보는 것만으로 전혀 외롭지 않아. 지한이가 잘 자라주면 엄마는 그 이상 바라는 게 없어."

엄마는 땀이 식어 차가워진 내 머리를 쓰다듬으며 조곤조곤 덧붙였다. 집에 돌아온 뒤에 나는 오늘 사귄 친구들에 대해 끝도 없이 얘기를 했고 엄마는 기쁘게 들어주었다. 한 손으로 턱을 괴고 나의 생각을 넓힐 만한 질문들을 던지면서 달콤한 목소리로.

겨울 밤, 조용한 집 안에서 엄마와 유쾌한 이야기를 하며 보낸 그 시간들은 가장 평화롭고 근심 없는 순간이었다. 그날 저녁 나는 처음으로 악몽에 시달리지 않고 편안하게 엄마 곁에서 잠들 수 있었다.

"어, 이연이 너는 어느 유치원 다녀?"

"응. 저기 행복유치원."

"으응. 난 천사유치원 다녀."

"난 학원은 안 다녀. 우리 엄마가 집에서 공부를 가르쳐주거든. 그래서 놀이터에 와서 이렇게 낮에도 놀 수 있는 거야."

"그렇구나. 우리 집은 나 혼자서 공부하는데."

"에이, 너 혼자서 공부를 한다고?"

"집에는 도우미 아주머니랑 나만 있어서 나 혼자 책 읽어."

봄이 되면서 많은 아이들이 집 근처에 새로 생긴 영어유치원을 다니게 되는 바람에 놀이터의 친구는 실상 이연을 제외하고는 거의 없었다. 한 명이 더 있다면 이연을 위해 뭐든지 다 할 것처럼 몸을 불사르는 신우라는 남자애 정도? 내가 시소를 탈 때 이연이 무서워하니까 비키라고 외쳤던 애가 신우였다. 신우는 나와 이연보다 한 살이 어렸지만 키가 커서 얼핏 보면 내가 형이라고 불러야 할 것 같았다. 오늘은 신우가 없어서 망정이지 평소 같으면 이렇게 이연이와 오랫동안 대화하지도 못했을 것이다.

"지한이 너는 좋겠다. 엄마랑 맨날 함께 있어서."

"왜?"

"나는 엄마가 좋은데 엄마랑 같이 있을 시간이 많지 않아."

"난 엄마랑 같이 있지만 항상 불안한걸."

"엄마가 화를 내? 난 그래도 엄마가 좋은데."

"엄마는 나한테 화를 낸 적이 없어. 그런데 무서워. 엄마가 없어질까봐 무섭고 그냥 모든 게 무서워."

"뭐가 무서운데?"

"자꾸만 엄마가 사라지면 나도 사라질 거 같아서."

"그게 뭐야."

이연이 푸흡 하고 웃음을 터트렸다. 어깨의 미세한 진동을 따라 갈색 머리카락이 사라락 흘러내렸다. 내 눈이 심각하게 안 좋아서 이연의 얼굴이 선명하게 보이진 않았다. 하지만 분명 부드러운 눈매를 가지고 있을 것이다. 예전에 엄마한테 눈이 잘 보이지 않는다고 말했을 때 엄마는 아직 내 눈이 다 자라지 않아서 그렇다고 했다. 그래서 여섯 살이 될 때까지도 잘 보이지 않으면 안과에 데려간다고 했는데, 이제 곧 여섯 살이 된다.

"엄마는 사라지지 않을 거야."

"이연이 너는 엄마가 사라지면 어쩌려고 그래?"

"내가 찾으러 갈 거야."

"우린 어린데 엄마를 어떻게 찾아."

"엄마는 내가 없으면 울어. 그래서 내가 곁에 있어야 해. 그러니까 엄마는 절대로 나를 두고 사라지지 않을 거야."

어린 마음에 엄마가 사라진다는 주제 하나만으로도 나와 이연의 두 눈에는 눈물이 고였다. 이연은 자신의 엄마가 사라질 리가 없다는 굳건한 확신이 있었지만 안타깝게도 내게는 그런 확신이 없었다. 엄마는 어떤 노래 속에 나오는 갈대 같았다. 사실 갈대 같은 여자가 어떤 의미를 가지고 있는지는 모르겠지만, 저번에 아빠가 이리저리 휘날리는 연약한 식물을 갈대라 했던 것을 생각해보면 갈대란 언제 뿌리 뽑혀 사라질지 모르는 식물이 분명하리라.

"이연이 엄마는 돌이고 우리 엄마는 갈대야."
"그럼 우리는 뭐야?"
"우리는, 하늘이야."

사실 되는 대로 내뱉은 말이었다. 나와 이연은 왜 하늘일까. 이연이 설명을 기다린다는 얼굴로 날 보채지만 않았어도 고심해보지 않았겠지만, 계속 흔들어대는 팔과 조곤거리는 왜? 왜? 왜? 라는 말이 머릿속의 쳇바퀴를 돌리기 시작했다.

"왜 별도 아니고 해도 아니고 하늘이야?"
"아, 알겠다! 갈대랑 돌이 사라져도 하늘은 아무것도 할 수 없잖

아. 그저 우는 게 다잖아. 죽죽 비를 내리는 게 다니까."

그 말에 이연의 얼굴이 새빨갛게 달아올랐다. 뚝뚝 슬픔과 비통함이 뭉개져 한데 모인 눈물을 흘리다가 기어코 자리에 철푸덕 앉아 통곡했다. 아이코, 마음에 안 드는 설명이었나 보다.

"이연아 울지 마. 갈대랑 돌이 사라져도 하늘은 엄청 넓으니까 어디로 사라졌는지 알 수 있을 거야. 그러니까 금방 찾을 수 있어."
"정말이야?"
"응응, 정말이야."

이연과 손가락 약속을 세 번 이상 한 뒤에야 이연은 안도한 듯 울음을 그쳤다. 이연은 자신이 얼마나 엄마를 사랑하는지에 대해서 주절거리기 시작했다. 이연을 알게 된 지는 그리 오래되지 않았지만 이연은 내가 만난 그 누구보다도 친절하고 상냥하며 사랑스러운 사람이었다. 아, 물론 이건 엄마를 제외하고 하는 이야기다. 이연이는 자신의 가족에 대해 말하기를 좋아했다. 엄마가 얼마나 좋은 사람인지, 가족이 얼마나 화목한지, 가끔 다 같이 레슬링을 하는데 그때마다 아버지가 얼마나 큰 목소리로 소리칠 수 있는지 등을.
그리고 그런 이야기를 할 때마다 곁에서 신우는 큼큼거리면서 나를 노려봤다. 신우는 내가 이연의 개인적인 사실을 아는 것을 못

마땅해했다. 언젠가 엄마가 그건 독점이라고 말했다. 독점은 무언가를 온전한 '자기 것'이라고 생각하는 거라고 했는데 신우를 보면 그 단어의 의미를 잘 알 것 같았다. 하지만 이연이 없을 때, 나와 신우만이 놀이터에 있을 때 신우는 내게 그다지 툴툴거리지 않았다.

"그냥 너는 특이해서 이연이가 자꾸 관심을 가져."
"그게 왜?"
"난 그게 싫어. 이연이랑 더 놀고 싶은데 네가 자꾸 이연이를 뺏어가잖아."
"다 같이 친하게 지내자. 너는 내가 싫어?"
"넌 좋아."
"그럼 된 거지."

신우는 당찬 성격을 가지고 있어서 다른 아이들한테는 사정없이 사나웠지만 이연 앞에서는 불같고 사자 같은 기질을 보이지 않았다. 그래서 이연이 신우를 소극적인 아이로 보는 것은 당연한 일이었지만 신우는 그것을 내 탓으로 종종 돌리곤 했다. 내겐 이연도 신우도 모두 더할 나위 없이 완벽한 친구들이었다.

어느 토요일 아침, 엄마는 내 끔찍하게 나쁜 시력이 나이를 먹어도 좋아질 기미가 안 보이자 조촐하게 식사를 마치고는 내게 안과를 가자고 했다. 그것은 나에겐 무엇보다도 기쁜 소식이었기에 평소라면 양말 고르기에 한참은 걸렸을 것을 3분도 안 걸리고 집을 나섰다. 엄마는 예상외의 반응이라는 듯이 환하게 웃어 보였고, 나도 덩달아 웃으며 차에 올랐다. 그런데 차에 오르고 나자 갑자기 불안감이 몰려왔다. 그 불안의 근원이 무엇인지는 모르겠지만 엄마가 사라지면 어떡하냐고 고민했을 때의 기분과 몹시도 닮아 있어 께름칙하게 느껴졌다. 찐득찐득한 불안감이 송진처럼 달라붙었지만 엄마는 내 속의 변화를 눈치채지 못한 모양이었다.

"엄마, 안과는 무서운 곳이야?"

"아니야. 우리 지한이가 눈을 크게 뜨고 의사선생님이 하라는 대로만 하면 하나도 무섭지 않아."

"엄마 나 안과가 갑자기 너무 무서워."

"병원 냄새 때문에 그런가? 지한아, 저번에 갔던 치과랑은 다른 곳이야. 아야 할 거 하나도 없어. 네가 더 어렸을 때도 갔는데 기억이 안 나나봐."

"아니, 아야 해서 무서운 게 아니라 그냥 안 들어가면 안 돼?"

밝은 안과라는 팻말 아래서 신기하게도 내 발은 그대로 땅 위에 굳어버린 것처럼 더 이상 앞으로 나아가질 않았다. 귀신이라도 본 것처럼 두 다리가 후들거렸고 티셔츠는 식은땀으로 축축해졌다. 왜 이렇게 들어가기가 싫을까. 무섭다. 저 안에 들어가면 안 된다. 이런 생각들이 하나하나 머릿속을 떠나 온몸에 줄줄 감기기 시작하자 돌아버릴 것만 같았다. 엄마는 갑자기 돌변해버린 내 행동에 적잖이 당황했는지 내 소매를 잡아끌었다. 그 순간 눈앞의 엄마가 굉장히 낯설어 보였다. 악몽 속의 엄마를 닮은 여자와 엄마가 겹쳐지는 상상에 속이 울렁거렸다.

"안과 가면 지한이 이제 모든 것을 자세하게 볼 수 있을 텐데?"

'엄마가 사라질 거야.'

"지한아, 어디 아파? 왜 그래. 얼굴이 하얗네."

'악몽에게 잡아먹힐 거야. 엄마를 잃어버릴 거고 나조차도 잃어버릴 거야.'

본능적인 무언가로 알 수 있었다. 시야가 밝아지는 순간 무언가를 잃어버릴 것이라고. 꿈의 파편들이 이빨을 드러내고 나는 거기에 물리고 말 거라고. 보고 싶지 않은 것을 보게 될 것이라고. 그런 생각이 들자 정말 단 한 발자국도 움직일 수 없었다. 30분 가까이 안과 건물의 1층 주차장 앞에서 엄마와 실랑이를 했다. 엄마는 내가 하는 말을 단 한 마디도 이해하지 못했고 나는 거의 악을 쓰며 엄마에게 소리 질렀다. 지나가던 사람들이 흘낏거리든 말든 그건 내 관심사가 아니었다. 결국 보다 못한 엄마가 내게 눈높이를 맞춰 얼굴이 터질 듯이 우는 나를 진정시켰다.

"지한아, 지한이는 악몽 속의 무서운 엄마의 모습을 제대로 보게 되면 엄마에 대한 모든 기억들이 산산조각날 거라고 했잖아. 그래서 엄마도 사라지고 지한이도 사라진다고. 아냐 지한아, 그런 거 아니야. 악몽을 꾸는 건 지한이가 키가 크려고 그러는 거야. 뚝, 이제 그만 울자."

그러고는 나를 들쳐 업고서 안과 계단을 오르기 시작했다. 너무 울어서 숨쉬기조차도 힘들었고 티셔츠는 팽팽하게 몸을 조여왔다. 엄마 냄새가 훅 하고 등 뒤로 피어오르는데 울컥 하고 다시 울음이 속에서 올라왔다. 차라리 게워내고 싶을 정도가 된 답답함은 장기 속에서 과부하를 일으켰고 그 때문에 가슴속은 푸르딩딩한 멍이 들 지경이었다. 탁 탁 탁 엄마의 발걸음이 안과의 문 앞에 당도하자 이젠 다 모르겠다는 생각밖에 들지 않았다. 그래서 그냥 엄마의 등에서 조용히 내려 스스로 문을 열었다.

"이렇게 잘 올 거면서 아까는 왜 그렇게 울었어."
"엄마, 나 무서워."
"무서워할 것 없다니까? 지한이 주사도 울지 않고 잘 맞는데 오늘은 주사 맞을 일도 없을 거야."
"너무 들어가기가 싫었어. 그치만 오니까 그렇게 싫진 않아."

이건 거짓이 아니었다. 안과 문을 열자마자 마치 예전부터 억지로 모른 척하고 있던 무언가가 바짝 앞으로 다가와 있는 기분이 들었다. 그 안개 같은 익명의 감정은 굉장히 친숙하고도 서글퍼서 더이상 등 돌리고 싶지 않을 정도로 강한 연민을 불러일으켰다.

"자 여기, 지한아 이거 뭐야?"
"안 보여."
"음…. 그럼 이건?"

막대가 시력검사표 위로 올라갈수록 엄마 얼굴은 더더욱 초조해지기 시작했다. 이 정도로 눈이 나쁠 줄은 몰랐던 걸까. 일차적인 검사로 처참한 두 눈 상태를 확인하자 간호사는 나를 이상한 기계 앞으로 데려갔다. 그리고 한쪽 눈을 유리알이 박힌 기계 앞으로 고정시킨 다음 뭐가 보이느냐고 물었다.

"집이다!"
"맞아, 지한아. 집을 계속 보고 있어."

눈앞에 위치한 풀밭 위의 집은 계속해서 흐려졌다 보였다를 반복해가며 어질어질 장난치듯 눈앞에서 어른거렸다. 그리고 어느 순간 간호사가 포옥 한숨을 쉬더니 진료실로 차트를 들고 사라져버렸다. 나는 엄마의 손에 끌려 선생님이 계신 진료실 안 의자 위에 털썩 앉혀졌고 또 다시 밝은 빛 아래서 몇 번이나 두 눈을 깜빡인 뒤에야 의사 선생님의 소견을 들을 수 있었다.

"혹시 아버님과 어머님 두 분 다 시력이 안 좋으신가요?"
"아니요. 저랑 남편은 둘 다 1.0 정도라 안경은 낀 적이 없어요."
"보통 시력은 유전되는 경우가 큰데, 어린 나이부터 안경을 써야겠네요. 그리고 각막도 굉장히 얇아서 나중에 라식을 하기도 힘들겠는데, 일단 그건 나중에 커서 결정할 문제니까요. 이 건물 1층에 있는 안경점에 가셔서 안경 맞추시면 될 것 같습니다. 근시랑 약시가 겹쳐서 안경을 안 쓰면 점점 나빠지니까 주의하시고요."
"네, 감사합니다."

엄마는 꾸벅 의사선생님한테 크게 인사를 한 후 수심이 가득한 얼굴로 수납을 끝내고 곧장 1층으로 내려갔다. 엄마가 날 그렇게까지 잡아끄는 것은 처음 보았다. 엄마는 조급하고, 갑갑해 보였다. 엄마의 이마에는 송글송글 땀이 차 있었다.

"엄마, 왜 그래."
"속상해서 그래. 속상해서."
"뭐가 속상해?"
"왜 눈이 안 보인다고 말 안 했어?"
"그치만 엄마가 눈은 여섯 살이 될 때까지 자란다고 했는걸."
"그래도 그렇게까지 안 보이면 말을 했어야지!"
"엄마가 걱정할 것 같았어. 엄마 화내는 거 싫어."
"지한아! 숨길 게 있고 숨기면 안 되는 게 있어! 알아?"

엄마는 듣다못해 속이 터지는지 계단 중간에서 우뚝 멈춰 서서 내 두 팔을 꼭 잡고 날 이리저리 흔들었다. 머리카락이 땀 때문에 쩍쩍 피부에 달라붙었다. 또다시 속이 울렁거렸다. 엄마가 내게 화내는 게 싫다. 붉은빛이 가득한 저 눈빛이 싫다. 숨결이 불안하게 떨리는 것이 싫다. 전부 싫다.

"엄마가 날 사랑하지 않을 것 같아."

"뭐가? 뭐가 지한아!"

"내가 눈이 안 보인다고 말하면 이렇게 화낼 거였잖아. 엄마가 나한테 화를 낸다는 건 엄마는 나를 사랑하지 않아서 그런 걸 테니까 난 그게 무서워."

"지한아, 지한이는 엄마를 사랑해?"

'너무너무 사랑해. 엄마가 너무 좋아. 그래서 꿈속의 무서운 엄마를 보면 불안해. 내가 사랑하는 엄마가 그렇게 변해버릴까봐. 꿈속의 엄마는 나를 사랑하지 않는걸. 그래도 난 꿈속에서도 엄마를 사랑해.'

눈물이 앞을 가려왔다. 억울한 마음이 천천히 까만 페인트처럼 머리카락을 적시고 발바닥 밑까지 전부 스며들었다. 스스로가 작고 초라하다. 엄마를 사랑하는 것 외에는 어떤 것도 하지 못하는 사랑에 맹목적인 바보다. 그런 날 두고 엄마가 사라질까봐 항상 전전긍긍하고 있다. 여섯 살 꼬맹이가 지금 할 수 있는 것은 우는 것밖에는 없다.

"울지 마, 뚝! 지한아, 안경 맞추자. 지한이가 좋아하는 색깔로 엄마가 사줄게."

"엄마 나 미워해?"

"아니야! 누가 그래! 엄마는 지한이를 사랑해서 화를 내는 거야."

"지한이도 엄마 사랑해. 엄마는 무슨 일이 있어도 지한이 사랑해 주는 거야?"

"응. 무슨 일이 있어도 널 사랑해."

엄마는 날 꼭 껴안아주었다. 왜 그렇게 서러웠을까. 눈물이 흘러 내려 엄마의 어깻죽지를 전부 적신 뒤에야 겨우 눈물을 멈출 수 있었다. 본능적으로 알고 있었나? 이게 내가 누릴 수 있는 마지막 유년기이며 행복이라는 것을.

"어때요? 잘 보여요?"

"잘 보여요."

"자, 그럼 엄마 한번 돌아보자."

안경점 아저씨는 친절했다. 계속해서 안경을 들었다 놨다 하는 날 차분히 기다려주었고 내 취향을 알기 위해 여러 가지를 물어봐 주었다. 결국 한 시간 정도가 지나서야 난 동글동글한 안경알을 가 진 금색 안경을 고를 수 있었다. 기대 반, 설탕에 찍어놓은 만족감 반. 안경을 쓰고 본 세상은 놀라웠다. 모든 것이 또렷함은 물론이 고 물체 하나하나가 생기를 품은 채 시야에 들어왔다. 안경점 아저 씨의 얼굴도 자세히 볼 수 있었다. 물론 조금 어지럽긴 했지만 얼굴에 피어 있는 검푸른 점들과 자글자글한 눈주름조차도 확실하게 보였다. 엄마를 돌아보기 전에 난 먼저 거울을 응시했다. 그동안 내 얼굴조차도 정확하게 보이지 않았던지라 심장이 떨릴 정도로 궁금했다.

"와."

보통 키에 조금 마른 몸, 갈색 눈동자와 조금은 버석거리는, 눈동자 색과 같은 머리카락. 코 주변에 살짝 보이는 주근깨. 위로 올라가 있는 붉은 입꼬리. 짝짝이 쌍꺼풀인 동그란 눈에 그보다도 더 동그란 금색 안경. 나 김지한은 그렇게 생겨 있었다.

"오랜만이야."

'뭐가 오랜만일까.'

"정말 오랜만이야."

오랜만이라는 단어가 홍수처럼 쏟아져 나왔다. 세포들이 분열을 하듯 뇌 속에서 태어난 그 단어는 점점 목구멍을 타고 뱃속 뜨거운 곳까지 쭉쭉 내려갔다. 그 순간 지직 하고 머릿속에서 누군가의 모

습이 스쳐 보였다. 그래, 아주 오래전에 보았던, 두 눈이 충혈되다
못해 증오와 허탈함으로 이글거리는 남자가 날 보고 있었다. 주근
깨가 코 주위를 덮고 있고 동그란 안경을 쓴, 머리가 나처럼 버석
거리던 남자. 남자가 날 향해 소리쳤다. 순간 시야에서 엄마도 안
경점 아저씨도 전부 사라졌다. 어둠, 어둠이 깔린 어떤 공간에서
남자가 비명에 가까운 쉿소리를 냈다.

'여기야!'
'어디?'
'여기야!'
'누구야?'
'나야.'
'나라니? 난 너를 몰라.'
'서윤! 이서윤!'

남자가 이쪽을 향해 손을 뻗어왔다. 파드득 떨리는 손이 괴기스러
운 분위기를 연출하며 내 옷을 움켜쥐었다. 놀란 나머지 몸을 뒤틀
어 남자를 떼어내려는데 남자와 똑같은 손이 내 눈앞에 있었다. 정
확히는 남자와 똑같은 손이 내 팔에 붙어 있었다. 남자와 똑같은 얼
굴을 하고 있는 내가 남자를 공포스럽다는 듯이 쳐다보고 있었다.

'어라?'

'어딜 봐! 여기라고 여기!'

　남자를 다시 쳐다보았다. 절박한 표정을 짓고 있던 얼굴이 이제
야 자신을 봐줘서 다행이란 듯이 금방 풀어졌다. 그래 저 얼굴. 알
고 있지, 알고 있어. 내 얼굴이잖아. 스무 해 넘게 달고 살던 얼굴이
잖아. 아냐 잠시만, 난 지한인데? 엄마의 사랑스러운 아들인데? 넌
누구야?

'이서윤.'

'난 지한인데?'

'지한이기 전에 이서윤이지 않아?'

'이서윤이 누구야?'

'×××에게 배신당한 불쌍한.'

'나 자신.'

　남자가 뒷말을 잇지 않았음에도 불구하고 무의식적으로 입에서 나
자신이라는 답이 나왔다. 아아, 그 뒤의 일은, 생각할 수도 없이 끔찍
한 일이었다….

'이서윤.'

126

'배반당한.'
'아무도 사랑하지 못했고.'
'아무에게도 사랑받지 못한.'
'불쌍한 나.'

어린아이의 순수한 눈물샘 위로 방대한 양의 기억들이 쏟아 부어져 샘이 말라붙었고, 그 위로는 작은 불꽃이 피어올랐다. 화려하진 않지만 태울 의지로 가득한 불꽃은 어느 순간 심장에 옮겨 붙었고 그 순간부터 내 마음은 돌아온 기억으로 미친 듯이 몸부림치기 시작했다.

'왜 살아난 거지? 유안, 유안 씨는 왜 그때 날 배신한 거지? 왜?'
'난 지금 여섯 살이고 엄마, 엄마는?'
'엄마?'

검은 배경 속의 남자가 얼굴을 일그러뜨렸다. 그리고 두 손으로 직직 얼굴을 긁어댔다. 억울해서, 화가 나서, 미쳐버릴 것만 같아서, 아니 이미 미쳐버려서 차마 비명을 지르지 못하고 피가 나도록 손톱으로 얼굴을 긁었다.

'엄마가 누군지 확인해봐. 이미 조금은 눈치챘겠지만.'

'난 다시 살아난 거야?'

'왜 네가 그녀의 아들로 다시 태어났는지, 무엇을 위해서 태어났는지 잘 생각해봐.'

남자는 등을 돌려서 어둠 속으로 걸어갔다. 남자, 정확히는 내가 어둠 속으로 자취를 감추기 직전 본 것은 뻥 뚫려 있는 등과 사라진 장기들이었다. 붉은 피가 내 발 밑에 고여 있는 것을 확인한 순간 눈앞이 새카맣게 되었다.

"악!!!"

아까의 환상은 눈 녹듯 사라지고 다시 두 눈 앞에는 거울 속에 비친 내가 있었다. 지한, 아니 어린 서윤을 똑 닮은 사내아이의 모습에 오소소 소름이 돋았다.

"지한아? 지한아 괜찮아?"

"엄마? 엄마!"

"응, 지한아 엄마 여기 있어. 왜 그래? 어디 아파?"

거울 앞에 주저앉은 나를 향해 엄마가 다가왔다. 천천히 아주 느리게 엄마를 향해 고개를 들었다. 제발 아닐 거라고, 신이 있다면 내게 이래선 안 된다고 그 짧은 순간에 몇천 번 몇만 번을 기도하며 그녀 쪽으로 얼굴을 돌렸다. 그리고 내 두 눈동자 안에 들어온 사람은 바로 꿈속에서 몇 번이나 마주했던, 날 끝까지 바라봐주지 않았던, 나의 유안이었다. 미치도록 가증스럽고, 사랑스럽고, 찢어 죽여버리고 싶은 내 연인, 유안.

'유안.'
'왜 여기 있는 거예요.'
'왜 날 배신했나요.'
'도대체 왜 엄마 행세를 하고 있는 거냐고요. 입이 있다면 제발 무슨 말이라도 해봐요. 그때 죽으려 했던 것은 전부 거짓이었어요? 날 사랑한다는 것도, 내게 털어놓은 이야기도 전부 거짓이었어요?'

충격에 숨이 막혀 공기를 들이마실 수가 없었다. 컥 하고 가슴에 심한 통증이 느껴졌다. 꿀렁 하고 속이 뒤틀렸다. 안에서부터 무언가가 와자작 소리를 내며 부서져갔다. 그녀의 아들로서 내가 행복을 만끽했던 시간, 추억, 아무것도 모른 채 천진난만하게 웃었던 별빛 같던 웃음들이 자기혐오와 증오 그리고 절망적인 이 상황 앞에서 덧없이 풍화되어갔다.

"지한아!"

"만지지 마!"

유안이 나를 향해 손을 뻗었지만 아이의 몸으로 낼 수 있는 최대의 힘으로 그녀의 손을 매섭게 내리쳤다. 짝 소리가 안경점 안에 날카롭게 울려 퍼졌고 그녀를 매몰차게 쳐낸 것은 나임에도 나는 상처받은 얼굴을 하고 유안을 바라봤다. 재회다. 그토록 꿈에 그리던 재회다. 죽는 순간까지도 그토록 그리웠던 저 두 눈이 지금은 나를 놀란 듯 바라보고 있었다.

"지한아, 왜 그래? 엄마야, 엄마."
"엄마라니, 내 엄마일 리가 없잖아."
"그게 무슨 소리야? 지한아?"

유안의 얼굴이 백지장같이 하얘지며 날 확 붙들었다. 말릴 새도 없이 두 팔이 잡힌 탓에 옴짝달싹도 할 수 없었다. 낑낑거리며 몸을 뒤틀어 봐도 무용지물이었다. 유안은 말 그대로 충격과 공포에 휩싸인 채 날 보고 있었다.

"다시 말해봐."
"뭘?"
"아까 한 말! 지한아 엄마 봐!"

"알면서 왜 그래요."

"다시 말해봐!"

유안이라면, 예전에 쓰던 것과 같은 안경을 고르고 똑같은 머리카락에 주근깨마저 비슷한 어린 아들이 서윤과 닮았다는 사실을 모를 리가 없을 것이다. 그럼에도 저렇게 꿋꿋이 지한이라는 이름으로 날 애타게 부르는 이유는 자신이 '설마' 라고 생각하는 일이 절대로 일어날 리가 없다고 부정하고 있는 것이다. 나 역시 지금 이 상황이 현실이라고 믿기 힘든 마당에 그녀가 이 상황을 이해하기는 무리겠지.

하지만 나는 기대하고 있었다. 그녀가 날 알아봐주기를. 내게 무슨 말이라도 해주길. 그리고 그녀가 죽인 불쌍한 남자가 그녀의 아들로 그녀 곁에 환생하여 돌아왔다는 사실에 끝없이 절망하기를. 내가 그랬듯 영원히 고통스러워하기를.

"정말 모르겠어요?"

"지한아, 엄마 미치게 할래? 갑자기 왜 그래!"

유안이 머리를 쥐어뜯는 순간에도 나는 조용히 유안을 쳐다보았다. 내가 죽기 전 보았던 그 얼굴과 비교해볼 때 유안은 그다지 변하지 않았다. 머리가 어깨 위까지 짧아지고 조금 더 성숙해진 것을 빼면 거의 비슷했다. 하지만 무엇보다도 그때와 똑같은 목소리가 가슴을 찢어지게 만들었다. 차분하게 있으려 해도 가슴의 술렁임은 제멋대로 온 정신을 울렁이게 만들었다.

"갑자기가 아니잖아요."
"그러면?"
"정말 나 모르겠어요?"
"지한아, 엄마 무서워. 그만해. 장난치지 마."
"이게 장난 같구나."
"지한이 뭐가 문제야? 응? 뭐가 문제야?"

유안은 엉거주춤 서서 날 혼란스럽다는 듯 보고 있었고 그 옆에 서 있는 안경점 아저씨도 어쩔 줄 모르고 난감한 표정을 짓고 있었다. 이 상황이 우습지 않다면 거짓말이겠지. 크게 소리 내서 웃고 싶었다. 소극적이고, 한없이 온순하던 내 품성은 어디로 갔는지 난 마음이 시키는 대로 깔깔대며 웃기 시작했다. 변성기가 오려면 한참 남은 남자아이 특유의 웃음소리가 안경점 안을 메웠다. 점점 정신이 맑아졌다.

웃음소리가 커질수록 가슴은 미어졌고 생각은 또렷해졌다. 기회가 다시금 내게 찾아왔다. 신이 주신 기회라고도 볼 수 있고, 유안이 받은 천벌이라 볼 수도 있다. 아까 그 남자는 내가 다시 살아난 이유에 대해 잘 생각해보라고 했다. 뻔하지 않은가? 지금 내가 해야 할 일은 유안에게 배신당한 슬픔을 유안에게 그대로 돌려주는 것이다. 내 목숨이 붙어 있는 한 수단과 방법을 가리지 않고 그녀에게 복수하는 것. 내 사랑을 매몰차게 내던진 것에 대해 뼈저리게 후회하도록 만드는 일. 나는 그 때문에 다시 돌아온 것이다. 그녀의 하나뿐인, 그녀가 맹목적으로 사랑하는 아들로.

"지한이가, 지한이가⋯."

유안은 황급히 가방에서 핸드폰을 꺼내더니 어디론가로 전화를 걸기 시작했다. 몇 번의 신호음이 가고 딸깍 소리와 함께 중저음의 목소리가 스피커를 타고 흘러나왔다. 그와 함께 내 웃음소리도 뚝하고 멈췄다.

"여보세요?"
"여보, 지한이가."
"지한이가 왜? 무슨 일이라도 생겼어?"

익숙한 아버지의 목소리가 들려왔다. 나와 유안의 악연의 굴레에 불쌍하게 낀 제3자. 나를 진심으로 사랑하고, 더 많은 시간을 함께 보내지 못해 항상 미안한 기색을 숨기지 못하는 가여운 사람. 서윤일 때의 나와 유안의 일을 알지 못하는 착한 사람. 순간 아버지가 아무것도 모른 채 유안에게 이용당했던 내 모습과 굉장히 닮았다는 생각이 들었다. 그가 모든 사실을 알게 되면 어떻게 변할까. 아마 아버지의 인생은 볼 필요도 없이 산산조각나지 않을까? 어린 나의 시선으로 지금까지 봐온 아버지는 유안의 과거를 알지 못하는 듯 했고 유안을 진심으로 사랑했다. 그래서 그녀와 나를 더욱 편안한 곳에서 살게 해주기 위해 밤낮없이 일에 전념하고 있었다. 지금 나란 존재, 옛 기억을 찾은 서윤이자 지한은 그 헌신적인 아버지의 사랑을 저 수심 깊은 곳까지 수장시킬 수 있는 재앙의 조각이었다.

"지한이 바꿔줘봐."

아버지의 목소리를 들으니 더 이상 웃을 수가 없었다. 유안은 여전히 놀란 얼굴로 이쪽을 바라봤고 난 천천히 유안에게 다가가 고사리 같은 손으로 핸드폰을 받고는 스피커에다 대고 속삭였다.

"아빠."
"응, 지한아, 엄마 왜 이렇게 놀랐어? 어디 아파? 안과 갔다고 했잖아."
"아니야, 아무 일도 없어."
"엄마는 괜찮아?"

"응, 엄마 잠시 놀랐을 뿐이야. 내가 못된 장난을 쳤거든."

"왜 그랬어."

"그냥… 그냥."

"어서 엄마한테 잘못했어요 말해. 지한이 그러면 돼요, 안 돼요?"

"안 돼요."

"엄마도 지한이 사과 받아줄 거니까 지한이 엄마 꼭 끌어안아줘."

아들을 절대적으로 믿는 아버지의 말은 결코 거부할 수가 없었다. 난 예나 지금이나 선명한 감정들, 예를 들어 진실한 사랑, 신뢰, 슬픔, 심지어 악의에조차도 언제나 굴복했다.

"엄마, 미안해."

"지한아."

"장난치는 거 나쁜 거 알면서 장난쳤어요. 미안해요."

"엄마 놀랐잖아. 왜 그랬어!"

유안은 나를 그녀의 품속으로 확 끌어안았고 난 유안이 즐겨 쓰던 제비꽃 향수 냄새를 맡을 수 있었다. 내가 온전한 유안의 아들로 있을 적에 맡았던 낯익은 냄새의 근원은 바로 이것이었다. 유안은 아들의 알맹이가 자신이 죽인 거짓 연인이라는 사실을 알면 어떤 반응을 보일까. 미쳐버릴까, 아니면 울부짖을까? 믿지 않을까,

아니면 알면서도 모른 척할까. 내게 용서를 빌 것이라는 가정이 현실이 될 수 있을까.

　아버지에게 유안의 정체를 밝힐 수도 있고, 유안의 목을 졸라버릴 수도 있다. 하지만 나는 아직 여섯 살 꼬마이고 내가 그녀의 아들이라는 사실은 10년이 지나도 20년이 지나도 변하지 않을 것이다. 그리고 시간이 지나면 지날수록 그녀는 점점 자신의 아들에 대한 애틋한 사랑을 키워나가겠지. 그래, 지금 섣불리 내가 누군지를 밝혀봤자 좋을 것이 없다. 알량한 복수극은 끝나겠지만 그와 함께 모처럼 주어진 나의 제2의 인생도 막을 내릴 것이다. 어디론가 보내지거나 쥐도 새도 모르게 또다시 날 죽이거나. 그녀가 자신의 아들에게 그런 끔찍한 짓을 할 수 있을까. 글쎄, 알맹이가 자신의 아들이 아닌걸.

　"엄마."

　엄마라는 단어가 찌르르 가슴을 울렸다. 두 글자 안에 참 여러 감정이 스며들어 있었다. 거짓, 미움, 연민, 갈망. 서윤이었을 적에 엄마를 불렀을 때도 이런 감정이 들었던가. 유안이 내 속삭임에 안고 있던 나를 조금 떨어뜨린 채 걱정이 가득한 눈빛으로 내 곳곳을 살폈다.

"집에 가자."

"지한이 집에 가고 싶어?"

"잠 와."

지한으로서 내가 자주 했던 행동, 눈을 비비며 그녀에게 폭 안기자 유안이 진심으로 안심한 듯 포옥 하고 깊은 한숨을 내쉬었다. 뒤에 꿰다놓은 보릿자루처럼 서 있던 불쌍한 안경점 아저씨도 다시 자리로 돌아가서 이쪽을 물끄러미 보았다. 놀랐겠지. 갑자기 생글생글 웃던 아이가 비명을 지르더니 엄마도 알아보지 못하고 실성한 듯 웃었으니까. 경찰에 신고하지 않은 게 다행이지.

"엄마, 안아줘."

예전에 날 안던 것처럼 꼬옥 안아주길 바랐다. 말이 끝나자마자 유안은 계산을 위해 잠시 내려놓았던 나를 가뿐히 안아들었다. 들썩 하고 몸이 들림과 동시에 땅이 훅 하고 멀어졌다. 몸집이 작으니 별로 높지 않은 높이에도 불구하고 바닥과 굉장히 동떨어져 있다고 느껴졌다.

'정말 작다, 나….'

"지한아, 엄마가 뭐 하나만 다시 물어봐도 돼?"

"응, 물어봐."

"아까 엄마는 엄마가 아니라고 했잖아. 왜 그랬어?"

유안은 조금 긴장했는지 나를 안고 있는 두 손에 꼬옥 힘을 주었다. 그녀의 어깨에 얼굴을 기댄 채 잠시 고민했다. 뭐라고 대답해야 유안이 별 의심하지 않고 넘어갈까. 아까의 이상행동은 철없는 아들이 놀라서 한 것이라 할 수 있을까.

"나 오늘 엄마의 얼굴을 처음 자세히 봤어. 항상 흐리게 보였는데, 오늘은 그렇지 않았어. 그래서 꿈속의 무서운 엄마와 헷갈렸어. 꿈속의 엄마 얼굴은 신기하게도 또렷하게 보였거든. 그런데 안경을 쓰고 엄마를 보는데 엄마가 꿈속 엄마랑 똑같이 생긴 거야! 그래서 놀랐어."

"꿈속 엄마는 많이 무서운 사람이야?"

꿈속의 장면을 알 리 없는 유안이 넌지시 내게 질문했다. 느닷없는 네 명의 거짓 자살 소동, 혼자만 까마득하게 몰랐던 사기극, 그리고 날 진심으로 사랑했는지 아닌지도 알 수 없는 옛 연인이 등장하는 꿈속의 이야기를 유안에게 해주고 싶다는 충동이 확 일었다. 하지만 일단은 참기로 했다. 아무 말도 해선 안 돼.

"무서운지는 모르겠어. 하지만 미워. 보기만 해도 가슴이 터져버
릴 것 같아."

"꿈속의 엄마가 왜 그렇게 미워?"

"큰 잘못을 했어."

"큰 잘못? 지한이한테 화를 내?"

"차라리 화를 냈으면 좋겠어. 하지만 계속 울어. 날 보지도 않아.
꿈속의 엄마 때문에 나 많이 상처받았어. 하지만 그게 나을 새도
없이 꿈이 끝나."

그래, 꿈이 끝났지. 정확히는 내 삶이 끝나버렸지. 지금 유안의
품에 안겨 있는데도 여러 감정선이 이리저리 엉키고 뒤틀려서 미
쳐버릴 것만 같다. 만약 내 손에 단도가 있었다면 가차 없이 그녀
를 찔렀을 거다. 어떻게 유안 씨가 내게 그럴 수 있냐고. 어떻게 날
배신할 수가 있냐고. 약에 취해 남자들에게 끌려갈 때 내 마지막
애원을 그렇게도 매몰차게 내던질 수 있었냐고.

하지만 그럼에도 6년 동안 그녀의 보살핌을 받으며 산 지한으로
서의 나는 이 순간조차도 그녀의 품이 안락하고 편안하다고 느꼈
다. 유안이 밉다. 하지만 아이러니하게도 들끓는 미움 아래는 가라
앉아 있던 그리움과 반가움이 조용히 숨죽인 채 주위를 두리번거리
고 있었다. 비 온 뒤 땅이 굳는 것처럼 쏟아지는 미움에도 그리움은

점점 단단해졌다. 다시 그녀를 만나서 터질듯이 그립고 반가운, 이 상황에 전혀 부합되지 않는 이상한 감정이 작은 가슴 곳곳에서 흐르고 있었다.

"지한아, 걱정하지 마. 엄마는 그러지 않아."

유안의 손이 토닥토닥 등을 두들겼다. 참 오랜만에 들어보는 말이다. 걱정하지 마. 더 이상 아무 생각도 하지 마.

'구원받고 싶어.'

사랑이 배반당할 때, 난 항상 구원받고 싶다고 생각했다. 그렇지만 구체적으로 어떤 행동이 날 구원해줄지 몰랐다. 복수는 날 구원의 변두리에 데려다 줄까.

"엄마는 날 사랑해?"
"지한이 아주 많이 사랑하지, 말로 다 못 옮길 정도로."
"어째서?"
"왜긴 왜야. 엄마 아들이니까!"
"그럼 내가 엄마 아들이 아니었으면 날 사랑하지 않았을까?"
"왜 그런 생각을 해, 지한아."

"그냥. 엄마 아들로 태어나서 다행이야. 그렇지 않았다면 이런 사랑 받지 못했을 테니까."

엄마의 품은 다시 한 번 강조하지만 푸근하고 따스했다. 모든 것을 잊어도 괜찮다고 누군가가 속삭인 것처럼 난 그렇게 까무룩 잠에 들었다.

"지한아, 일어나. 집에 들어가자."
"응?"
"다 왔어. 이제 일어나야지."

내가 눈을 뜬 곳은 지하주차장이었다. 차 안에서 엄마는 나를 조심조심 깨웠고 나는 다시 서윤이자 지한으로 눈을 떴다는 사실에 안도했다. 한없이 무거운 눈꺼풀을 겨우 들어 그녀의 손을 잡고 밖으로 나갔다. 안경 덕에 지금까지 보지 못했던 소소한 것들이 자세히 들어왔다. 엘리베이터가 어떻게 생겼는지, 거울에 비친 내 모습이 어떠한지부터 엘리베이터의 조명 아래 유안은 어떻게 보이는지까지.

'내가 예닐곱 살 때와 다를 바가 없네.'

또래 애들보다 작은 건 아니지만 왜소해 보이는 체격, 좁은 어깨, 푸석푸석한 갈색 머리카락. 허연 얼굴 위 콧잔등 주위의 주근깨. 그리 높지 않은 코와 작은 입술. 한쪽만 있는 겉쌍꺼풀과 밋밋한 다른 쪽 눈. 그리고 그런 도화지 같은 이미지 위 동글동글한 금테 안경. 서윤이 십몇 년 전으로 돌아간 게 아닌가 싶은 모습이었다. 유안과 닮은 곳이라곤 얇은 입술 하나밖에 없는 날 유안은 어떻게 이렇게 예뻐할까. 그렇다고 해서 내가 아버지와 닮았다고 생각하기도 힘들었다.

'유안 씨도 참 대단한 사람이네요. 뻔뻔하게 사람을 죽여놓고 이렇게 행복하게 살 생각을 하니까.'

"지한이 왜 그렇게 거울을 뚫어져라 보고 있어?"
"신기해서. 나 이렇게 생겼구나. 그동안은 이렇게 분명하게 보이지 않았거든."
"엄마 많이 닮았지? 지한이 저녁에 아빠 오시면 엄청 놀라겠네! 지한이 코는 아빠랑 똑같이 생겼으니까."

'난 그냥 딱 서윤의 십몇 년 전 모습인데, 닮긴 누굴 닮아.'

유안의 말에 난 그녀를 돌아보며 더듬더듬 얼굴을 만져보았다.

유안의 살결은 곱다. 그리고 내 피부는 어릴 적부터 다른 아이들과는 달리 건조했다. 그건 지금 지한도 마찬가지다. 조금은 변했어도 좋았으련만.

"지한이 오늘은 색칠 공부 안 할 거야? 평소에는 하자고 먼저 조르더니."

서윤의 기억이 돌아오기 전 내가 가장 흥미를 보이던 놀이 중 하나는 12색 크레파스로 맘껏 도화지를 칠하는 것이었다. 하지만 그건 서윤으로 돌아오기 전에나 좋아했던 것이지 지금 그런 놀이를 하고 싶겠는가. 크레파스를 잡는 순간 제2의 모네 뺨치게 그림을 그려댈 텐데. 하지만 천재라고 칭송받기 전에 유안이 내 그림을 알아볼 가능성도 있었다.

"오늘은 그리기 싫어."
"별일이네? 그럼 지한이 뭐하고 싶어? 아직 놀이터에 친구들 있나 보러 갈까?"

친구들. 그 꼬마들? 이연이란 여자애와 신우라는 질투광 남자애? 그래, 생각해보니 그것도 문제였다. 아이들은 쓸데없는 것에 민감하다. 내가 예전의 김지한과는 같지 않다는 것을 눈치챌 수도 있는데 뭐

가 좋아서 그 애들을 만나러 가겠는가. 물론 눈치채지 못할 가능성이
더 크지만, 난 예전부터 애들을 좋아하지 않았다. 애정결핍인 청년이
무슨 여유가 있다고 아이들에게 애정을 나눠줄 수 있을까. 그래서 학
생 시절 봉사활동도 고아원이 아닌 양로원을 지원했다. 애들을 만나
도 살갑게 대하질 못했다. 아이들이 날 보고 웃거나 좋아하는 일도
거의 없었다.

"아빠 기다릴래."
"오늘 지한이 밖에 나가고 싶지 않나보네. 알겠어. 엄마는 저녁
만들고 있을게. 놀고 있어."

놀고 있으라고 했지만 난 구체적으로 뭘 해야 할지 몰랐다. 갑자
기 집을 둘러보고 싶어졌다. 안방에 먼저 들어가니 어린 지한이었
을 때 본 기억들이 훅 하고 떠올랐다. 익숙한 향기, 익숙한 가구 배
치. 안경알을 통해 보는 방은 내가 알던 그 안방보다도 더욱 아늑
했고 아기자기했다. 오른쪽 귀퉁이부터 시작해서 슥 방 전체를 훑
는데 시선이 왼쪽 벽면에서 우뚝 멈췄다. 여느 가정에서나 볼 수 있
을 만큼 흔한 액자 하나가 시선을 고정시키며 화살처럼 가슴을 뚫
고 지나갔다. 어떻게 지금까지 이 그림을 제대로 보지 못했을까.

'뭐야.'

눈을 깜빡 하고 다시 감았다 떠보았다. '꿈을 꾸고 있나? 아니, 제발 꿈을 꾸고 있기를.' 머리에서 삐익 하고 경고음이 생생하게 울려왔다. 유안이 사갔던 여자 그림. 배 부분만 칠해져 있지 않은, 전시관에서 유일하게 팔려나간 서윤의 그림이 벽에 걸려 있었다.

'유안 씨. 대체 무슨 속셈이에요.'

비틀 하고 몸이 균형을 잃고 벽 쪽으로 무너져 내렸다. 황당함에 실소가 기어나왔다. 유안은 죽은 나를 농락하고 싶었나? 승리를 만끽하고 싶었나? 아니면 정신에 이상이라도 있는 건가? 대체 무슨 속셈으로 이 그림을 이렇게 떡 하니 자신의 '단란하고' '행복한' 가정에 걸어둔 거지. 뜨거운 응어리가 가슴속에서 단단하게 뭉쳐져갔다. 피눈물이 흐를 것처럼 두 눈시울이 뜨거워서 꽉 감아버리고 싶었지만 그림에서 차마 눈을 뗄 수가 없었다. 파들파들 떨리는 두 팔이 작은 몸뚱이를 겨우 끌어안았다. 배신감이 온몸을 옥죄어 신음을 참기 위해 입을 꽉 다물어야 했다. 속이 풍선처럼 펑 하고 터져저 그림을 가려버렸으면 좋겠다. 그림을 찢어버리고 싶은데 두 발이 움직이질 않았다. 구원에서 아주 먼 곳에 있는 지옥의 변두리에 차갑게 내동댕이쳐진 기분이었다.

'유안의 모든 게 거짓말이었던가.'

　나를 사랑했다는 말은 거짓인 것을 안다. 그건 확실하게 알고 있다. 하지만 그녀의 불운한 어린 시절은? 그녀를 버렸다던 옛 연인은? 그것도 다 거짓이었나? 금방이라도 부서질 것 같고, 스러져 재가 되어버릴 만큼 위태위태하던 유안은 허상이었나. 그래, 그랬겠지. 그게 아니라면 저 그림을 저렇게 걸어놓을 수는 없지. 내가 만일 유안이었다면 죄책감으로 목숨을 끊어버렸을 것이다. 악몽에 시달리고 그 악몽이 숨통을 틀어막아 질식했을 것이다. 그런데 저 여자는 어떻게 서윤을 빼닮은 나를 보면서도 저리도 뻔뻔하고 당당하게 살아갈 수 있냐는 말이다.

　미움이라는 씨앗은 마음속에서 붉은 꽃을 피웠다. 그리고 만개한 그 붉은 국화 아래서 유안이 사랑하던, 아무것도 모르는 어린 지한은 그대로 숨을 거두고 말았다. 작은 몸뚱이 안은 이젠 증오로 똘똘 뭉친 서윤만이 있을 뿐이다. 잠시나마 남아 있던 모성에 대한 갈망은 말라붙었고 공존하던 아이로서의 나와 어른이었던 나의 밸런스는 와장창 깨지고야 말았다.

　"아빠 왔다, 지한아!"

　삐리릭 현관문이 열리는 소리를 들었으나 난 그 자리에 얼어붙은 채 움직이질 못했다. 평소의 지한이라면 귀엽게 문 쪽을 향해 내달리겠지만 차마 그럴 수가 없었다. 아버지란 사람의 얼굴을 보기가 두려웠다. 나보다도 더 끔찍한 상황에 놓인 저 사람을 보는 순간 유안에게 복수를 하지 못할 것 같았다. 복수는 유안뿐만 아니라 저 아버지란 사람의 인생도 함께 어둠 속으로 잠식시킬 테니까. 불행을 감내하는 일에는 진절머리가 날 정도로 익숙하지만 누군가를 불행하게 하는 것은, 그것도 아무 죄도 없는 사람에게 천벌을 준다는 것은 안 될 일이다.

"지한아?"
"오늘 지한이가 많이 우울한가봐."
"그러네. 오늘 안경점에서 정말 무슨 일 있었어?"
"자꾸 이상한 소리를 해서 놀라긴 했는데 또 금방 장난이라고 하니까. 사춘기가 오기에는 너무 이른 것 같은데."
"그런 거 아닐까? 눈이 잘 안 보이다가 전부 명료하게 보이니까 상상과 달라서 당황한 거."
"그런 거였으면 좋겠어."
"일단 걱정하지 마. 내가 잘 타일러볼게."

두 사람은 내가 이 대화를 듣지 못한다고 생각하겠지만 안타깝게도 벽은 대화 소리를 차단하기에는 터무니없이 얇았다. 그림을 등지고 주저앉아 있으니 끼익 하고 방문이 열렸다. 조명 빛을 등지고 나의 아버지라는 사람이 천천히 들어왔다.

"오지 마."
"지한아, 왜 그래?"
"아빠, 나 혼자 있을래."
"저녁은? 안 먹게? 지한이 화나는 일 있어?"

  나의 옛 아버지와는 달리 지한의 아버지는 따스한 사람이었다. 봄이 오고 있었음에도 아직 추운 날씨 때문에 얼어버린 손을 호호 불며 아버지는 고개를 무릎에 파묻고 있는 나를 가뿐히 안아 올렸다. 그러고는 아무 말 않고 토닥토닥 등을 두들겼다. 마치 얹힌 억울함이 내려가길 바라는 것처럼. 등줄기에 깊이 스민 슬픔이 조금은 덜어지는 기분이 들 정도로 아버지는 오래오래 말없이 날 달랬다. 무엇에 화가 났는지 무엇에 절망했는지는 알 필요도 없어 보였다. 그저 눈앞에 있는 무엇에도 의지할 수 없는 아이가 안도하길 바라는 듯했다. 그 무던함에 가슴이 데었다. 그 무던함이 불편했다. 왜냐면 난 이 멋지고 좋은 사람을 배신해야 하니까. 이 사람을 보면 유안을 향한 복수는 좀 더 천천히, 이 사람이 최대한 상처받지 않는 방향으로 생각해야만 하니까. 이래서 난 무르다는 것이다. 지금 내 코가 석 자인데 누가 누구 입장을 봐준다는 건지. 그럼에도 난 이

불쌍한 어른이 안쓰러워 견딜 수가 없다. 내심 이 사람이 유안의 실체를 알게 되길 바라면서도 지금처럼 아무것도 모르고 살기를 기도한다. 나는 모순 덩어리다. 그리고 유안은 내가 이런 사람인 것을 알았기에 내게 접근했을 것이다. 나를 사랑이란 단어 아래 구속하고 죽음을 선사했겠지! 모든 것은 사람들의 벌어진 입안으로 공기가 들어가는 것보다도 간단하고 쉽게 일어났다. 나의 이런 멍청함 때문에. 그래도 난 이런 나를 멍청하다고만 말하고 싶진 않다.

'진실하고 좋은 사람은 슬퍼하게 해선 안 돼. 누군가를 아프게 한 사람은 고통받아도 자신의 한 일에 대한 대가를 치른 것이라 볼 수 있지만 항상 진심으로 산 사람이 상처받으면 그건 너무 가혹한 일이라고 생각하지 않아? 우린 그런 진정한 사람들이 계속해서 올곧은 마음을 지킬 수 있도록, 선하게 남아 있을 수 있도록 곁에서 도와줘야 해.'

이건 나의 옛 아버지가 한 말이다. 그는 비록 이혼으로 내 마음을 아프게는 했지만 나쁜 사람은 아니었다. 그래서 이 말이 더 와 닿았는지 모르겠다. 난 이 논리를 지키는 사람이었다. 그래서 나의 오지랖 넓고 실리적이지 않은 면모를 그저 멍청하다고는 할 수 없는 것이다.

"저녁 먹을게."

"그럴 거지? 분명 배고플 거라 생각했어."

"아빠, 아빠는 왜 엄마가 좋아?"

"엄마는 멋진 사람인걸. 지한이를 열심히 키우고 아빠를 위해 모든 것을 헌신하고."

"그런 거 말고. 다른 건?"

"착한 사람이어서 좋아."

'아버지에게 유안 씨가 착한 사람이라면 착한 사람은 고통받아서는 안 된다는 논리에 어긋나는데. 웃긴다. 내겐 그 누구보다도 악한 사람인데 내 앞에 있는 사람에게는 선한 사람이니까.'

"아빠, 정말 큰 잘못을 저질러도 그걸 사랑으로 감쌀 수 있을까?"

"한 행동에 따라 다르겠지만 아빠는 가능하다고 봐."

"그렇구나."

아버지는 나를 여전히 안은 채로 부엌 쪽으로 발걸음을 옮겼다. 보글보글 찌개가 끓는 소리, 밥솥의 달그락거리는 소리, 그리고 유안의 뒷모습이 보였다. 앞치마를 두른 모습이, 단정히 묶은 머리가 겨우 고요해진 마음을 다시 어지럽혔다.

"지한이, 밥 먹자."

유안이 나를 향해 천천히 말했다. 다시 화악 하고 속에서 불길이 인다. 기억이 돌아온 직후에 들었던 연민이나 모정에 대한 동경은 이미 사라져버리고 순도 100퍼센트의 증오와 살의가 용암처럼 속에서 끓고 있을 뿐. 그 그림을 도대체 무슨 생각으로 걸어놓은 거냐고. 사람을 이렇게 증오해도 괜찮을까 싶을 정도로 속이 답답해져오자 난 아버지한테 내려달라는 식으로 콩콩 어깨를 두드렸다.

"아, 지한이 의자에 앉을까?"
"응. 앉고 싶어."
"지한이 배고픈가 보다."

유안이 나를 받아 안은 후 의자에 조심스레 앉혔다. 손끝이 차가워 닿은 부위에 닭살이 돋았다. 난 살아 있다. 그녀의 눈앞에서. 유안은 아무것도 모른 채 그저 자신의 생활에 충실하겠지. 언제가 될지 모르겠지만 이 생활은 와장창 부서질 것이다. 다시는 이어붙이지 못할 정도로 잘려 나가지 않을까. 유안에 대한 동정은 이제 더이상 없다. 안방에서 그림을 발견한 것은 운명임에 분명하다. 그렇지 않았더라면 나는 유안을 미워하다 세월에 못 이겨 결국 유안이 저지른 일들은 모두 옛일이라고 넘겨버렸을 테니까.

"지한이 젓가락질이 엄청 늘었네? 나 없는 사이 특훈이라도 받은 거야?"

"잘 보이니까 집기가 쉬워, 아빠."

"안경 사러 가길 잘했다, 그치!"

난 유안의 말에 대꾸하지 않았다. 식탁은 원형이어서 유안과 나 그리고 아버지는 한쪽으로 치우치지 않고 정확히 대칭을 맞춘 모양으로 자리에 앉아 있었다. 아버지 쪽으로 고개를 돌린 채 묵묵히 밥을 먹는 나를 향해 유안이 다시 말했다.

"지한이가 엄마한테 화가 났나봐."

"여보?"

"지한이 항상 밥 먹을 때마다 엄마 보면서 지한이가 얼마나 잘 먹는지 자랑했는데 통 그러질 않네."

"엄마."

"지한이 엄마한테 화난 거 있어? 지한이답지 않아."

지한이답지 않은 것이 당연하지. 내가 지금 하는 행동들은 서윤이 하는 행동이니까. 이 알맹이를 가지고 유안에게 입을 쩍 벌려 내 치열이 얼마나 고른지 자랑하는 것도 부담스러웠고 소화과정이 순조롭게 이루어지고 있음을 내비치는 것도 달갑지 않았다. 그런데 지금 유안을 보니 그런 행동을 해야만 할 것 같은 기분이 들었다.

"엄마 나 화 안 났어! 봐봐. 잘 먹고 있잖아!"

누가 그랬더라. 어린아이들은 아직 잠에서 깨어나지 않은 상태라고. 온전한 성숙함을 눈을 뜬다고 표현하자면 유아기는 실눈을 뜬 상태이기에 이리저리 부딪치고 본능적이며, 시각에 대한 의존보다는 후각이나 청각에 대한 의존도가 더 높다고 한다. 그리고 지금 내 나이는 딱 실눈에서 조금 더 눈을 뜬 상태, 나쁘게 말하자면 염치없이 순수하게 자신의 욕구를 표출할 나이인 것이다. 특히 남자애라면 더더욱. 이미 한 번 죽어본 경험은 있지만. 이런 생각을 하는 자신이 굉장히 시니컬하다고 느꼈다. 본래의 내가 이토록 시니컬했던가? 아니면 유안의 자궁을 빌려 태어나면서 새로 얻은 속성인가. 어떤 과정을 거쳤든 난 내 이런 시니컬함이 마음에 들진 않는다. 내게는 시니컬함이 스스로를 변호하고 외치는 일종의 자기방어같이 보였다. 상처받았으면 상처받았다고, 울고 싶으면 울고, 화를 내고 싶으면 화를 내는 사람들은 자신에게 솔직한 사람들이다. 시니컬한 사람들은 그런 사람들을 바보 취급하면서 자신도 그 바보들 중 하나라는 것을 억지로 무시하는 종족들이고, 옛 서윤 같은 사람들은 그저 입을 다물고 자신의 감정을 모른 척할 뿐이다. 내가 시니컬해졌다는 것은 답답하고 자신의 마음조차 모르던 상태에서 조금은 진보한 것이지만 그래봤자 솔직하지 못한 것은 다를 바가 없어 기쁘지가 않았다.

내가 다시 어리광 섞인 말을 하자 엄마는 금방 의심을 풀었다. 아버지도 다시 밝아진 유안의 표정에 안심하며 저녁 식사를 끝냈다. 몽롱한 저녁이었다. 향수에 취하기도 했고 복수심에 불타기도 했다. 하지만 겉으로 난 누구보다도 평화로웠다. 아버지는 나를 무릎 위에 올린 채 티브이를 켰다. 그 순간 이상한 생각이 불현듯 일어났다. 내가 죽은 시기와 다시 태어난 시기의 갭에 관한 생각이었다. 계산해보면 난 죽은 뒤 1년도 채 안 되어 유안의 아들로 태어난 것인데, 그렇다면 그녀는 나와 만나고 있을 때 이미 아버지와 결혼을 한 상태가 되잖아. 시간이 나면 앨범을 뒤져봐야겠다. 티브이에는 내가 좋아했던 연예인의 몰락 과정이 나오고 있었다. 유안과 내가 좋아했던 연예인이다. 유안이 이를 어떻게 받아들이나 싶어 슬쩍 옆을 보니 티브이가 아닌 내 얼굴을 뚫어져라 쳐다보느라 여념이 없다. 기분이 좋아진 내 얼굴을 보니 그렇게 좋을까. 내 속은 타들어가기만 하는데.

"엄마?"

"우리 지한이 잘생겼다. 아빠랑 같이 있는 거 사진 한 장 찍자."

"여보, 나 지금 엉망인데."

"이런 게 추억이지."

그리고 카메라를 들고 와서는 하나 둘 셋도 세지 않고 나와 아버지를 찍었다. 반짝하고 플래시가 터지는데, 서윤이었을 때 유안이 집으로 찾아왔던 날의 번개가 떠올라 온몸이 오싹해졌다. 데자뷔는 예고도 없이, 음습하게 가슴을 찌르는 것일까. 불쾌하다. 하지만 그립다. 아니다, 불쾌하고 화가 난다.

"엄마 찍지 마. 눈부셔."
"미안, 미안. 지한아 이제 그만 찍을게."

그 뒤로는 계속 평화스런 시간이 이어졌다. 우린 서로 별다른 대화도 하지 않고 나란히 소파에 앉아 스크린을 응시했다. 한 시간쯤 지났나? 아버지는 잠에 취한 나를 안방으로 옮겼다. 내가 생전에 그렸던 부적인지 저주인지 모르는 그림 아래서 나는 깊은 잠에 빠져들었다. 안식도 구원도 받지 못한 채 여전히 악연의 실타래 위에서 위태위태하게 줄다리기를 하면서.

⁜

"엄마, 가기 싫어."
"지한이 안경 바꾼 날부터 좀 이상하네? 예전에는 놀이터 가는 거 좋아했잖아. 왜 가기 싫어해?"

"추워서 싫어."

"옷을 따스하게 입으면 되지. 분명 이연이랑 신우가 눈 빠지도록
지한이를 기다리고 있을 거야. 가자!"

놀이터 방문은 미루고 미루다 결국 유안의 손에 의해 강제적으
로 결행되었다. 오후의 놀이터는 아이들로 인해 북적거렸고 그 사
이에는 이연과 신우의 모습 또한 보였다. 어떻게 대해야 하나 우물
쭈물하고 있는데 멀리서 이연이 이쪽을 향해 손을 흔들며 달려오
기 시작했다.

"지한아! 안녕!"

"어, 안녕?"

"안경 썼네? 그럼 나 이제 잘 보여?"

잘 보이다마다. 예전에는 그저 이런 인상일 거라 추측했던 이연
은 상상보다도 가냘펐다. 손목과 발목은 부러지기 직전이었고 몸은
안쓰럽다 여겨질 정도로 빼빼 말랐다. 게다가 목둘레에는 푸른 멍
자국이 가득했다. 두 눈은 움푹 들어가 있었지만 생기가 있었고 긴
갈색 머리카락은 어깨를 덮고 있었다.

'가정폭력을 겪고 있나.'

"안녕!"

이연을 꼼꼼히 살피고 있는데 또 다른 누군가가 이쪽을 향해 뛰어오는 것이 보였다. 그것이 나보다 머리 두 개는 더 큰 신우라는 사실을 깨닫기도 전에 신우가 이연을 싹 감싸며 찡얼거렸다. 그래. 내가 이연 옆에 있는 걸 여전히 싫어하네. 나도 그다지 다가가고 싶지 않아.

"안경 썼다고 해서 멋있어지는 건 아니야!"
"멋있으라고 쓴 게 아니라 눈이 안 보여서 쓴 거야."

유안은 내게 시선을 거두고 핸드폰 액정을 보고 있었고 이연은 신우의 뒤에 숨어 있어 지금 나를 보지 못하고 있다. 이 꼬꼬마가 내 신경을 얼마나 긁어놓을지는 모르겠지만 하나하나 상대해주다가는 피로감에 미쳐버릴 것만 같았다. 말했지 않았는가. 나는 아이들과 잘 지내지 못하는 성격의 소유자라고.

"이연이한테 잘 보이고 싶으면 날 경계하지 말고 애한테 잘해줘."
"우씨, 나보다 키도 작은 게!"

"제대로 형이라고 불러라. 그리고 세상 살아가는 데 키가 다는 아니야."

신우를 보지도 않고 퉁명스럽게 대꾸하자 신우가 당황한 듯 뒤로 슬쩍 물러나더니 낯설다는 듯이 나를 쳐다봤다. 그래 낯설겠지. 이쯤에서 그만둘까.

"안경을 쓰면 똑똑해져?"

'뭐라고?'

"갑자기 어른인 척하지 마! 이상해."

신우의 그 한마디에 뒤에 숨어 있던 이연이 앞으로 나와서 신우의 옷자락을 쓱 하고 당겼다. 그리고 날 가리키면서 한마디 하는 게 아닌가.

"사과해."
"내가 뭘?"
"지한이는 어른이 아니야. 어른들은 무서워."
"네 엄마 아빠도 어른인데 넌 엄마 아빠가 무섭냐?"

신우의 말에 이연은 도리도리 고개를 젓다가 다시 위아래로 고개를 끄덕인다. 그러고 천천히 내 쪽으로 발걸음을 옮겨 내 뒤로 쏙 하고 숨었다. 정말 이 나이대의 여자애들은 귀엽기 그지없다.

"어른들은 무서워. 엄마 아빠도 평소에는 상냥하지만 가끔 어른이 되어버려."
"엄마 아빠가 어른이 된다는 게 무슨 소리야?"

물론 내가 남의 집안 사정까지 알아내려 할 정도로 여유가 있는 처지는 아니었지만, 목 언저리의 멍 자국도 신경 쓰이고 해서 이연이 한 말을 인용해 질문을 던졌다.

"엄마와 아빠가 무서울 때 항상 그러는 걸. 어른들이니까 화를 내도 된다고. 아이인 나는 아무것도 모른다고. 그래서 엄마와 아빠가 어른이 되면 무서워."
"그러면 엄마 아빠가 어른이 됐을 때 너는 어디론가 숨거나 그래?"
"아빠가 화가 나면 엄마가 나한테 술래잡기를 하자고 해. 그 술래잡기는 꼭꼭 숨어라, 라는 소리를 내지 않고 하는 침묵의 술래잡기야. 술래는 아빠고, 아빠가 나를 못 찾고 잠이 들면 내가 이겨."

'아버지가 폭력을 휘두르나 보네.'

조금씩 이해가 갔다. 이연의 몸이 푸른 원들로 얼룩덜룩한 이유도, 가끔 놀이터에 와서 꾸벅꾸벅 조는 이유도. 갇힌 공간을 지나치게 피하는 것도.

"너는 술래잡기 하는 게 무서워?"
"무섭지만 끝에는 엄마가 까꿍 하고 찾아주니까. 날 열심히 찾았는지 항상 머리가 엉망이야. 그러니까 괜찮아. 아빠도 자고 있으니까 다 괜찮아. 우리 가족 엄청 서로 친해."

어릴 적에 생긴 트라우마는 지워지기 힘들 텐데. 그래도 이연은 용케 버티고 있었다. 아마 지금 이연을 지탱하고 있는 것은 '행복한 가정'이라는 최면이겠지. 이연은 철저하게 자신의 가정이 행복하고 화목한 가정이라 믿고 있었다. 엄마 아빠가 화를 내는 이유는 달님이 거는 못된 마술 때문이라고, 두 사람이 무시무시한 술래잡기를 하는 이유는 행복한 집을 지키기 위해서 그러는 거라고. 어린아이만이 댈 수 있는 별별 이유를 가지고 이연은 자기 합리화를 하며 자신 속의 가족의 형태를 지켜나가는 것이었다.
상처는 쉽게 곪는다. 그걸 붕대로 싸매고 언제까지 숨기느냐가 관건일 뿐이다. 난 부모님이 이혼할 때 한계를 느끼고 무너져버렸지만 이연은 언제 그 한계와 맞닥뜨릴지 모르겠다. 난 이연이 내가 겪은 고통의 길 위를 걸어가지 않았으면 했다. 맹목적인 사랑에 대한 동경을 가진 사람들은 쉽게 상처받고 쉽게 무너진다. 그러지 않기 위해서는 그 사람을 지탱할 지지대가 필요한데, 그것이 자기최면이다. 이연은 내가 그랬던 것처럼 자기최면을 걸고 있었다. '우리 가족은 행복해. 엄마 아빠를 향한 나의 절대적인 사랑이 우리 가정이 와해되는 것을 막을 수 있어.' 하지만 이러한 자기최면에서 깨어나는 순간, 예를 들면 이혼으로 인해 자신을 향한 최면이 그저 자신의 착각일 뿐이었다는 것을 깨닫는 순간 사람은 자신의 사랑에 대한 불신으로 괴로워한다.

'어릴 적에는 가정이 모든 것인 줄 알았지. 그래서 부모님 사이가 안 좋으면 그 무엇보다도 두려울 거야. 가정의 몰락은 어린 아이에겐 작은 세계가 무너지는 것과도 같을 테니까.'

그래서 난 부모님 앞에서 더 활기찼고 누구보다 바른 아이였다. 자발적으로 공부가 즐거워서 한 것이 아니라 가족이 사라지지 않았으면 하는 바람에서 열심히 공부했다. 그리고 그런 노력들이 이혼으로 물거품이 되어버리자 난 나 자신을 포기해버렸다. 감정 표출도 하지 않고 어떠한 욕망도 그냥 모닥불 위에 던져버렸다. 그때 처음 나 자신에 대한 불신이 생겼다. 그리고 연이어 아끼던 고양이의 죽음이 내 내면을 와장창 부숴버렸다. 진정으로 마음을 주었던 상대의 배신은 여린 내 사랑에 대한 신념을 갉아먹었고 어른이 되었을 무렵 난 누군가를 사랑하면 고통스러워진다는 딜레마에 빠져들었다. 지금 와서 생각해보면 그저 운 없이 연달아 일어난 불행에 안타깝게 휘말린 것이라 볼 수도 있지만 유안의 배신으로 인해 그건 우연이 아니라 필연이라는 결론에 도달하게 되었다.

그리고 이제 나는 배반당한 사랑에 대한 복수를 할 기회 앞에 서 있다. 안정적인 가정, 사이좋은 어머니와 아버지, 그리고 사랑받는 아들. 넉넉해 보이는 가정환경에 별 탈 없이 굴러가는 하루하루들. 내 마음이 시키는 대로 살아도 별 문제가 없는 집안 배경을 만나는 것은 정말 운이 좋아야 될 수 있는 일일 텐데. 그런데 이제 난 이 환경을 버리고 복수의 칼을 겨누어야 하니.

유안을 생각하자마자 숨이 가빠왔다. 화가 났다. 하지만 어린 내 몸으로 할 수 있는 것은 아무것도 없었다. 지금은 참을 수밖에 없다. 좀 더 크면 유안이 장기매매 집단과 거래를 했다는 증거를 잡기도 쉬워질 것이고, 그러면 불쌍한 나의 몸뚱어리가 영원한 안식을 맞이할 수 있을 것이다. 그러니 지금은 인내해야 했다. 그녀의 아들로 아무것도 모르는 척, 마지막 여유를 부려야 했다. 지금의 나는 복수라는 목적을 이루고 나면 스러져 없어질지도 모른다. 하지만 두렵지 않았다. 오히려 마음이 차분해지고 모든 것이 원래대로 돌아가기 위한 과정처럼 느껴졌다. 나는 이미 죽어 없어진 사람이고 내가 가지고 있는 기억은 지속되어서는 안 되는 기억이다. 그러니 목적을 이루고 나면 돌아가는 것이 당연하다. 억울해서 눈을 못 감은 불쌍한 서윤의 원한이 전부 풀리고 나면 난 비로소 구원받을 수 있겠지. 유안을 벌하고 그녀가 후회하는 것을 지켜보면 어떤 기분이 들까. 카타르시스를 느낄까 아니면 내 생의 목적이 없어진 듯한 허탈감이 먼저 찾아올까.

"듣고 있어?"

이연이 날 흔든 탓에 퍼뜩 정신이 들었다. 옆에서 신우가 날 쏘아죽일 듯이 노려보든 말든 난 이연의 말에 듣고 있다는 표시로 손을 흔들었다. 그러자 작은 두 손이 어깨로부터 떨어져 나갔다. 그래, 지금은 이연의 이야기를 들어주는 것이 먼저였다. 유안의 꼬리를 잡기 위해서는 아직 절대적인 시간이 필요했다. 최소한 초등학생은 되어야만 유안의 감시망에서 벗어날 수 있을 것이다.

지금 유안은 필요 이상으로 날 싸고돌았다. 길을 걷다가 돌부리에 걸려 넘어질까, 골목길에서 걷다가 차에 치일까. 집착도 그런 집착이 없었다. 하지만 난 절대적인 사랑에 약했다. 아무리 싫은 상대라도, 심지어 죽이고 싶은 상대라도 내게 건네는 친절함에는 거부를 못 했다.

"응응, 듣고 있어. 그래서 너는 엄마 아빠가 어른이 되는 것이 무서운 거구나."

"그래! 내 말 알겠지!"

"그럼 이연아, 하나만 묻자. 넌 엄마 아빠를 사랑해?"

그 말에 이연은 잠시 동안 끙 하고 고민을 하더니 끄덕끄덕 크게 고개를 위아래로 흔들었다. 긍정이었다.

"엄마 아빠를 왜 좋아해?"

"엄마 아빠니까!"

"그런 이유 말고."

"행복한 가족이니까?"

"행복한 가족은 무조건 엄마 아빠를 좋아해야만 유지될 수 있는 거야?"

"응! 아니면 행복한 가족이 아닌걸."

"그럼 이연아, 행복한 가족이 없으면 너는 행복해질 수 없어?"

내가 지금 이연에게 던진 질문은 아주 옛날 내게도 던졌던 질문이었다. 나는 그럴 수 없다고 생각했고 그래서 스스로 불행 속으로 달음박질쳤다. 그래, 그 당시엔 나도 행복한 가족이 내 힘으로 지켜질 줄 알았지.

"음…. 행복하고 싶지 않아."

조금은 예상외의 대답이었다. 행복해질 수 없다는 수동형의 문장이 아닌 행복하고 싶지 않다는 스스로의 의지가 담긴 말이다. 이연은 나처럼 연약하지 않을지도 모른다는 생각이 혹 하고 뇌리를 스쳐 지나갔다. 내가 무슨 의미냐는 듯 고개를 갸우뚱거리자 이연이 톡톡 내 콧잔등을 치며 말을 이어갔다.

"나는 엄마도 아빠도 나도 다 같이 행복했으면 좋겠어. 행복한 사람들이 모여서 행복한 가족이 되었으면 좋겠어!"
"만약 그럴 수 없으면 어떡해? 네가 아무리 노력해도 그럴 수 없으면 어떡할 거야?"

기대를 걸고 싶어졌다. 내가 실패한 일을 이 아이는 성공했으면 좋겠다. 그러면 서윤의 슬픈 과거도 희석될 수 있지 않을까. 문득 그런 생각이 들었다.

"그럴 수 없다니? 왜 그럴 수가 없어?"
"쉽지 않으니까. 모두가 행복한 것은 모두가 괴로운 것보다 힘든 일이니까."

"그러면 나도 행복하지 않을래."

"주위가 불행하다고 해서 너까지 불행해질 필요는 없어."

"가족이 슬프면 나도 슬퍼."

"꼭 그럴 필요가 없다니까? 엄마 아빠가 행복하다고 해서 네가 행복해지는 것도 아니잖아. 엄마 아빠가 불행하다고 해서 네가 꼭 불행해져야 하는 법이 어디 있어?"

"너는 왜 그렇게 말해? 엄마 아빠와 모두 행복하지 못할 바엔 굳이 나 혼자 행복해지고 싶지 않다는데. 내 안에는 나 혼자만 있는 게 아니야. 엄마와 아빠와 나눴던 대화도 있고 행복하게 지냈던 시간들도 다 담겨 있어. 그런 것들이 모여서 내가 되는 거야. 그런데 엄마 아빠가 불행하면 어떡해. 그 소리는 내 안에 나와 함께 웃었던 엄마 아빠도 슬퍼진다는 거잖아. 그건 싫어."

"그러다가 너도 힘들어져. 너무 많은 걸 손에 쥐고 있다 보면 다 놓친다고."

"넌 나랑 나이도 똑같으면서 왜 다 아는 것처럼 말하는 거야? 너도 모르잖아. 우리 가족이 계속 행복한 가족으로 남을 수 있게 내가 잘 하면 되는 거잖아."

확고한 마음을 담은 말에는 반박하기가 어려운 법이다. 이연은 내가 걸었던 길과 다른 길을 걸으려 하지 않았다. 이 어린 나의 친구는 여전히 자신의 작은 몸뚱어리와 개미만 한 목소리로 위태위태하기 그지없는 가족을 유지할 수 있다고 믿고 있었다. 벽장 안에서 눈물지으면서도 우리 가족은 행복하다고, 그저 오늘 엄마와 아빠가 평소보다 기분이 안 좋은 거라고. 내가 공부를 더 잘 하고 말을 잘 들으면 모두 해결될 문제라고 그렇게 혼자 되뇌던 어린 시절의 서윤. 이연은 그런 서윤과 참 많이 닮은 아이였다.

"이연아, 무슨 일 있으면 나한테 꼭 말해. 들어줄게."
"우리 가족은 불행하지 않아! 내가 그렇게 내버려두지 않을 거야!"

거의 악을 쓰다시피 이연은 발갛게 달아오른 얼굴로 나를 향해 그렇게 외쳤다. 그런 모습에 연민이 느껴져 가슴이 아려왔다. 내가 저 나이였을 때, 아무도 내게 확신을 주지 않아 나 혼자 어린 내면을 성숙함이라는 징그러운 단어로 바꿔야만 했을 때, 난 어떤 생각과 마음을 가지고 세상을 바라보았는가. 그냥 내 모든 불안감을 떨쳐버리려고 기를 썼고 어리광을 꼭꼭 숨겨버린 탓에 속은 곪고 있었다.
이연은 분명 힘들어질 것이다. 내가 여섯 살 무렵부터 어머니 아버지가 이혼을 하기까지 걸린 시간은 대략 5년이었다. 그 5년 동안 난 살얼음판 위를 조심조심 걸어 다니듯 지냈는데, 생각해보면 어린아이에게 그토록 잔혹한 일도 없었다. 지속적인 슬픔과 불안을 겪으며 보낸 5년은 납중독처럼 천천히 하지만 확실하게 속을 녹아내리게 하는 그런 아픔의 시간이었다.

'잘 견뎌낼 수 있을까?'

이연은 나와는 달리 슬픔이 일렁이는 하천이 아닌 넓고 자유로운 바다로 흘러나가길 바란다. 난 그것을 곁에서 지켜볼 생각이다. 복수를 끝내기 전까지 그녀가 불행을 이겨내는 과정을 이 두 눈으로 살필 것이다.

"얼굴 빨개졌다."
"아니거든!"

말괄량이 꼬맹이가 조숙한 숙녀가 되고, 숙녀 뒤에 뻘쭘히 서 있는 소년이 늠름한 청년이 되기 전에 나라는 존재는 어둠 속으로 사라질지도 모른다. 다만 그 전에 부디 그녀의 행복한 가정이 지켜져서 더 이상 불안에 떨지 않기를 바랄 뿐이다.

⁛

계절은 차례차례 바통을 건네받으며 내 곁을 스쳐갔다. 여섯 살 지한은 일곱 살 지한이 되었고 유안과 아버지 그리고 이연을 관찰하며 하루하루를 지내다 보니 어느새 가을이 돌아와 있었다. 그동안 나는 지한이라는 어린아이 가면을 쓰는 것에 더더욱 익숙해졌고 유안을 향한 증오를 숨기는 일쯤은 일상이 되어버렸다. 일곱 살 아이를 흉내 내다 보면 가끔은 정신이 퇴화하는 기분에 께름칙하긴 했지만, 어쩔 수 없는 일이라며 나 스스로 감내해야만 했다. 일곱 살이 되며 달라진 것이 있다면 이젠 놀이터에 혼자 나갈 수 있게 되었다는 점이다. 하지만 유안이 경비실에 신신당부를 해둔 탓에 혼자 놀이터 밖으로는 나갈 수가 없었다. 하지만 지금의 나로서는 놀이터를 벗어나 더 멀리 나갈 생각이 전혀 없었다. 난 여전히 어렸고 이 나이에 준비 없이 밖으로 나갔다간 곤란한 상황에 처할 것이 뻔했다. 지금은 유안의 보호 아래 있는 것이 나로서도 편했다. 유안은 나를 데리고 종종 밖에 나갔다. 집 앞 마트와 음식점, 가끔은 차를 타고 더 멀리 나가기도 했다. 학원도 다녔으나 언제나 유안이 기다리고 있었다. 그 외에는 특별할 것 없는 조용한 동네에서 난 유안과 살고 있었다.

아, 달라진 점이 하나 더 있다면 내가 유안과 거리를 두기 시작했다는 점이다. 그녀가 날 안아주려 해도 난 자립을 방패로 거부했고 잠도 그녀와 따로 잤다. 결국 난 나만의 방을 얻게 되었고 독방은 나를 위한 생각의 쉼터가 되어주었다. 유안은 이런 나의 행동을 심히 걱정했다. 그녀는 익명의 상담 시스템에 아들의 이상행동에 대해 호소했고 친절한 상담원을 통해 내 행동이 빨리 철이 든 남자아이들의 지극히 자연스러운 현상임을 알게 되었다. 그 뒤로는 유안이 내 행동에 별다른 간섭을 하지 않게 되었지만 내 눈에는 여전히 내게서 간절한 애정과 사랑을 갈구하고 있는 것처럼 보였다. 겨우 얻은 자식이다. 눈에 넣어도 아프지 않을 아들이다. 유안은 내가 춥다고 하면 사랑을 가득 채운 가슴을 뚝 떼어 덮어줄 것처럼 헌신적이었다. 무엇이 그녀를 이렇게까지 맹목적으로 만드는 것일까.

유안을 보면 역겨웠다. 보기만 해도 피가 거꾸로 솟았고 시시때때로 그녀의 가증스런 얼굴에 저주의 말을 퍼붓고 싶었다. 하지만 겨우 억눌렀다. 내가 이렇게나 참을성이 좋았나 싶을 정도로 난 내 감정을 잘 눌렀다. 무의식적으로 이렇게 꾹꾹 담아놓은 폭력적인 감정들이 터지는 순간 나는 더 이상 예전의 나로 돌아갈 수 없다는 것을 알았다. 난 아주 조용히 유안을 증오하며 언젠가 올 복수의 날만을 위해 살아갈 수밖에 없었다. 그 외에 내게 다른 존재 의의는 없었다.

난 항상 내 감정을 부정하거나 속이고, 모른 척하고 피해왔다. 하지만 속에서 증오를 키운 덕에 더 이상 그럴 필요가 없어졌다. 선명한 증오심은 가짜 감정들을 사악 하고 걷어냈다. 진솔한 마음, 진실한 서윤만을 남겨놓았다. 서윤이 바라는 것이 무엇인지 이제는 알 수 있었다. 그것은 진정으로 유안이 괴로워하는 것이다. 유안이 후회하고 내 앞에서 용서를 빌면서 평생 속죄하는 모습을 보고 싶은 것이다. 동정심 따위는 없다. 그녀가 내 그림을 방 안에 걸어둔 것을 목격한 그 순간부터 그런 물렁한 마음은 전부 시들어 말라버렸다.

'정리를 해보자.'

　유안이 부엌에서 점심을 준비하고 있을 무렵, 나는 그녀가 사준 나이에 걸맞지 않는 고급 도화지 위에 크레파스로 슥슥 마인드맵을 그리고 있었다. 물론 그녀가 불시에 방에 들이닥쳐도 북북 그어 없앨 수 있는 작은 크기의 마인드맵이었고 내 특유의 악필 탓에 글씨를 알아보기도 힘들었다.

　'유안이 지금 결혼한 남자는 나를 만나기 한참 전부터 알고 있던 남자다.'
　'그리고 난 그녀의 아들로 돌아왔다. 유안은 아기를 오래전부터 가지고 싶어 했으나 불임이었다. 그러던 도중 아기가 들어섰고 그게 나였다.'
　'나의 아버지는 아기에 그렇게까지 목을 매지 않았으나 유안은 아기에 집착했다. 그 이유는?'
　'유안은 가끔 내가 서윤일 적에 그렸던 그림을 뚫어져라 볼 때가 있다.'
　'그녀는 내 모습이 점점 서윤을 닮아간다는 것을 모른 척한다. 눈치채지 못할 리가 없다. 단지 인정하고 싶지 않을 뿐.'
　'1년 뒤에 초등학교에 들어가면 행동반경도 넓어질 테고 그러면

나돌아 다니기가 좀 더 수월해지겠지.'

'내 최종 목표는 유안이 거래했던 인신매매 집단을 밝혀내고, 유안을 지옥 속으로 던져 넣는 것. 하지만 전자는 현실성이 떨어지고 결국 내가 할 수 있는 유일한 일은 아버지가 받을 상처를 가능한 한 최소화한 후 유안에게 내 정체를 밝히는 것이겠지. 물론 어려울 거야. 최악의 상황에는 아버지가….'

그 뒷일은 생각하지 않기로 하였다. 복수가 유일한 구원의 길인가? 다른 방법은 없는가? 복수를 위해 이곳으로 돌아온 것인가? 그러한 고민 또한 접어두었다.

'내가 돌아왔다는 사실을 누구도 알면 안 돼. 난 여기서 존재해선 안 되는 유령이니까.'

그러고 보니 서윤의 어머니는 어떻게 되었을까? 서윤이 실종되었다는 것을 알고 나서는 어떤 삶을 살고 있을까. 지금 그녀는 어디서 무슨 생각을 하며 하루하루를 보낼까. 어머니 생각만 해도 가슴이 찢어질 듯 울렁거렸다. 보고 싶었다.

하지만 훗날 내가 밖에 혼자 나돌아 다닐 수 있게 되어도 난 그녀를 찾지 않을 것이다. 그게 내가 정해놓은 규칙이었다. 나는 지금 이곳에서 불협화음을 일으키는 존재다. 나의 사소한 행동으로 여러 가지가 바뀔 수 있음을 난 아주 잘 알고 있었다. 나는 이미 죽어 없어진 존재고 유안을 제외한 나머지 인물들에게 영향을 끼쳐서는 안 된다. 유안과 나의 악연으로 인해 다른 사람들의 운명이 뒤엉키길 바라지 않는다. 그들은 죄가 없지 않는가. 자꾸만 몽실몽실 피어오르는 잡념에 툭툭 머리를 두드렸다.

　'아버지와 유안의 사이를 나쁘게 만들기 위해서는 역시 이 방법밖에 없나.'

　유안은 아버지와 내게 집착했다. 그런 아버지가 외도를 한다는 의심이 들면 유안은 어떻게 변할까? 지금 내 계획은 이랬다. 유안이 생각해도 지한이 충분히 컸다고 생각할 무렵, 즉 중, 고등학생 때쯤 난 유안에게 아버지의 이메일 주소와 번호를 입력한 계정으로 랜덤 채팅을 이용해 아버지가 외도를 하는 것 같다고 은연중에 말을 흘릴 생각이다. 물론 아버지는 하지도 않은 외도를 했다는 죄를 뒤집어쓰게 될 테고 이것은 불화와 불신의 씨앗이 되어줄 게 분명했다. 그 거짓말이 언제 밝혀질지는 내게 중요한 일이 아니었다. 내가 꾸민 모든 것들이 새빨간 거짓말이라는 것을 유안이 알게 되어도 그녀 속에는 남편에 대한 의심이 자리 잡게 될 테니까. 실제로 내가 서윤이었을 때 내가 떠올린 것과 유사한 계획을 반쯤 성공했으나 끝에 덜미를 잡힌 여자의 사연이 기사화된 적이 있었다. 그 여자는 문제의 부부 중 아내의 친구였고 평소 잉꼬부부였던 두 사람을 시기 질투해 사이를 틀어놓으려고 가짜 계정을 만들어 남편이 익명의 여성과 잠자리를 했다고 친구에게 거짓으로 고했다. 그 바람에 부부는 서로 의심을 키우다 법정에까지 서게 되었고 그 자리에서 모든 게 친구의 계략임을 알게 되었다. 하지만 이미 틀어질 대로 틀어져버린 두 사람은 배신감에 결국 이혼하고야 말았다. 지금 내가 노리는 바가 바로 이것이다.

그러기 위해 내가 가장 먼저 해야 할 일은 그때까지 유안에게 절대적인 신임을 얻도록 노력하고, 그녀가 아버지보다도 내게 온 신경을 쏟을 수 있도록 하는 것이다.

'사이가 틀어지고 아버지가 유안에게서 멀어지면 유안이 의지할 곳은 나밖에 없겠지. 그때 나의 정체를 밝히는 거야.'

잔인하다고 욕해도 좋다. 하지만 이대로만 이야기가 흘러간다면 상처받는 것은 유안 혼자다. 아버지는 그나마 최소한의 상처만 받고 끝날 수 있다.

'이걸로 된 거야.'

기껏 만든 마인드맵을 다시 북북 지우면서 후우 하고 한숨을 내쉬었다. 시간은 빠르게 지나갔지만 한편으론 지칠 정도로 느리게 흘러가기도 했다.

"지한아, 밥 먹자!"

유안이 벌컥 문을 열었다. 도화지 위에는 어린 지한이 휘갈긴 추상적인 그림이 있을 뿐 아무것도 남아 있지 않았다.

"이연아. 요즘 엄마 아빠와 하는 숨바꼭질은 어때?"
"나 얼마 전에 아빠가 술래일 때 잡혔다."
"너는 잘 숨지도 못하냐."

놀이터에서 나와 신우 그리고 이연이 하는 이야기는 항상 비슷했다. 이연이가 아버지와 하는 공포의 술래잡기를 매일 잘 하고 있는가. 아버지의 상태는 어떤가. 그녀의 가정은 아직 잘 지켜지고 있는가 등이었다.

신우는 언제부터인가 이연이 아버지에게 붙들려 맞는다는 사실을 알게 됐는지 이연에게 반창고를 건네주는 일이 부쩍 많아졌다. 신우는 내 생각보다도 눈치가 빠른 꼬마였다. 어느 날 신우에게 이사실을 부모님에게 말했냐고 물었더니 그런 것은 말하면 안 된다고 하였다. 훗날 이연 곁에 가장 필요한 사람은 신우일지도 모르겠다.

"우리도 이제 내년이면 초등학교에 들어가."

이 말을 꺼낸 것은 나였다.

"너는 1년 뒤에 오겠네. 헤헤 신우 너보다 빨리 지한이랑 나는 초딩이 되지롱."

이연이 대단한 자랑거리라도 되는 듯 신우를 놀리며 말했다.

"나도 내년에 들어가는데?"

알고 보니 신우는 생일이 빨라서 우리와 같은 해에 초등학교에 입학한다고 했다. 그 덕분에 난 이 두 사람과 초등학교도 같은 데에 다니게 생겼다. 정들기 싫어했음에도 이들의 맑고 곧은 심성에 정이 든 모양이다. 말은 안 해도 기뻤다. 이런 면은 참 예전의 서윤과는 달랐다. 이건 지한만이 가진 좋은 점이다.

'초등학교 생활을 어른의 정신으로 견뎌낼 수 있을까.'

사실 좀 설레긴 했다. 초등학교는 어떤 곳이었더라? 기억에 잘 남아 있지 않아서 더 그런 건지는 모르겠다. 계획을 실행하기까지는 시간이 한참 남았다. 제대로 한번 살아보고 싶은 욕망이 없지 않았다. 초등학생 때부터 난 착한 아이 증후군에 걸려 있어서 부모님에게 사랑받고 두 부모의 사이를 좋게 유지시키는 접착제 역할에 연연하는 바람에 유년 시절을 온전하게 즐기길 못했다. 이번에는 내 인생을 잠시 동안 살아봐도 되지 않을까? 물론 그렇다고 해서 누군가에게 특별한 인상을 남기거나 특별한 존재가 될 생각은 추호도 없었다. 그저 묻어가듯 학교를 다니다 유안의 몰락을 지켜보고 사라지면 그만이다. 대신 그 짧은 삶을 최대한 충실히 살아보고 싶다는 이야기다. 아이러니하게 들릴 거다. 복수만을 위해 살아간다며? 다른 것은 다 뒷전이라며? 진정으로 유안을 미워하면 그 오랜 시간을 기다릴 수 있는 건가? 그럼 그 복수심도, 증오도 사실 대단하지 않은 거 아냐?

'증오가 없었더라면 난 나 자신을 잃어버렸겠지. 서윤과 지한이 뒤죽박죽되어 혼란 속에서 스스로 자멸했을 거야. 아이로서의 정체성과 어른이었던 서윤의 정체성 사이에서 길을 잃어버린 채 기억도 섞이고 정신도 혼탁해져 다시 어둠 속으로 끌려 들어갔겠지. 그러니까 내가 유안을 증오한다는 것은 나를 지탱하는 중요한 열쇠나 마찬가지라고. 그 덕에 어린 지한의 모든 것은 분노 아래서 사그라들었어. 내가 오랜 시간을 기다릴 수 있는 것도, 그녀가 울부짖으며 참회할 기회를 쉽게 놓쳐버릴 수는 없기 때문이야. 다른 건 아무것도 없어. 제2의 삶은 유안에게 복수를 할 수 있게 된 기회, 그 이상도 이하도 아니야. 초등학교에 입학한다든지 아이들과 친해진다든지 하는 일은 내 인생 목표 아래에 있는, 그래 보너스 용돈 같은 거랄까.'

그렇게 자기 합리화를 하다 보니까 신우가 이상한 눈초리로 날 바라봤다. 정말 쓸데없이 감이 좋은 꼬마다. 저번에도 혼자 사색을 하고 있으니까 내게 와서 이랬지.

"지한이 형은 중학교 형들보다 무서워."
"왜?"
"너무 많은 것을 알고 있거든. 아는 척하는 게 아니라."
"그걸 어떻게 알아."
"지한이 형은 어른들이 하는 행동이나 말을 종종 하는데. 그게 어른들을 따라하는 게 아니라 진짜 형 안에 어른이 들어 있는 것처럼 말해서, 형이 엄청 커 보여."
"그래봤자 키는 네가 더 크다."
"형은 나한테 숨기는 게 있어?"
"아냐. 없어. 그것보다도 이연이나 챙겨. 시소에서 떨어지겠다."

신우는 자신도 모르게 나를 형이라고 불렀다. 그래놓고도 자신이 그 말을 한 적이 없었던 것처럼 그 후로는 다시는 형이라는 말을 하지 않았다.

그래도 이연이란 이름 하나면 신우의 신경을 돌리기는 식은 죽 먹기였다. 아무리 감이 좋아도 역시 꼬마, 그것도 사랑에 빠져 있는 꼬마다. 다루기 쉽고 감정적이고, 단순하다. 훗날 내가 사라지기 전에 신우에게 내 정체를 말해주는 건 어떨까 하는 생각까지 들 정도로 신우는 내게 여러모로 특별했다.

그리고 나의 예상대로 오랜 시간이 흐른 뒤 신우는 특별한 사람으로 자라나주었다.

⋮

'아 시끄럽다. 귀 울려. 어떻게 한시를 가만히 있지 못하지.'

지금 내가 있는 곳은 초등학교 건물 음악실 바로 옆 교실이다. 점심시간이 끝나고 마지막 수업을 들어야 하는데 급식에 에너지 드링크라도 섞어놓았는지 오늘따라 다들 좀체 가만히 있지를 못했다. 부임한 지 얼마 되지 않은 담임선생님은 애들을 통제하지 못하고 있었다. 새롭게 시작한 초등학교 생활에 대한 기대는 말 그대로 초등학교 1학기가 끝나기도 전에 와장창 부서지고야 말았다. 일단 내 반은 유별나게 시끄러운 공포의 반이었고, 아이들의 개성은 톡

톡 튀다 못해 대기권 밖으로 날아갈 정도였다. 진심으로 기억을 다시 잃고 어린 지한으로 돌아가고 싶다는 생각이 들 정도로 소음에 대한 고통은 상상을 초월했다. 1학기의 반은 겨우겨우 버텨냈지만, 이젠 인내심의 한계를 느끼고 있었다.

첫 3주는 그래도 다닐 만했다. 입학식 때 느꼈던 고양된 감정, 벅차오르는 가슴은 잊을 수 없을 것이다. 입학식장에서 유안은 너무 벅찬 나머지 울었다. 날 꼭 껴안고 토닥였다. 그날만큼은 초등학교 꼬꼬마들이랑 제자리에서 걷기를 30분간 반복해도 피곤하지 않았다. 그저 설레고 기대에 부풀어 있었다. 이연은 나와 같은 반이었지만, 신우는 바로 옆 반에 배정되었다. 신우는 그걸로 만족하는 모양이었다.

하지만 정확히 3주가 지나고, 거품처럼 눈앞을 가리고 있던 환상이 현실 앞에서 푹 사그라들자 점점 정신적으로 힘들어지기 시작했다. 공부나 그런 자잘한 것들은 적당히 중상위권을 유지하면 되었지만, 여전히 아이들 무리에 아무 위화감 없이 섞여드는 것은 힘겨웠다. 그래도 아이들과 쉬는 시간을 보내면서 확실하게 깨달은 점도 없지 않았다.

'순수하다.'

거짓말을 하면 얼굴에 다 드러난다. 금방 울먹이고 용서를 구한다. 정에 약하고 자존심이 강하지만 상대가 상처받은 것을 보면 의기양

양하던 태도를 지우고 눈높이를 맞춰 상대를 달랜다. 그런 모습들을 보다 보면 문득문득 인간은 원래 완벽하게 태어났지만 어른이 되어가면서 점점 인간으로서의 본성을 잃게 되는 건 아닐까 하는 생각이 들었다. 사람들은 나이를 먹으며 성장해간다고 하지만, 이기적이고 권위적이며 적당히 악인이 되어가는 것, 그것을 과연 성장이라고 부를 수 있을까. 어린 시절로 돌아와 보니 보이지 않던 것들이 보이고, 들리지 않던 것들이 들린다. 잊고 있던 어린 마음이 이리도 깨끗할 줄 몰랐고, 마음속에서 이미 모두 사라졌다 여겼던 순수함이 아이들을 통해 다시 깨어날 수 있을 거란 사실도 몰랐다.

'하지만 힘든 건 힘든 거야. 학년이 좀 올라가야 덜 힘들 텐데.'

이연은 학교생활에 잘 적응하지 못했다. 어쩌면 다른 아이들보다 속이 깊어서 그런지도 모르겠다. 아이들은 순수해서 해야 할 말과 하지 말아야 하는 말을 잘 가리지 못한다. 순수함의 폐해다. 이연은 극도로 다툼을 싫어했다. 애들은 서로 싸우고 화해하는 것이 일상인데 이연은 작은 싸움의 불씨조차 두려워했다. 그런 면이 아이들에게는 답답하게 다가왔나 보다. 닫힌 벽 같은 이연의 태도는 순수함 하나만으로 무너뜨리기엔 힘겨웠다.

"이연이 너는 왜 싫은 말 들어도 가만히 있어? 바보야?"

"아니야. 그냥 참는 거야."

"갑갑해."

말을 아끼다 보면 속내를 종잡을 수 없는 법이다. 이연은 내겐 곧잘 많은 것을 말하면서 다른 아이들에게는 내게 하는 것만큼 활기차게 굴질 않았다. 그러다 보니 아이들 무리에 잘 끼지 못했고 쉬는 시간에도 애들 사이에 섞여 노는 나를 물끄러미 바라보고 있기 일쑤였다. 사실 난 나 대신 이연이 아이들 사이에서 잘 놀길 바랐다. 난 혼자 있는 것이 더 편했으니까. 그런데 오히려 내가 꼬맹이들에게 인기가 많았다. 물론 애들마다 다르게 알고 있던 술래잡기 방식을 하나로 통합한 공로가 있지만 단순히 그것 때문에 아이들이 날 모든 놀이의 심판으로 등극시켜 놓을 줄은 몰랐다.

"이연이도 같이 놀면 안 돼?"

"이연이는 말을 안 해. 우리를 싫어하나봐."

"아냐. 그런 거. 같이 놀자."

이연을 무리 안으로 들여오는 역할은 항상 내가 맡았다. 학교가 끝나면 나와 신우 그리고 이연은 같이 하교했는데 그때마다 이연은 자신의 힘든 점을 토로했다.

"난 아이들과 싸우는 게 무서워."

"그렇다고 해서 말을 안 할 거야? 나랑은 잘 말하면서."

"지한이 너는 편해."

"다른 애들은 편하지 말라는 법 있어? 너 신우랑도 잘 지내잖아. 그치 신우야?"

"이연이 너 힘들게 하는 애 있으면 말해. 내가 선생님한테 일러 줄게."

신우는 초등학교에 들어가더니 갑자기 철이 들었다. 신우 말로는 자신이 반에서 가장 키가 크기 때문에 반 친구들이 신우를 어려워하니 자신이 조금 더 너그러워진 것뿐이라던데, 글쎄. 내 눈에는 다르게 보였다. 철이 들다 못해 사람이 바뀌었다. 좋은 의미로 말이다.

등굣길과 하굣길은 우리 세 사람의 세상이었다. 벚꽃 나무 아래를 걸어가다 보면 추억에 젖어 있던 가슴이 분홍빛에 취해 꽃잎처럼 도로록 말렸고, 작은 놀이터 곁을 지나가다 보면 그림자 속으로 동심이 숨어들었다. 어느 풍경에도 두 사람의 기억이 왔다 갔다 했다. 사소한 일상이었지만 행복했다.

집에 돌아오면 알게 모르게 몸에 힘이 들어갔다. 내가 집에서 하는 행동은 지극히 단순했다. 유안의 눈치를 살피고 아버지가 돌아오실 때까지 집에 조용히 있는 것. 오늘 하루 있었던 일을 웃음 가득 띤 얼굴로 이야기하고 난 후에 방에 들어가 미래에 대한 계획을 세운다. 이미 너무 많이 세운 계획이다 보니 자다 깨워도 바로 읊을 수 있을 정도다. 난 그런 쳇바퀴 인생을 살아가고 있었다.

때는 바야흐로 내가 초등학교 1학년을 마무리하기 직전이었다. 다들 12월의 분위기에 취해 여유로운 상태였고 1학년이 처음이었던 담임선생님은 뒤늦게 우리를 통솔하는 노하우를 익혀서 이젠 화도 안 내고 우리를 잘 이끌었다. 크리스마스가 다가와 학교에서는 캐럴을 불렀고 유안은 나의 동심을 지켜주기 위해서 산타에 대한 믿음을 심어주려 무진장 애쓰고 있었다. 이미 뻔한 이야기였지만 유안의 진심 어린 노력으로 재미있게 들렸고 유안의 부드러운 표정을 볼 수 있어서 만족스러운 나날이었다. 이연은 여전히 아이들과 어울리는 것을 힘들어하고 있었지만 친한 여자애들도 좀 생겨서 예전보다는 학교생활이 편해진 모양이었다.

유안과 나의 관계는 겉으로 보기에는 더할 나위 없이 순조로웠다. 나는 속 썩이지 않는 착한 아들이었고 유안은 나를 위해 모든 것을 헌신했다. 내가 사달라고 하면 비싼 물감과 붓, 내 나이에 필요 없는 미술 도구들도 척척 사다주었다. 아무리 추운 날이어도, 비가 오거나 바람이 부는 때에도 밖에 나가자는 의사를 살짝만 비치면 나를 데리고 흔쾌히 산책을 나갔다. 모든 것이 평화롭던 크리스마스이브 전날이었다.

"아빠 오늘 일이 너무 많으셔서 늦게 들어오신대. 지한이 자고 있으면 아빠 금방 오실 거야. 그만 잘까?"

거실은 온통 크리스마스트리와 반짝이 조명으로 포근하고도 아름다웠다. 서윤이었던 시절, 유안과 처음이자 마지막으로 보낸 크리스마스가 생각났다. 그때는 지금보다 조촐했지만 사랑으로 가득 차 있었고 행복했는데.

'유안과 단둘이서 보내는 두 번째 크리스마스네.'

울적해졌다. 왜인지는 모르겠지만 가슴이 울렁였다. 그래서 평소처럼 유안을 끌어안고 잠자리에 드는 대신 그냥 묵묵히 방 안에 들어가 문을 잠갔다. 유안은 그런 나의 행동이 누적된 피로에서 오는 걸로 알고 날 내버려두었다.

저주받은 서윤의 그림 아래 눕는데 문득 유안이 예전에 부탁했던 초상화가 떠올랐다.

'그 사진을 왜 그려달라고 했을까. 지금 와서 생각해보면 그저 나를 꾀어낼 명목에 불과하지 않았나.'

가슴이 먹먹했다. 검은 페인트를 거짓이라 친다면 유안의 몸은 얼마나 검은색으로 뒤덮여 있을까. 흰색이 하나도 보이지 않을 정

185

도로 거짓투성이일까.

이불 속은 포근했다. 이불을 돌돌 말고 있으면 안전하다는 기분이 들었다. 그건 서윤이었을 때부터 가지고 있던 습관이다. 잠이 쏟아졌다. 다른 사람이 나와 같은 상황에 처한다면 기억이 돌아온 순간 어떻게 할까. 그녀를 죽일까. 아니면 그녀를 협박해 새로운 제2의 삶을 살까. 하지만 멍청한 나는 그런 선택지를 전부 뒤로 하고 가장 힘겨운 방법을 택했다. 아버지가 가장 상처를 덜 받고 동시에 유안이 가장 절망할 수 있는 방법을. '유안을 용서할 수는 없을까.'라는 생각도 안 해본 것은 아니다. 하지만 서윤을 뻔뻔히 죽여놓고, 아무 일도 없었던 것처럼 행복한 삶을 살아가는 그녀를 내버려둘 수가 없다. 검은 감정이 끓어올라서 도저히 그럴 수는 없다.

'그러니 유안 당신도 나를 용서하지 말아요. 내가 당신에게 치유할 수 없는 상처를 안겨주어도, 스스로가 받아 마땅한 벌이라 생각하진 마세요. 그게 내가 당신을 생각해서 그나마 베풀 수 있는 동정이니까요.'

그 생각을 끝으로 난 까무룩 잠들었다. 잠결에 유안이 크리스마스 기분에 취해 콧노래를 흥얼거리는 소리가 들렸다.

'몇 시지?'

목이 말라서 깨어보니 주위가 고요했다. 잠시 눈을 뜬 채로 주위를 살피니 어둠에 눈이 익어 가재도구들이 점점 분별이 갔다. 조심스레 문을 열어 밖을 살피니 유안이 크리스마스트리 아래서 곤히 잠들어 있었다. 한손에는 핸드폰이 있었고, 세수도 하지 못한 듯 화장이 그대로였다.

'아버지는 아직 안 돌아왔나 보네.'

유안이 평소 핸드폰 잠금 장치를 안 해놓는다는 사실을 떠올리고선 그녀의 문자 내역을 보니, 아니나 다를까 애처가인 아버지의 실시간 철야 작업 통보 문자가 잔뜩 와 있었다.

'마지막으로 온 게 12시 반? 게다가 새벽 3시 넘어서 들어온다고? 회사가 제정신인가.'

시계를 보니 시침이 어느새 2시에 다가가고 있었다. 유안이 기다리다 지쳐 뻗을 만도 했다.

'춥겠는데, 이불이라도 덮어줘야 하나.'

그렇게 증오에 떨면서, 복수를 계획하면서 어떻게 그런 생각이 드는지는 몰라도 웅크리고 있는 유안을 보는 순간 알 수 없는 한 가닥의 연민이 휙 나를 훑고 지나갔다. 일단 물부터 마시고 이불을 끌고 나와야겠다는 생각에 부엌으로 향하는데 뒤에서 유안이 웅얼거리는 소리가 들려왔다.

'깼나?'

슥 하고 뒤를 돌아보니, 유안은 눈을 꼭 감고는 몸을 뒤틀고 있었다. 순간이지만 다시 한 번 차오르는 연민에 가슴을 움켜쥐며 냉장고 문을 여는데, 아까와는 달리 또렷한 발음의 잠꼬대가 귓가를 울렸다.

"서윤 씨."

물통을 꺼내려던 두 손이 우뚝 하고 멈췄다. 전신에 오소소 소름이 돋았다. 지금 뭐라고 한 거지? 내가 잘못 들은 거겠지? 하지만 유안은 그런 날 비웃기라도 하듯이 다시 한 번 가슴에 비수를 꽂았다.

"지한이… 잘 자라고 있어…요."

똑똑하게 들려오는 문장이 파편처럼 바닥으로 굴러 떨어졌다. 와장창 깨어지는 단어들에 발을 베인 것처럼 난 털썩 자리에 주저 앉았다. 몸이 떨려서, 발작하듯 경련을 일으키는 입 때문에 숨을 쉬기가 힘들었다. 지금 유안은 꿈속에서 누구랑 대화를 하고 있는 거지? 어떻게 저렇게 편안한 목소리로 내 이름을 부를 수 있지? 사이코패스가 아니고서야 어떻게… 인간이 저럴 수가 있지?

"…그럼… 잘 걸어놨….'
"그날 따라오지 않으면… 걱정했는데… 고맙고, 서윤 씨 몫까지 지한이….'

더 이상 들어줄 수가 없었다. 문이 닫히지 않았다고 삑삑거리는 냉장고를 난폭하게 닫고는 칼을 찾아 서랍장을 열었다. 칼은 어디다 두는 거지? 순간 눈물이 앞을 가려 시야가 흐려졌다. 화가 나서? 황당해서? 아니다. 나는 나의 계획이 지금 내가 할 행동으로 무너지게 되어 슬픈 것이다.

'못 참겠어. 더 이상 저 말 못 듣겠어. 그냥 다 끝내버릴 거야. 가슴이 뜨거워서 미쳐버릴 것만 같아. 유안을 죽여버리고 싶어. 제발 저 입을 다물고 그냥 고통에 차서 꺽꺽거리면서 죽어버렸으면 좋겠어.'

여러 서랍을 뒤지다 옆으로 난 작은 서랍을 여니 거기 칼이 있었다. 난 미쳐 있었다. 유안의 말에 이성을 잃어버린 것이 틀림없다. 그녀를 따라 죽으러 갈 때보다도 더 제정신이 아니었다. 넘쳐오르는 분노와 증오가 몸을 멋대로 움직이고 있었다. 유안은 서윤에게 감사하다고 했다. 나를 죽여서 얻은 돈으로 지한을 잘 키우겠다고 했다. 울분이 터져서 속이 메스꺼웠다. 아무것도 눈에 들어오지 않았다. 그저 저 여자의 숨통을 끊어버리고 이 악연을 끝내고만 싶었다. 복수를 끝내고 나도 어둠 속으로 사라지고 싶었다. 감정에 울부짖고 웃고 화내는 것도 지긋지긋 했다. 살아 있다는 것 자체가 고문이었다.

식칼이 조명에 반짝 빛났다. 손잡이를 두 손으로 꼭 쥐고 유안 쪽으로 조용히 걸어갔다. 땀이 찬 발이 미끄러웠다. 그 짧은 순간에 몇 번이나 휘청거리다 식탁 모서리에 부딪히기까지 했다. 그러나 유안은 세상모르고 자고 있었다.

"다시 말해봐요…. 유안 씨…. 다시 말해봐요."

유안 곁에 소리 없이 살짝 앉았다. 유안은 그래도 일어나지 않았다. 바들바들 떨리는 손으로 식칼의 끝을 유안의 목 가까이에 갖다 대고는 심호흡을 했다. 유안이 숨을 들이마시고 내쉬자 여린 그녀의 목이 아슬아슬하게 식칼 끝을 스칠 듯 말 듯 곡예를 부렸다. 두 눈에 가득 고여 있던 눈물이 투둑 그녀의 가슴팍 위로 떨어졌다. 눈 딱 감고 힘을 줘서 내리치기만 하면 되는데, 그러기만 하면 모든 것이 끝나는데, 이상하게도 유안의 얼굴을 보자 손이 굳은 채 움직이질 않았다.

'왜, 왜. 뭐가 문제여서 이러는 거야. 왜 죽이고 싶은 상대를 눈앞에 두고도 아무것도 할 수 없지? 왜?'

순간 나 자신이 싫어졌다. 유안보다도 내가 혐오스러웠다. 칼을 다시 한 번 머리 위로 치켜들려는데 아까보다도 더 심한 경련이 일어났다. 마치 절대로 내가 생각하는 일을 실행해서는 안 된다는 것처럼. 당황스러웠다. 식칼을 꺼내들 때까지 내 머리는 오직 유안을 이 세상에서 없애버려야 한다는 본능에만 충실했다. 그런데 갑자기 왜?

'미치겠어. 미칠 것만 같다고. 죽이고 싶어. 끝내고 싶어. 그런데 그러면 안 될 것 같아. 왜? 아버지 때문에? 아니야. 그러면 왜?'
'왜긴 왜야. 네가 그녀의 아들이니까. 유안이 너의 어머니니까. 서윤은 생전에 그렇게 어머니에게 사랑을 받고 싶어 했지. 어머니의 사랑을 거절했지만 사실은 항상 그리워했지. 부모님에게 미움받는 것을 그 무엇보다도 두려워했어. 그래서 지금도, 그 무의식이 유안을 죽이는 것을 강력하게 거부하는 탓에 넌 지금 아무 행동을 못 하는 거지. 지금 받고 있는 사랑을 놓치고 싶지 않아서. 죽어라 서윤, 죽어라 지한. 넌 서윤일 당시로부터 뭣 하나 변한 것이 없어. 복수할 자격도, 다시 그녀의 아들로 태어날 자격도 없었어. 멍청한 서윤아, 잠시 신이 착각했나봐. 너한테 줄 기회는 처음부터 없었어야 마땅했는데.'

머릿속에서 웅웅 목소리가 들려왔다. 깨질 듯이 아파오는 두통에 칼을 옆으로 던져버렸다. 그녀의 말을 듣고 분노한 마음은 유안을 죽이고 싶어 안달하고 있었다. 그건 내 남은 도덕성을 증발시키기에 충분했으나 이상하게도 몸이 마음을 따라주지 않았다. 칼을 옆으로 내던지자마자 심한 동통이 전신을 뒤덮었다. 마치 벌을 받는 것처럼. 복수 따윈 해서는 안 된다는 것처럼 말이다. 그럼 나는 어떡하라고. 멍청하게 유안이 행복하게 사는 것을 보기만 하고 있으라고? 악인이 선인으로 탈바꿈 해 성공한 인생을 사는 것을 가만히 지켜보라고? 그것도 아니면 내가 처음에 계획했던 것처럼 참고 때가 오길 기다리라는 건가?

'나만 참고 모른 척하면서 그녀의 아들로 살아가야 하는 거야? 이건 지옥이야. 훗날 내가 계획한 일을 이룰 수 있을지는 모르겠지만 그때까지 이런 일을 몇 번이나 다시 겪을지 몰라. 싫어, 역겨워.'

아들이라는 가면을 쓰기도 지쳤다. 스스로를 속이는 일을 계속하다 보니 속이 썩어들어가는 것 같았다. 가슴이 문드러져 떨어져 나갈 때가 되어서야 나는 유안에게 복수를 할 수 있을까. 어쩌면 그 시기가 되어도 이렇게 손이 굳어서, 입이 굳어서 아무것도 할 수 없는 건 아닐까. 어느 쪽이든 내겐 견딜 수 없이 끔찍한 순간만 남아 있을 텐데.

혼미해지는 정신을 붙잡고 유안의 목에 두 손을 갖다 대었다. 다시 찌릿 하고 온 신경이 감전된 것처럼 몸을 흔들었다. 그러면 안 된다고 경고하는 것 같았다. 가슴이 원한으로 뭉쳐서 아무런 싹도 트지 않을 정도로 굳었는데. 차라리 가슴을 찢어 마음을 저 멀리 던져버리고 싶을 정도로 황폐해졌는데.

몸을 일으켰다. 눈물이 줄줄 두 볼을 적셨다. 목이 메어서 뭐라 말을 꺼낼 수가 없었다. 고함이라도 지르고 싶고, 저주라도 퍼붓고 싶었다. 머릿속에는 뱉지 못한 단어들이 쌓여 있는데 입은 단 한 단어도 내뱉질 못했다. 양쪽 입꼬리에 실이 매달려 있는 마리오네트처럼 입이 열리지 않았다. 공허함에 기운이 빠졌다. 힘이 풀린 몸을 유안 곁에 뉘었다. 옆에 떨어져 있던 식칼을 다시 주워들었다. 이번에는 칼끝을 내 목에 겨냥해 보았다. 하지만 이번에도 두 손은 아까와 같은 발작을 일으키며 칼을 옆으로 떨어뜨릴 뿐이었다.

'이젠 화도 나질 않는구나.'

허탈한 웃음이 실실 새어나왔다. 한번 웃음이 터지자 마른 목구멍으로부터 어린아이의 목소리가 흘러나왔다.

'갖다 놓자.'

식칼을 주워들고 휘적휘적 부엌으로 걸어가 제자리에 갖다 놓았다. 그러자 온몸을 휘감았던 동통이 씻은 듯이 사라졌다. 갑자기 웃음이 나기 시작했다.

"유안 씨, 나는 어떡해야 하는 거예요?"

잠든 그녀의 옆에 앉아서 조용히 물었다.

"…."

잠든 유안은 아무런 말이 없었다. 이 난리통에도 깨지 않았다는 것이 기이하면서도 다행이라는 생각이 들었다. 몸을 돌린 채 잘 자고 있는 유안을 향해 난 돌아올 리 없는 대답을 기대하며 여러 질문을 던지기 시작했다. 의미 없지만, 그냥 그렇게라도 푸념을 늘어놓고 싶었다. 아니면 속에서 심장이 터져버려서 피를 토하고 죽을 것만 같았기 때문이다.

"왜 그랬어요? 돈이 필요했어요? 사람 마음 가지고 놀다가 배신한 것도 모자라서 죽일 정도로? 대체 왜? 무엇 때문에 날 죽인 거예요? 왜?"

"유안 씨, 난 내가 유안 씨에게 복수를 하기 위해서 서윤의 기억을 가진 채 당신의 아들로 태어났다고 생각했어요. 그런데 막상 복수를 하려니 천벌을 받는 것처럼 고통스러워요. 이건 대체 무슨 아이러니냐구요."

"웃기죠? 난 웃긴데…. 하하하…. 신은 얼마나 더 큰 고통을 유안 씨에게 안겨주려고 내가 지금 복수하려는 것을 막는 걸까요?"

"차라리 그랬으면 좋겠어요. 제발 그럴 거라 믿고 싶어요. 난 유안 씨가 불행해서 미쳐버렸으면 좋겠어요. 난 이제 어떡해야 할까요. 아니, 내가 할 수 있는 것은 없어요. 그저 유안 씨가 고통에 휩싸일 그날까지 하루하루 견디는 수밖에요."

유안은 미동도 않고 있었다. 더 이상 말해봤자 뭐하겠나 싶어 일어났다. 가슴은 뻥 뚫려 바람이 숭숭 통했음에도 몸은 가뿐했다. 내일 유안을 보고 평소처럼 착한 아들 연기를 할 수 있을까 하는 고민이 잠시 떠올랐지만 금방 사라졌다.

'내겐 모든 것을 감내해야 한다는 선택지밖에 남지 않았는걸.'

방문을 꼭 닫고 잠을 청했다. 쉽사리 잠이 오지 않을 거라 생각했던 것과 달리 금방 꿈나라로 빠져들었다.

"지한아, 일어나봐."

아침에 날 깨운 건 다름 아닌 아버지였다. 차가운 손의 감각에 몸을 움츠리다가 유안이 퍼뜩 떠올라 눈이 떠졌다.

"아!"
"곤히 자는데 깨워서 미안해 아들. 근데 얼른 옷 갈아입고 아빠랑 빨리 병원 가자."
"병원?"
"엄마가 어제 아빠 기다리다가 감기 걸렸나봐. 열이 너무 심하게 나서 지금 병원에 입원해 있어. 방금 전까지 병원에 있다가 우리 지한이 데리러 아빠가 다시 온 거야. 엄마는 잘 울지도 않는데 얼마나 아프면 아빠 끌어안고 울어서 놀랐어."

재빨리 고개를 돌려 시계를 보니 9시다. 오래도 잤네. 그런데 유안이 아프다니. 갑작스런 상황에 머리가 따라가질 않았다. 밤새 이불도 없이 잔 탓에 감기가 걸린 것은 알겠으나, 그렇게 심하게 앓는다고? 입원을 할 정도로?

"엄마가 많이 춥게 잤나봐. 아빠가 일찍 들어왔어야 했는데. 아빠도 거의 새벽 되어서 들어왔거든. 지금 목이 잠겨서 말도 못 하더라고. 지한이 데리고 온다는데 고개만 끄덕이고. 오늘 1박2일로 지한이랑 엄마랑 같이 놀러 가려고 어제 그렇게 열심히 일했는데."

얼떨떨하게 아버지의 이야기를 듣고 있으니 아버지가 옷장에서 옷을 꺼내 잠옷 차림의 날 갈아입혔다. 어쩔 줄 모르는 나에게 아버지가 안심하라는 듯이 어깨를 톡톡 두드렸다.

"아들, 많이 걱정돼?"

'유안이 천벌을 받아 큰 병에 걸린 건가.'

하지만 그건 내 기우였을 뿐이었다. 병원에 도착하자마자 간호사가 전달해준 정보에 따르면 유안은 그저 피로가 누적되어 병약해진 상태에서 어제 밤새 벌벌 떨며 잔 탓에 몸살에 걸린 것이라고 했다.

"자, 아들, 엄마 보러 들어가자."

어제의 일로 유안을 보기 껄끄러운 탓에 몸을 배배 꼬며 병실 입
장을 피하려 했다. 유안과 얼굴을 마주하기 불편했다. 어제 그런
일을 겪고도 아무 일도 없다는 듯 행동하기가 사실상 쉽지 않다는
걸 나 스스로도 알고 있었다. 당분간은 그녀와 함께 있을 때마다
어색할 것이다. 그리고 그녀의 얼굴을 볼 때마다 화가 치미는 것도
어찌 할 수 없을 게 뻔했다.

"아빠, 엄마 자고 있지 않아?"
"환자분 조금 전까지만 해도 깨어 있으셨어요. 걱정 말고 들어가
세요."
"지한아, 아빠는 선생님 만나 뵙고 회사에 통화 좀 하고 올 테니
까 엄마랑 얘기하고 있어! 2인실이니까 옆에 계신 분께 피해 안 가
게 조심하고!"

아버지 말에 고개를 끄덕이고는 병실 문을 열었다. 유안이 있는
병실의 옆 침대는 아버지의 말과는 달리 비어 있었다. 쏴아 들어오
는 햇빛에 눈이 부셔 눈을 찡그리는데 천천히 시야 안으로 유안의
옆모습이 들어왔다. 하지만 평소의 유안과는 조금 달라 보이는 모

198

습에 발걸음을 멈출 수밖에 없었다.

　"엄마, 나 왔어!"

　마음을 다잡고 유안을 향해 걸어갔다. 애써 감정을 조절하면서 한 발짝 한 발짝 유안 쪽으로 가는데, 유안이 슥 하고 내 쪽을 돌아봤다. 억지웃음을 지으며 유안과 눈을 마주치려 하는데 유안의 얼굴을 확인한 순간 난 그 자리에서 얼어붙을 수밖에 없었다.

　'뭐야….'

　유안의 몰골은 처참했다. 눈물이 말라붙어 하얗게 일어난 피부, 퀭한 두 눈. 얼마나 물어뜯었는지 피가 엉겨 붙은 입술. 그리고 그 무엇보다도 절망감이 가득한 눈동자. 마치 산송장 같은 분위기에 나도 모르게 주춤 하고 몸이 움츠러들었다.

　"지…."

　유안이 입술을 늘려 '지'라는 단어를 겨우 내뱉고는 다시 입을 다물었다. 분명 지한이란 말을 하려던 것 같은데 이름을 부르기도 전에 고개를 돌려버렸다. 직감적으로 유안의 목소리에는 문제가 없다는 것을 알 수 있었다. 단지 아버지 앞에서 말하기를 거부했던 것이 분명하다.

"엄마?"

낭랑한 지한의 목소리가 병실을 울렸다. 그러자 유안이 두 손을 들어 자신의 귀를 막았다. 들어서는 안 되는 말을 들었다는 듯이 말이다. 뎅 하고 머리가 울렸다. 잘못 본 거겠지 싶어 다시 유안을 불러보았다.

"엄마."

귀를 틀어막은 채 유안이 절레절레 고개를 저었다. '난 네 엄마가 아니야.' 유안의 행동은 내게 그렇게 말하고 있었다.

'설마…?'

순간적으로 어제의 기억이 파노라마 사진을 보듯 뇌리를 스쳐 지나갔다. 어제 분명 유안은 잠들어 있었다. 아주 곤히. 하지만 사실은 그게 잠든 척한 거였다면? 어디서부터 듣고 있었던 거지? 내가 식칼을 꺼내올 때부터? 아니면 식칼을 돌려놓고 홀로 질문을 할 때부터?

'처음부터 다 알고 있었나?'

그런 생각들이 꼬리에 꼬리를 물고 늘어지자 더 이상 한 발짝도
앞으로 나아갈 수가 없었다. 순간이 아주 길게 흘러갔고 꿀꺽 침 삼
키는 소리가 폭발음과도 같이 크게 들렸다. 어제 난 제정신이 아니
었지. 평상심을 지키지 못했고 유안을 죽이려 했으나 실패했다. 그
어떤 힘이 내가 살인을 하지 못하도록 날 제지했다. 난 그것이 훗날
유안에게 더 힘든 시련을 주기 위해 기다리라고 하는 계시인줄만
알았다. 그런데 그건 내 착각이었나 보다. 세상은 나의 편이 아니었
다. 고통 속에 질식할 사람은 유안뿐만이 아니라 나 또한 마찬가지
라는 사실을 깨닫기까지 그리 오랜 시간이 걸리지 않았다.

'제가 무슨 잘못을 했나요?'

다리에 힘이 풀려서 서 있을 수가 없어 그냥 주저앉아 버렸다.
그 어느 때보다도 절망적이었다. 유안이 내 정체를 파악한 것이 틀
림없었다. 이런 식으로 그녀에게 내가 돌아왔다는 것을 알릴 생각
따윈 정말 추호도 없었다.

'끝났다.'

　내 편은 아무도 없고 그녀 주위에는 아버지라는 든든한 지원군이 있는 상황에서 정체가 까발려지고 싶지 않았다. 난 이제 어떻게 되려나. 유안은 날 또다시 죽음으로 몰아넣을까? 아니면 날 어디론가 보내버릴까? 그것도 아니라면 그녀가 알 수 없는 곳으로 떠날 수도 있겠다. 정말이지 하나같이 끔찍한 상황이다.

　무릎에 얼굴을 묻었다. 가까이서 유안이 흐느끼는 소리가 들렸다. 이명처럼 들리는 그 비현실적인 울음소리에 자꾸 실소가 터졌다. 정말 나 미쳤나봐. 머리가 돌아버려서 이제는 정상적인 사고가 안 되나봐.

　"지한아."

　흐느낌이 잦아들기도 전에 유안이 떨리는 목소리로 속삭였다. 그 소리에 고개를 재빨리 들어 유안을 살폈다. 유안은 여전히 시선을 창밖에 둔 채 비현실적인 목소리로 나를 불렀다. 그 모습이 꿈인 듯 허망하게 들려 순간 진정 그녀가 지한의 이름을 부른 게 맞나 헷갈릴 정도였다.

"김지한."

유안은 그런 내 의심을 깨뜨리듯 다시 한 번 내 이름을 불렀고 난 혼란스러운 얼굴로 그녀를 바라보았다.

"아니야."

생각보다도 말이 앞서 나갔다. 유안이 내 정체를 의심하고 있는 상황에서 착한 아들 이미지를 굳게 심어놓는 일은 이미 끝나버렸다. 물론 또다시 오랜 시간이 흐른다면 가능할지도 모르겠다. 하지만 내가 그러고 싶지 않았다. 넌덜머리가 났다. 하나가 무너지니까 지금껏 날 억지로 지탱하던 모든 것들이 무너지는 기분이었다. 가면을 쓰는 것도 지쳤고 나 자신을 속이는 일도 힘들었고, 그 무엇보다도 유안이 알면서 모른 척 지한의 이름을 부르는 것이 너무나도 가증스러웠다.

유안이 내 정체를 의심한 순간부터 내 계획은 이미 망가진 거나 다름없었다. 이제 유안이 완벽한 절망 속에 혼자 고립될 가능성은 없어졌다. 난 그녀가 내게 온전히 의지할 때 그녀로부터 아버지를 떨어뜨리고 내 정체를 밝혀 그녀가 끝없는 죄책감과 절망의 구렁텅이 속에 빠지기를 염원하고 있었다. 그리고 이 일은 모두 그녀가 나를 신뢰해야만 일어날 수 있는 일이다. 모든 게 끝나버렸다. 아이러니하게도 더 이상 내게 두려워할 것은 남아 있지 않았다. 심지어 불쌍한 아버지에 대한 동정심도 사라져버렸다.

"지한아."
"아니라고요."

내 말에 유안이 잠시 입을 다물고 침묵을 유지했다. 그리고 또다시 지한의 이름을 반복해서 불렀다. 조금은 진정된 듯 목소리의 떨림은 가셔 있었다.

"지한아!"
"유안 씨."
"지….

유안은 목이 메어오는 듯 벅벅 손톱으로 목을 긁었다. 그녀는 발작적으로 피부를 뜯었다. 그러다가 획 하고 이쪽을 돌아봤다.

"김지한."

두 눈이 비어 있었다. 그 눈을 보는 순간 가슴이 미어졌다. 유안에게 어떤 말을 해도 그녀에게 닿지 않을 것만 같았다. 유안은 나를 바라보는 것이 아니라 그저 나의 껍데기, 유안의 아들인 지한을 보고 있었다. 나는 반쯤 발악하듯이 유안을 향해 소리쳤다. 어린 지한의 목에 핏대가 서고 얼굴로 피가 몰려들었다.

"유안 씨! 나 알잖아요! 나 누군지 알면서 왜 모른 척해요!"
"지한아, 엄마 무서워. 왜 그래 지한아. 김지한, 응? 지한아."

유안은 여전히 자신의 목에 손톱을 박아 넣으며 홀린 듯한 목소리로 지한의 이름을 연신 되뇔 뿐이었다. 답답했다. 화가 났다. 안경점에서 겪은 일이 데자뷔처럼 지나갔다.

"지한이란 이름 말고, 다른 이름 있잖아요. 서윤."
"난 몰라. 그런 사람."
"뭘 몰라요. 당신이 속인 불쌍한 예술가."
"지한아…. 엄마가 지금 꿈꾸는 거 맞지? 엄마가 많이 아픈가봐. 어떡하지?"

유안이 몸을 일으켜 내가 앉아 있는 곳으로 걸어오려다 링거 줄에 걸려 우뚝 자리에 멈춰 섰다. 그러다가 링거를 한 번, 나를 한 번 바라보더니 헤실헤실 웃는 것이 아닌가.

'유안 씨, 가엾게도 나처럼 미쳐버렸구나.'

"지한아, 엄마한테 와. 엄마가 안아줄게."

벌려진 두 팔을 보는데 공포감에 숨이 턱턱 막혔다. 눈물이 끝도 없이 볼을 적셨다. 그냥 이 병실을 통째로 다 부수고 나도 함께 사라져버리고 싶었다.

"아아아악!"

가슴을 탕탕 내리쳤다. 멍이 들 만큼 힘을 실어 심장이 터져버렸으면 좋겠다고 생각하면서. 하지만 가슴속의 응어리는 풀리지 않았다. 고함을 질러도 눈물을 흩뿌려도 달라지는 것이 없었다. 유안은 그런 내 행동에도 털끝 하나 움직이지 않고 헤헤 웃으며 두 팔을 벌리고 있었다. 미쳤어. 전부 미쳤어.
몸을 일으켜 병실 문을 향해 달려갔다. 유안의 얼굴을 더 이상 볼수가 없었다. 그러지 않으면 정신을 차린 순간 내가 그녀의 목을 조르고 있을 것 같았다.

'유안을 죽여버리고 싶어.'

하지만 그럴 수 없다는 걸 나는 잘 알고 있다. 자식으로서의 무의식 때문인지 아니면 본질적으로 선한 인간이기 때문인지는 몰라도 난 그녀를 죽일 수 없었다. 문을 여는데 차가운 공기가 훅 들어왔고, 아버지가 문 앞에 서 있었다. 비명 소리를 듣고 놀라 문을 열려던 참인 모양이었다.

"지한아, 왜 그래?"
"아무것도 아니야."

난 아버지를 지나쳐 도망치듯 밖으로 달려갔다. 아버지는 그런 나를 뒤쫓아 왔지만 코너를 돌기 직전 날 놓치고 말았다.

'유안은 무슨 생각인 거지?'

방금 내가 본 것이 유안의 최선이겠지. 어떻게 얻은 아들인데, 자신의 목숨과도 같은 사랑스러운 아들이, 성공적이어야만 하는 아들이 실패작인 서윤이 되어서는 안 되는 게 당연하다. 유안은 계속 나를 서윤이 아닌 지한으로만 대하지 않을까. 최소한 표면적으로는 말이다. 하지만 속은 곪아갈 것이 뻔하다. 그리고 그건 나도 마찬가지다.

'도망치고 싶어.'

결국 난 여기저기를 서성이다가 아버지가 병원에 미아 방송을 요청하기 직전 병실 앞으로 돌아왔다. 아버지는 유안의 안정을 위해 간이침대에서 이틀 정도 간병인으로 지낸다고 했다. 신우 어머니가 그동안 나를 맡아주기로 했다.

"지한아. 어머니가 과로로 독감에 걸리셨다면서? 지한이 어떡해. 크리스마스 많이 기대하고 있었을 텐데. 이번 크리스마스는 아줌마랑 신우랑 같이 보내자."

신우네는 내가 서윤이었을 적에 우리 집이 화목하지 않다는 것을 느끼게 해준 친구의 집과 참 비슷했다. 집 안이 온기로 가득했고 신우 어머니 특유의 푸근함이 집 안 가구 곳곳에 배어 있었다. 유안은 나를 맹목적으로 사랑했지만 신우 어머니 같은 여유롭고 따뜻한 모습은 아니었다.

"신우랑 지한이는 방에서 놀고 있어. 아줌마가 저녁 준비 다 되면 부를게."

신우는 고개를 끄덕이고는 나를 데리고 자신의 방으로 갔다. 그리고 나이에 맞지 않게 체스를 두었다. 신우는 아버지로부터 체스를 배웠다고 한껏 자랑하며 내게 룰을 가르쳐주었으나, 내가 첫판부터 이겨버리는 바람에 시무룩해지고야 말았다. 20대 남성과 여덟 살 꼬마의 두뇌 수준은 다를 수밖에 없는 게 당연한데도 신우는 내게 반칙을 썼냐고 계속 캐물었다. 내가 끝끝내 아니라고 말하자 신우는 나를 천재라고 스스로 단정해버리곤 근성으로 천재를 이길 수 있다는 것을 증명하겠다는 듯 이길 때까지 게임을 계속했다. 결국 마지막에 내가 져줌으로써 긴긴 게임을 끝낼 수 있었다. 굉장히 단순하고 편안한 시간을 간만에 보낸 나는 유안으로 인해 겪은 절망을 조금이나마 잊을 수 있었다. 하지만 그 행복도 이틀 만에 유안이 퇴원하면서 깨지고 말았다.

"지한이 벌써 가네. 신우 정들어서 어쩌니."

신우는 내가 집으로 돌아가는 날 친형제를 잃은 것처럼 울음을 터뜨렸다. 그래도 어른스러운 척 눈물을 참으려고 노력한다는 것은 알 수 있었으나 주룩주룩 흐르는 눈물은 그 노력을 배신하고야 말았다. 신우는 사랑받고 자란 티가 났다. 신우는 모두에게 사랑받아 남에게도 쉽게 사랑을 주고, 설령 상처받더라도 금방 회복할 수 있는 그런 사람이 될 것이다. 그랬으면 좋겠다.

집은 고작 이틀을 비웠는데도 낯설어 보였다. 공기가 삭막하다는 것부터가 신우의 집과는 천지 차이였다. 아버지는 이른 아침부터 출근했고 집에는 나와 유안만이 덩그러니 남아 있었다. 난 유안의 내면에서 그 이틀이란 짧은 시간 동안 엄청난 변화가 일어났다는 것을 감지할 수 있었다.

"밥 먹어."

유안은 이틀 사이에 마지막으로 보았을 때보다 안색은 훨씬 좋았지만 속은 바뀌어버렸다. 그녀는 첫째, 나와 눈을 마주치지 않았고, 둘째, 나를 지한이란 이름으로 부르지 않았다. 그리고 어쩔 수 없이 나를 돌봐야 하는 상황을 제외하고는 내게 말을 걸지 않았다. 처음에는 그녀의 변화에 당황하여 어리둥절했지만 난 곧 그녀가 자기 최면에 실패하여 그녀가 마주한 현실을 받아들였다는 결론에 도달했다. 그래, 스스로를 속이기에는 진실이 너무 잔인하지. 하지만 유안이 현실을 받아들였다고 해서 이런 식으로 나올 줄은 몰랐다.

이젠 다 알면서, 아는 티를 팍팍 내면서 끝까지 내게 용서를 빌지 않겠다는 건가? 그럼에도 내가 서윤이라는 것을 인정할 수 없다는 건가? 이 상황이 지속되어봤자 우리 둘 중 누구도 편하지 않을 텐데. 그 누구도 구원받을 수 없는데. 유안은 아마 이 사실을 알 것이다. 하지만 그녀는 예전부터 적당한 불행을 필요로 해왔고 그건 나도 마찬가지였다. 불행이 누적되어 숨통을 조르기 전까지 우리 둘

다 이 팽팽하고 긴장감 넘치는 적과의 동침을 계속할 게 분명했다.

난 유안이 내가 서윤이라는 사실을 알게 될 순간을 줄곧 고대해왔다. 하지만 이런 반응을 바란 것은 아니었다. 그녀가 그 사실을 알고 재기불능이 될 정도로 추락하거나, 아니면 손이 발이 되도록 빌기를 바랐을 뿐이다. 하지만 이게 도대체 무슨 상황인지 알 수 없었다. 그녀와 단 둘이 있을 때는 말 그대로 질식할 것만 같은 공기에 밥이 입으로 넘어가는지 코로 넘어가는지도 몰랐다.

'자리 좀 비켜주지.'

유안은 그럼에도 꿋꿋이 내가 밥을 먹을 때나 공부를 할 때, 혹은 거실에 있을 때 내 근처에서 굳은 얼굴로 자리를 지켰다. 날 뚫어져라 바라보진 않았지만 곁눈질로 날 살피고 있다는 것쯤은 알 수 있었다.

'체하겠다.'

실제로 체해서 속에 있는 걸 다 쏟아내기도 했다. 유안은 뒤에서 아무 말도 하지 않고 내 등을 두드려주었으나 예전의 다정했던 모습은 온데간데없었다. 아직도 생생히 기억난다. 변기를 붙들고 구역질을 하는데 한 손이 정확히 4분의 3박자로 내 등을 두드렸지.

그 영혼 없고 의무적인 행동에 소름이 끼쳤다. 인형한테 말을 거는 게 차라리 더 살가울 듯했다. 유안은 나와 단둘이 있을 때는 내게 더 이상 잘 자라는 말이나 상냥한 웃음을 던지지 않았다. 병원에서 그녀는 오랫동안 생각했을 것이다. 고민을 거듭한 끝에 그녀가 어떤 결정을 내렸는지는 모르겠지만, 아직까지 내게 과거의 일에 대한 것을 언급하지 않는다는 사실과, 부모로서의 의무를 다한다는 점을 보면 나를 빠른 시일 안에 어떻게 할 생각은 아닌 듯했다. 하지만 그녀가 진정으로 무엇을 생각하고 있는지는 도통 알 수가 없었다. 난 일부러 유안을 피해 안방에서 새로 산 동화책들을 읽었지만, 권선징악으로 점철된 그 이야기들은 나를 불편하게만 만들었다.

"아빠 왔다."
"와아아아! 아빠! 보고 싶었어요!"

이 말은 진심이다. 아버지가 퇴근을 하면 유안은 예전처럼은 아니지만 그래도 나름 부드러운 목소리와 미소로 나와 아버지를 대했다. 물론 아버지가 화장실에 들어가거나 잠시 자리를 비우면 다시 냉기가 가득한 표정을 얼굴에 띄웠지만, 그래도 아버지 앞에서만큼은 누구보다도 현명하고 아름다우며 상냥한 아내이자 어머니였다. 그게 간사해 보여서 어떤 땐 정말 배가 고파도 제대로 먹질 못했다. 그 탓에 난 점점 말라 갔고 그걸 보다 못한 신우와 이연이 내 먹거리를 챙겨주기 시작했다.

"지한아, 너 너무 말랐어. 왜 집에서 밥을 안 먹어?"

"집 밥이 맛없어."

"그래도 옛날에는 잘 먹었잖아."

"알아. 하지만… 음….'

내가 말을 잇지 못하자 신우는 이연에게 더 이상 캐묻지 말라는 듯 고개를 휘휘 젓더니 내 어깨를 토닥였다. 자신이 모든 일을 다 알고 있다는 것처럼 말이다. 정말 내가 어떤 상태인지 알고 있는 건가 싶을 정도로 신우는 능청스럽게 행동했다.

"지한아 걱정 마. 내가 엄마가 간식으로 쪄놓는 고구마 하나씩 매일매일 가져올게!"

"그럼 나는 지한이 위해서 주먹밥 만들어 올게."

"너희 엄마들이 싫어하실 텐데?"

"우리 엄마는 낮에는 집을 비워서 상관없어. 신우는 어때?"

"우리 엄마는 내가 고구마를 먹겠다면 고마워서 아무것도 신경 안 쓰실걸."

따뜻하기도 해라. 이렇게 갑작스럽게 형성된 김지한 밥 먹이기

프로젝트 덕에 나는 체중을 유지할 수 있었다. 집에서는 도저히 입맛이 뚝 떨어져서 먹을 수 없던 것들도 추운 겨울에 이 둘과 밖에서 먹을 때는 그 무엇보다도 달고 맛있었다. 평소엔 입에 대지도 않던 고구마가 왜 그리 맛있었을까. 《비밀의 화원》 속 곱사등이 남자 주인공도 항상 곁을 지켜주던 또래 아이들 덕에 건강해질 수 있었지. 나는 그 주인공과 같은 해피엔드를 맞진 못하겠지만, 그래도 그가 느꼈을 감사함과 안정감은 조금이나마 짐작할 수 있었다.

⁙

"그림이 어디 갔지?"

항상 사람 사이의 균열은 예상치 못하게 아주 사소한 일로부터, 아니 한 사람에게는 사소하고 다른 한 사람에게는 사소하지 않은 일로부터 시작된다. 어느 날, 돌연 안방에 있던 그림이 사라졌다. 때는 나와 유안이 냉전을 시작한 지 보름쯤 되는 날이었다. 분명 유안이 치웠을 텐데 그림의 행방을 그녀에게 물어보기는 껄끄러웠다. 오전 내내 집 안 곳곳을 들쑤시고 다녔지만 결국 찾지 못했다. 그래서 넘어가지도 않는 점심을 먹고 나서 거실에서 바느질을 하고 있는 유안에게 덤덤한 척 질문을 던졌다.

"엄마, 나 물어볼 게 있어."

유안이 나를 표면적으로는 아들로 대하는 이상 나도 유안을 엄마라고 불렀다. 물론 그 호칭이 진심을 담고 있지 않다는 것은 우리 둘 다 알고 있었다.

"뭔데?"

유안은 이쪽을 보지도 않고서 조용히 되물었다. 손에 식은땀이 흐르는데, 목소리가 떨리는 것을 들키지 않으려고 조용히 목을 가다듬었다.

"있잖아, 안방의 그림. 그거 어디 갔어?"

유안이 그 자리에서 돌처럼 굳어가는 게 느껴졌다. 그녀가 쥐고 있는 바늘이 푹 하고 자신의 엄지손가락을 찔렀지만 고통이 느껴지지 않는 듯 그대로 정지해 있었다.

"피 나."
"아…."

단추를 달고 있던 순백색 남방 위로 피가 뚝뚝 떨어져 붉은 반점
이 생기는 것을 보고 내가 질겁하며 유안에게 말하자 유안이 그제
야 보이는 듯 바늘을 빼냈다. 그러고는 반쯤 패닉이 된 얼굴로 날
바라봤다. 이렇게 눈을 마주치는 것은 오랜만이었다. 두 눈이 겁에
질린 채, 대답하고 싶지 않다는 의사를 전달하고 있다는 점이 문제
였지만 말이다.

"왜?"
"그림 어디 갔냐고."
"그러니까 그걸 왜 물어?"
"안방에 걸려 있었으니까?"
"버렸어."
"왜?"
"마음에 들지 않아서."
"난 마음에 들었는데."

유안이 내 마지막 말에 눈을 내리깔았다. 떨리는 자신의 손을 보
고 흠칫 놀라더니 휙 하고 등 뒤로 두 팔을 숨겼다. 당황한 기색이
역력했다.

"그 그림, 나 많이 좋아했어."

난 한 손에 들고 있던 동화책을 탁자 위에 올리고는 아무렇지 않은 듯 유안에게 말을 던졌다. 하지만 대답은 돌아오지 않았다.

"나름 고생했거든. 그리느라."

허공에 붓을 들고 그림을 그리는 시늉을 하며 유안의 반응을 살폈다. 아, 이쪽을 본다. 유안은 도살장에 끌려가는 소같이 슬픈 눈을 하고 숨을 몰아쉬며 내 가슴 언저리를 노려보고 있었다. 하지만 차마 내 얼굴은 보지 못하겠는지 시선이 가슴 위로는 올라오질 못했다.

'유안에겐 이 상황이 공포스럽구나.'

내 앞에서 물에 젖은 쥐 마냥 덜덜 떨고 있는 유안을 보면서 눈을 깜빡였다. 우리 둘 중 하나가 반쯤 미쳐 완전히 이성을 놓아버릴 정도로 돌아버린다면 이 끔찍한 일상을 한 번에 무너뜨릴 수도 있지 않을까. 두 사람 중 하나가 전생의 일을 입 밖으로 꺼내고, 서로가 서로에게 소리 지르고, 울부짖고, 터트린 후 마지막에는 진실 앞에서 전의를 상실한 채 결국은 가슴속에 깊게 박힌 응어리를 뱉아낼 수 있다면 오히려 끝을 볼 수 있지 않을까. 우린 도대체 왜 서로의 사정을 알고 있으면서 차마 과거의 일에 대한 말을 꺼내지 못하고 있는 것인가. 한시라도 빨리 끝났으면 하는 이 소름 끼치는 밀고 당기기는 나와 유안을 더욱 쇠약하게 만들 뿐이었다.

그럼에도 내가 이 끔찍한 지옥 생활을 쉽사리 끝낼 수 없는 것은 무슨 이유에선지 나는 유안에게, 그리고 나 자신에게 물리적인 위해를 가할 수가 없었기 때문이다. 죽음으로 원통함을 풀 수도 있었으나 내가 죽지 못하고 유안을 죽이지 못하는 이상 그건 이미 선택권이 없는 거나 다름없었다. 저 위에 어떤 신이 있다면, 그리고 그 신이 내가 살아갈 인생에 대한 시나리오를 작성하고 있다면 그 시나리오 안에 내가 자살하거나 유안이 내 손에 의해 죽임을 당하는 결말은 없는 모양이었다.

"그림, 안 버렸지?"

내 시선은 다시 유안에게로 돌아갔고 유안은 질문에 대한 답을 하지 않고 벌떡 자리에서 일어났다. 그러고는 옷을 챙겨서 밖으로 나가버렸다. 쾅 하고 현관문이 닫히는 소리에 움찔 몸을 움츠렸다. 유안의 손가락에서 떨어진 피는 유안이 앉아 있던 주위에 똑똑 떨어져 정체 모를 추상화를 그려놓았다.

바닥을 물수건으로 닦고 난 다음 나는 집 안을 둘러보았다. 창고 대용으로 사용하는 방까지 샅샅이 뒤졌으나 그림은 나오지 않았다. 거실에서 홀린 듯 유안이 단추를 달다 만 피 묻은 아빠의 남방을 바라보며 제자리에서 미동도 않고 해가 질 때까지 앉아 있었다. 모든 게 비현실적으로 느껴졌다. 그림이 사라지니 내가 서윤이었다는 사실도 흐려지는 듯했다. 아무 의미도 없고 사람들이 좋아하지도 않는 그림이었다곤 하나 없어지고 보니 그건 서윤의 본연 그 자체인 것만 같아 다시 찾고 싶었다.

유안은 아빠가 돌아오시기 전에 집으로 돌아와 저녁을 준비하고는 화장실에 갇혀서 끅끅거렸다. 의도치 않게 유안이 우는 소리를 듣고 있자니 가슴이 찌르르 울렸다. 유안은 답답한 사람이었다. 바보 같고 멍청하고, 안쓰러운 사람이었다.

'내가 유안이라면 무조건 용서를 빌 텐데. 머리가 깨질 때까지 바닥에 머리를 박으라면 박을 거고, 하다못해 이 무서운 악연에서 벗어나기 위해 멀리 도피라도 할 것이건만.'

하지만 유안은 그리도 날 무서워하면서 내 곁을 떠나지는 못했다. 그 정도로 아들이 사랑스러운가. 아들을 얼마나 아끼면 저럴 수 있지? 알맹이 따윈 중요하지 않을 수도 있겠다. 하지만 그게 자신이 죽인, 이미 죽은 지 오래인 남자라고 해도 그럴 수 있을까. 나는 아마 못 그럴 것이다. 하지만 상대는 유안이다. 속을 알래야 알수 없는 사람이라는 생각이 들었다.

급체를 부추기는 늦은 저녁을 먹고 잠자리에 드는데 문득 이제부터 어떡해야 할지 고민이 목을 졸라왔다. 유안이 내가 서윤이라는 것을 인정하고 용서를 빌 때까지 기다려야 하나. 아니면 그녀에게 용서를 요구해야 할까. 어느 쪽도 그다지 내키질 않았다. 가슴 위에 돌멩이가 내려앉은 듯 갑갑했다. 해답을 찾지 못한 채 하루하루를 흘려보냈다. 더 이상 아무 생각도 하기 싫었다. 의욕은 식어갔고, 반쯤 스스로를 포기하고 있었다.

.∵.

"기분이 어때?"

한 해가 썰물처럼 빠져 나가고 또 다시 봄이 흘러들어 오기를 수차례, 몇 해가 그렇게 지나갔다.
어느 날 신우가 나와 이연에게 이렇게 말했다.

"아무 감흥도 없다."
"그건 나도 그래."

나와 유안의 관계를 제외하고는 모든 게 변해갔다. 이제 나는 6학년 교실에 들어갔고 신우는 나와 같은 반이 되어 집에 있는 시간을 제외하고는 항상 꼭 붙어 있었다. 유안은 점점 울적하고 조용해져

갔다. 아버지는 자주 출장을 다녔고 그 때문에 난 유안과 항상 둘이서 집을 지켰다.

유안의 평온한 얼굴을 본 지가 까마득하여 이젠 예전에 그녀가 어떤 얼굴로 웃었는지도 가물가물했다. 유안은 항상 신경이 곤두서 있었고 내 말 하나하나에 예민하게 반응했다. 평소에 우리는 별 대화를 나누지 않았다. 성적이 나왔다든지 학부모 참관 수업이 있다든지, 그런 부모가 필요한 일에 대해서만 말을 했다. 민감한 주제에 대해 언급하는 것은 항상 나였다. 내가 서윤임을 그녀에게 자각시키기 위해 유안에게 모른 척 지나가는 말처럼 서윤일 적에 하던 이야기를 꺼냈다. 그때마다 유안은 경기를 일으켰다. 그럼에도 제발 그만해달라고 애걸하지도, 사과하지도 않았고 지한이란 이름으로 부르지 않았다. 유안은 몇 년 사이에 머리가 새하얗게 새어버렸다. 처형식 전날 하루 만에 백발이 되어버린 마리 앙투아네트처럼 유안의 윤기 나던 머리 위에도 하얀 재가 내렸다. 유안은 이제 보기가 안쓰러울 정도로 말랐고, 뼈가 불툭 튀어나와 있었으며 두 눈은 퀭했다. 이러다간 유안이 나보다 먼저 돌연사 하지 않을까 싶을 정도로 유안은 수척해졌지만, 그럼에도 유안이 내게 용서를 빌기 전까지는 나 역시 숨 막히는 이 생활을 그만둘 생각이 없었다.

"참 의미 없는 인생이다."

"왜 그래 갑자기."

"아니, 그냥."

신우는 이른 사춘기를 맞았다. 삶에 대해 고뇌하고 사유하며 공부에 대한 회의를 느끼고 있었다. 하지만 아무도 그런 신우에게 뭐라고 하지 못했다. 신우는 내가 다니는 학교에서 불변의 전교 1등을 하고 있었고, 자신의 도리를 다하며 꿍얼거렸기 때문에 어떤 행동을 해도 정당화되었다. 나는 그저 중상위권을 유지하기 위해 노력했고, 답안지의 10분의 1은 일부러 틀렸다. 1등을 하면 오히려 귀찮은 일이 발생할 것 같아서였다.

"있잖아 지한아. 사람은 행복해지기 위해서 돈을 벌고 좋은 대학을 가고 그런 거잖아."

"그렇지."

"그런데 행복을 얻기 위해서 하는 일들이 하나도 행복하지 않으면 어떡해? 행복하기 위해서 열심히 노력해도 결국 행복을 얻지 못하면 너무 억울하잖아. 정확히 내가 추구하는 행복이란 게 뭘까? 너한테는 그런 게 있어?"

"나는 굳이 애써서 행복해질 필요가 없다고 생각하는데. 물론 이건 내 얘기지만."

"왜? 사람들은 모두 행복해지고 싶어 하잖아."

"응. 그런데 그걸 모든 사람들에게 대입할 수 있는 건 아니야. 나는 행복이란 게 물질처럼 명확하게 존재한다고 생각하지 않아. 물론 불행은 한순간에 사람을 죽이기도 하고 망가뜨리기도 해서 그 존재를 알 수 있지만, 행복은 그런 면에서는 불행과 달라. 지나가 보면 행복이었던 순간이 참 많지만 그 당시에는 모르거든. 그래서 행복해지고 싶다, 행복해지고 싶다 하면서 살아가면 결국 멀리서 보면 행복일 수도 있는 순간들을 전부 놓쳐버리고 말아. 그러니까 그냥 맘 가는대로 살아. 감정 숨기지도 말고, 모른 척하지도 말고, 눈치 보지 말고, 혼자 끙끙 앓지 말고."

"넌 마치 다 경험해본 것처럼 말한다."

"그냥 하는 소리야."

"그래도 꼭 인생을 이미 살아본 사람 같잖아?"

신우가 어른처럼 너털웃음을 터트렸다. 사실 그동안 신우가 조금이라도 삐뚤어지려고 할 때마다 난 곁에서 그걸 필사적으로 막았다. 그의 어리지만 철학적인 질문에 납득할 만한 답을 찾기 위해 나 나름으로 고민했고, 그 답은 대개 신우의 입맛에 맞았다. 신우가 나를 점점 더 의지하는 것이 보였지만 거리를 두질 못했다. 내가 남에게 도움이 되고 삶의 나침반이 된다는 사실이 내 속의 여린 서윤을 만족시켰기 때문이었다.

"다들 바뀌는데, 다들 적응하는데, 그게 참 힘들어 나는."

이연은 신우와는 또 다른 문제가 있었다. 여전히 그 애는 사람들 사이에 쉽사리 섞이질 못했다. 이연 스스로 타인에게 거리를 두는 것이 보여 몇 번이나 다가가라고 충고했으나 이연은 그것을 힘겨워했다.

"나 진짜로 애들이랑 잘 지내고 싶어. 하지만 내가 마음을 못 열겠어."

"그냥 속는 셈 치고 한 번만, 딱 한 번만 다가가라니까?"

"바보 같지만 그게 안 돼. 무서워."

"우리 앞에서 네가 얼마나 말을 잘하는지를 애들이 봐야해. 그치 신우야?"

"우리 이 주제로 대화한 것만 다 모아도 책 한 권은 내겠다."

"외로운데, 차라리 그냥 외롭지 싶어. 외로운 게 나을 지도 몰라."

이연은 제2의 서윤으로 자라고 있었다. 용기 내어 표현한 사랑이 부서진 가정을 이어 붙이지 못한다는 것을 깨닫고 이연은 절망했다. 이연의 아버지는 여전히 이연과 그녀의 어머니한테 폭력을 휘둘렀고, 이연은 그것을 간신히 참으며 하루하루를 살아가고 있었다. 그리고 닿지도 않을 상냥한 말들을 아버지와 어머니에게 건넸다. 이연은 착한 아이였고 그녀의 부모님은 그 착한 아이를 점점 가정의 둘레 밖에 있는 암흑 속으로 밀어내고 있었다. 문제는 이연이 아직도 가정이 행복의 모든 것이라고 굳게 믿고 있다는 점이었다. 그래서 포기하질 못했다. 하지만 그녀도 은연중에 자신의 노력이 가족의 붕괴를 막을 수 없다는 것을 알고 있었다. 그래서 요즘 더 조용해지고 음울해졌는지도 모르겠다.

이연이 아이들과 어울리지 못하는 이유는 지금의 부모님처럼 사랑이 배반당하는 상황을 다시 마주하게 될까봐 무서워서일 것이다. 물론 이건 내 추측이지만 그녀는 어린 서윤과 꼭 닮아 있으므로 아마 맞을 것이다.

"우리 엄마 아빠 곧 이혼할 것 같아. 나 어느 쪽을 따라가야 하지. 아니 그것보다도 나, 두 사람이 이혼해도 지금처럼 착하게 굴수 있을까. 엄마 아빠가 이혼하지 않았으면 좋겠어. 이대로 줄곧 행복하게 살면 얼마나 좋을까."

"지금이 행복해?"

"두 사람이 헤어지는 미래보다는 행복하지."

"꼭 그렇지만은 않을걸. 있잖아, 네가 모든 걸 다 짊어질 필요는 없어. 사람이 헤어지는 데는 큰 이유가 필요하지 않아. 그리고 그건 너희 엄마 아빠라고 해서 예외일 수는 없어."

"진짜 말 한번 냉철하게 한다."

"현실적인 거야."

"그럼 부모님이 이혼하는데 가만히 있어? 막으려고 노력해야지."

"노력을 아예 하지 말라는 말은 아닌데, 그것 때문에 네가 상처받지는 마. 이혼은 우리 나이에 있어서 천재지변 같은 일이기 때문에 우리 힘으로 어쩔 수 있는 게 아니야. 그러니까 만일, 그런 일은 안 일어나길 빌어야겠지만, 너희 부모님이 이혼한다고 해서 네가 자책하거나, 네가 노력했던 것들이 모두 헛된 것이라고 여기진 말았으면 좋겠어. 넌 최선을 다했고 언젠가 모든 걸 보답받을 날이 올 거야."

이연만큼은 그 누구보다도 아름다운 삶을 살기를 바랐다. 나와 닮아 있어서 그런지 이연을 보면 가슴이 아려오기도 했고 그때 이런 모습의 나를 방치한 사람들이 원망스럽기도 했다. 동시에 이리도 착하고 반쯤 부서진 나를 그런 식으로 이용해 죽음에까지 다다르게 만든 유안에 대한 분노도 함께 들끓었다. 그래서 지금 내게 허락된 시간 동안 이연만큼은 나와 다른 삶을 살게 만들고 싶었다. 내 욕심일 수도 있고 내 이런 마음이 또 다른 실패로 이어질지도 모른다. 이미 한 번 죽었던 자가 살아 있는 세상의 존재에게 관여해선 안 되겠지만, 그러지 않기로 스스로 마음먹었지만 이연과 신우 그리고 유안만큼은 예외였다.

'이미 유안에게 내 정체가 까발려진 이상, 그냥 내가 하고 싶은 대로 살아봐도 되지 않을까.'

그런 생각으로 붓을 다시 들었다. 좀 치사한 짓일지는 모르겠지만 꼬꼬마들 앞에서 실력 발휘도 해보았다. 나도 참 웃긴 게 시험 칠 때는 일부러 아는 문제도 틀리면서 미술 앞에서는 쪼잔하게 술수를 쓰고야 말았다. 이루지 못한 꿈이 이렇게까지 사람의 욕망에 불을 지피는지 나도 이전까진 알지 못했다. 어머니의 희생을 주제로 열린 대회에 참가해 교육감 상까지 받았다. '주제가 뭐 그래, 추상적이야.' 하며 그렸던 그림이 상을 탈 줄 몰랐던지라 상을 받는 순간까지 얼떨떨했다. 기뻐야 할 일임에도 이상하게 마음껏 웃을 수가 없었다. 상을 받은 그림은 유안과 내 모습을 담고 있었기 때문이었다. 머리가 흰 유안이 무표정한 아이 앞에서 울고 있고 색은 어둡고 침침했다. 사실 주제와는 하나도 맞지 않는 그림이었다. 아버지는 이 그림이 의미하는 바를 내게 물었고 나는 유안이 의미를 부여하는 데 재능이 있으니 그녀에게 물으라고 말했다. 그날 유안은 처음으로 아버지가 좋아하는 식기를 깨뜨렸다.

"엄마, 이 그림 제목 붙여줘."
"이미 제목이 있잖아."
"그건 그저 주제였는걸. 주제 그대로 이름을 붙여서 낸 사람 나밖에 없었대. 그러니까 엄마가 제목을 지어줘."
"그만해."
"여보, 왜 그래? 지한이가 엄마 생각해서 그러는 건데."

밥상머리에서 유안은 손톱으로 허벅지를 뜯었다. 손톱자국이 진하게 남는 게 뻔히 보이는데도 유안은 애써 웃으며 "나중에 떠오르면 지어줄게."라고 말했다.

"안방의 그림, 정말 버렸어요?"
"그만 좀 물어."
"궁금해서 그러지."

유안의 상태가 많이 나빠 보이면 서윤의 말투를 사용하는 것을 그만두고 낙천적이고 생글생글 웃는 지한을 연기했다. 유안은 그런 나를 소름 끼친다는 듯이 바라보았다. 사실 자신이 내게 한 짓을 생각하면 저런 표정을 지을 수 없을 텐데, 유안은 그 순간만큼은 모든 것을 잊어버린 듯했다.

"나중에 찾아볼게."
"불 태운 건 아니구? 아, 승합차에 넣었으려나. 팔려나가진 않았겠지?"

안다. 유안에게는 과한 표현이라는 거. 하지만 나는 유안의 뻔뻔함에 새삼 열을 잔뜩 받았고 그래서 유안이 동요하는 것을 보고 싶었다. 다시 한 번 강조하지만 나는 유안이 고통받는 모습을 보면서 쾌감을 느끼진 않았다. 다만 가슴속에 내려앉아 있는 돌멩이의 무게가 잠시나마 가벼워지길 바랄 뿐이었다.

"뭐라고!"

유안이 새된 비명을 지르고는 금방 입을 틀어막았다. 큰 소리를 내면 서재에 있는 아버지가 눈치챌 수도 있었다. 울음을 참으며 유안은 무릎을 꿇고는 탕탕 가슴을 내리쳤다. 흰 머리카락 사이로 상처들이 드문드문 보였다. 어떤 부위는 피가 말라붙은 지 얼마 되지 않아 보였고 몇 군데는 딱지가 생겨 흉했다.

"머리 잡아 뜯지 말아요."
"으흑흑… 어흐흑."
"처음부터 그러지 말았어야죠. 서윤한테 그러면 안 됐잖아요. 불쌍한 남자. 사랑받지도 못하고 사랑할 수도 없었던 그 사람이 겨우 믿고 의지한 사람이 당신인데, 그 사람을 그렇게 차갑게 내치면 안 됐죠. 얼마나 억울했겠어요. 얼마나 비통하면 눈도 못 감고 다시 이 세상에 끌려 나왔겠어요."
"그만, 그만해."
"오늘은 그만할게요."

그리고 얼마 뒤 나는 전국 대회에서 '슬픔'이라는 주제로 또다시 금상을 거머쥐었다. 유안은 남몰래 괴로워했고 아버지는 자랑스러워하며 컬러 복사한 그림을 코팅해 사무실까지 가져갔다. 아버지는 유안이 부쩍 수척해진 것을 그저 주부 우울증 정도로 생각했다. 그래서 집에 오면 누구보다도 상냥하게 유안을 보살폈지만 내가 존재하는 이상 유안이 예전처럼 편안하고 우아한 아름다움을 풍기진 못할 것이었다.

아버지의 권유로 난 미술 학원을 다녔다. 그리고 싶은 것을 맘껏 그릴 수 있었다. 교육 과정이 바뀌어 미술 입시 제도가 완전히 달라진 바람에 예전처럼 규격화된 사물들을 그리지 않아도 괜찮았다. 대신 스토리텔링에 중점을 두었다. 포트폴리오가 중요해진 만큼 미술 선생님은 아이들로부터 독특한 이슈를 끌어내기 위해 혼신을 다했다. 독특한 이슈만큼 시선을 끄는 것도 없었기 때문이었다. 그런 면에서 나는 또래 아이들과 비교하면 천재에 가까웠다. 인간 내면의 고통과 슬픔을 메타포를 사용해 잘 표현해내었기 때문에 선생님의 1등 제자 자리는 항상 내 것이었다.

내가 미술 학원을 갈 때 신우는 수학과 영어 등의 학원을 다녔다. 이연은 항상 하교 후 곧장 집으로 향했다. 우리가 실제로 함께 보낼 수 있는 시간은 대폭 줄었지만, 대화의 장은 더 넓어졌고 깊이도 더해져 그 어느 때보다도 다채로운 시간을 보낼 수 있었다.

또한 하루에 있었던 일들을 도란도란 이야기하는 것으로 나름의
마무리를 하는 것도 마음에 쏙 들었다.

"어, 어제 인터넷에 재밌는 거 떴더라."
"뭔데?"
"외국에서 네 살짜리 꼬마가 전생을 기억한다고 그랬대."
"우와, 진짜?"

이연은 신기한 듯이 신우를 보며 눈을 반짝였지만 난 그 자리에
굳어버릴 수밖에 없었다. 신우는 다행히도 그런 내 변화를 감지하
지 못한 듯 이야기를 이어나갔다.

"자기가 죽은 장소랑 자신을 죽인 살인자를 지목했대. 그래서 범
인이 잡혔대."
"끔찍하다."
"그런데 요즘은 전생을 기억 못 한대. 그냥 평범한 남자애로 잘
크고 있나봐."
"그건 다행이네."
"뭐가 다행이야?"

이연을 향해 내가 쏘아붙이자 이연이 당황한 얼굴로 날 쳐다봤

다. 항상 차분함을 유지하는 내가 나답지 않게 흥분하니 놀란 거겠지. 신우도 왜 그러냐는 듯 내 어깨를 흔들었다.

"왜 그래?"
"아니, 뭐가 다행이냐고."
"죽은 사람 본인이랑 그 부모님."
"왜?"
"죽은 사람은 원한을 풀고 원래 있어야 할 곳으로 돌아갔으니 잘된 거고, 그 부모님은 아들을 되찾았으니 다행인 거고."

이연은 원한을 풀었다는 말을 거듭 강조하며 내 눈치를 살폈다. 이연의 말에 난 얼굴을 펴고 한숨을 내쉬었다. 하긴 내가 봐도 기사 속 그 남자는 정말 운이 좋다고밖에 말할 수 없는 상황이긴 했다. 그 남자는 자신의 원수를 지목해도 그의 주변이 그 신고로 인해 피해 볼 이유가 없었지만 나는 아버지의 입장을 언제나 고려해야만 했다. 내가 유안을 신고하면 아버지 또한 말로 표현할 수 없는 상처를 입는다. 완전히 망가질지도 모른다. 그것만은 피하고 싶었다.

"그럼 만약에, 너희가 그 남자애고 자기를 죽인 원수가 주변에 있어. 그런데 그 사람을 신고하면 자신의 가장 소중한 사람이 상처받아서 함부로 건드릴 수가 없는 상황이야. 그러면 어쩔 거야?"

어린 애들. 뭐 조금은 컸다만 그래도 여전히 머리가 덜 자란 애들에게 이런 의견을 묻는 것도 웃기긴 하지만 신우와 이연은 진심으로 답해줄 것만 같았다.

그리고 내 예상대로 신우와 이연은 한참동안 생각하더니 입을 열었다. 스타트를 끊은 것은 신우였다.

"일단 나는 그 사람에게 은밀히 내 정체를 밝힐 거야. 그리고 그 사람이 나한테 용서를 빌 때까지 기다릴 거야. 만약에 끝까지 용서를 빌지 않는다면, 모른 척한다면… 내가 그 사람의 소중한 걸 뺏을 거야."

"그 사람을 용서할 순 있어?"

"아니."

"어째서? 용서를 빌어도?"

"그래도 난 못 해. 날 죽였잖아."

"그렇지."

"그러면 어떡해. 그 사람이 잘못했다고 빌어도 넌 받아주지 않을 거야?"

"응. 죽는 날까지 죄책감을 가진 채 살아가게 할 거야."

"그럼 너는? 전생의 기억을 가지고 뭐하게?"

"목적을 달성하면 사라지는 거 아니야?"

"그럴 수 없다면?"

그 말에 신우가 다시 골똘히 생각하기 시작했다. 그 와중에 이연이 자신의 생각은 좀 다르다는 듯 입을 열었다.

"나는 그 사람한테 내가 제2의 행복한 인생을 살 수 있도록 도와달라고 할거야."

"그 사람이 미워서 어쩔 수가 없어도? 네 눈앞에 너를 죽인 사람이 있는데도 넌 그런 부탁을 태연히 할 수 있을 것 같아?"

"물론 힘들 거야. 그런데 미움은 한쪽이 끊어내면 더 이상 번지질 않아. 그러니 미움을 잇거나 끊어낼 수 있는 입장에 서 있다면 꼭 끊어내야만 해."

"그럼 이연아. 네 앞에 네 부모님을 죽인 강도가 있어. 그래도 그렇게 할 수 있어?"

"…아니."

그래. 직접 그런 상황에 닥치면 제3자의 시선으로 볼 때는 간단해 보이는 일도 어려운 일이 될 수밖에 없다. 잠시 침묵이 흐르는데 신우가 아까의 질문에 답을 찾은 듯 훅 하고 끼어들었다.

"내가 목적을 달성해도 사라지지 못한다면 난 지난 생에서 이루지 못했던 것들을 이룰 거야."

"이루지 못했던 거?"

"원래는 요리사가 되고 싶었는데 가족 때문에 의사가 되었다면, 이번 생에서는 요리사 자격시험을 볼 거야."

"그럴 수가 있을까? 그 사람은 이미 죽었던 사람인데 또 그런 평범한 일상을 이어갈 수 있을까?"

"아무도 한 번 죽었던 사람이란 사실을 모르면 되는 거 아닐까. 몰라, 나라면 이렇게 다시 되살아난 것 자체가 비극이라고 생각해서 그런지 계속 상상하기가 께름칙하긴 한데, 나는 내가 하고 싶은 대로 할 거야."

"나도 그 말에는 완전 동의해."

옆에서 가만히 듣고 있던 이연조차도 고개를 끄덕였다. 그리고 조금은 격양된 목소리로 짧게 자신의 의견을 덧붙였다.

"나도 다시 태어난다면 친절한 엄마 아빠 사이에서 태어나고 싶어. 물론 지금 우리 가족도 너무 사랑하지만… 그래도…."

"난 다음 생애에 태어나면 이연이 너로 태어나고 싶어."

"무슨 뜬금없는 소리야."

"그래서 여자애들이 너 깔보지 못하게 만들 거야."

'아, 그런 의미냐.'

신우는 가끔 엉뚱할 때가 있었다. 차분하고 엄친아 같은 분위기로 잘 나가다가도 이연이 앞에서는 와장창 깨졌다. 그래서 내가 얘를 좋아하는 거지만 말이다. 완벽한 인간은 없다. 하지만 완벽해지려 노력하는 사람들이 있어 다행인 거 아닐까?

"몰라. 다시 태어나려면 우리 여든 살은 넘어야 할 텐데 벌써 왜 이런 얘기를 하고 있는 거야."

이연은 우리가 당연히 오래오래 살 것처럼 말했고, 스물몇 살에 죽은 나는 그 말에 웃음을 터트릴 수밖에 없었다.

"그래. 지금 이런 고민해봐야 뭐 해."

헤어질 장소에서 난 두 사람에게 손을 흔들었고 혼자 가로등 밑에서 두 손으로 얼굴을 감싸 쥐었다. 달은 휘영청 밝았고 얼굴을 가린 손가락 사이로 달빛인지 가로등 불빛인지 모를 백색 알갱이들이 쏟아져 내렸다. 하고 싶은 것을 해라. 두 사람은 분명 그렇게 말해주었다.

'미술을 계속 해도 될까?'

처음이자 마지막으로 열었던 실패한 전시회. 다시 열 수 있는 기회가 나에게 주어진다면 나는 성공할 수 있을까? 난 예전의 서윤과는 분명 달라졌다. 사랑에 웃고 사랑에 슬퍼하며 유약함을 숨기지 못해 안달 난 그 바보 청년은 이곳에 돌아와서 변했다. 사람을 상처 입힐 줄도 알았고, 상처받는 것에 익숙해질 줄도 알았다. 그리고 누군가에게 아무 이유 없이 애정을 주고 싶어도 했다. 이건 신우와 이연의 순수함이 일으킨 변화였다. 상처와 흉터 덩어리였던 서윤이 지한으로서 다시 한 번 마음을 열 수 있게 만든 건 다름 아닌 어릴 적부터 만나온 두 사람 덕분이니까. 꾸준함이, 변치 않는 마음이 믿음을 주었고 그건 영영 낫지 않을 거라 믿었던 서윤의 깊은 고독도 조금씩 치유해주었다.

문제는 유안이었다. 내가 유안의 아들로 태어나지 않고 옛 기억을 가진 채 누군가의 아들로 새로운 삶을 살았더라면 아마 난 서윤이 겪었던 일을 모두 잊어버린 채 새로운 존재로서 살아갔을지도 모른다. 하지만 난 유안의 아들이었다. 과거의 잔해이자 분노 덩어리, 나의 부정적인 감정의 총체인 유안이 있는 이상 난 완전히 새로운 삶을 살 수는 없다. 어찌해도 내가 그녀를 계속 절망 속으로 떨어뜨린다는 사실은 변하지 않을 것이고, 그녀가 진심으로 내게 용서를 비는 날을 기다린다는 사실도 변하지 않을 것이니까.

때때로 밤이면 끓어오르는 증오로 인해 가슴에 불이 타올랐다. 악몽도 꿨다. 유안에게 살해당하는 꿈. 서윤일 때 마지막으로 본 풍경이 몇 번이고 반복되었다. 유안과의 오래된 악연이 끊어지지 않고서는 난 진정으로 하고 싶은 것을 마음껏 할 수는 없을 것이다. 멋진 예술가로서의 삶보다도 내겐 그게 우선 순위였다.

허나 최근 들어 마음을 고쳐먹은 것이 하나 있었다. 지금까지의 일들을 미루어 보았을 때 나와 유안과의 관계는 쉽사리 변하지 않을 게 분명했다. 유안이 한계에 다다라 자포자기하고 내게 모든 것을 털어놓기까지 걸릴 시간은 내 예상보다도 훨씬 더 길어질 것이었다. 그 기다림으로 그저 무의미하게 흘러가는 시간이 아깝게 느껴졌다. 그렇기에 난 신우와 이연의 말을 따라 나를 위해 살아보기로 마음을 먹었다.

다음날 난 정식으로 유안과 아버지에게 미술 쪽으로 나가고 싶다는 의사를 밝혔다. 아버지는 찬성하였고 유안은 조금 멍한 얼굴로 내 쪽을 봤다. 예술중학교를 준비하긴 너무 늦어버린 터라 이연과 신우와 같은 중학교를 간 뒤 예술고등학교를 노려보기로 했다. 초등학교 생활은 별다른 문제없이 마무리 되었고, 처음으로 지한으로서 산 시간들이 값지다는 것을 느꼈다. 정든 하굣길, 비 온 뒤 습한 교실 안에서 느껴지는 포근함과 아이들이 부대끼며 만드는 어리고 순수한 분위기가 어느새 내 일부가 되어 있었다. 이미 한번 지나갔던 시간이고 그걸 다시 한 번 되풀이하는 거라 별 감정이 배어들지 않을 거라 생각했던 것은 나의 착각이었다. 그것은 아마도 전적으로 이연 그리고 신우 덕분일 것이다. 그리고 이 행복한 일상은 우리가 모두 같은 중학교에 가게 된 덕분에 3년 동안은 이어질 수 있을 것이다.

하지만 새로운 중학교 생활에 대한 내 부푼 기대는 이연으로 인해 퇴색되고 말았다.

"죽고 싶어."

이연의 부모님은 이연이 중학교에 들어간 지 두 달 만에 결국 이혼했다. 이연은 다행히도 어머니와 살게 되었으나, 아버지는 이혼 후에도 이연과 어머니를 끊임없이 괴롭혔다. 전화로 욕설을 퍼붓고, 현관문을 두드렸으며 이연 어머니의 귀갓길을 기다리다가 강제로 차 안에 끌고 가려 했다. 다행히 지나가던 정의로운 청년의 도움으로 미수에 그치고 말았지만 이연의 어머니에게는 굉장한 공포였을 것이다. 경찰에 신고했지만, 이연의 아버지는 그때마다 홀연히 사라졌다. 경찰도 어쩔 도리가 없었기에 번번이 그저 방범 강화에 대한 주의 사항만 말해주고 사건을 일단락했다.

이연은 예전과 달리 자주 울었다. 이연의 어머니는 트라우마에 잠을 못 이루다 이연에게 모진 말을 했다. "너만 아니었어도 아무 생각 않고 사라질 수 있었는데." 이 말이 진심이 아니라는 것을 이연도 알았지만 여린 마음에 눈물처럼 뚝뚝 떨어지는 서러움은 어쩔 수 없었다. 이연의 엄마는 이연이 6시 전에 째깍째깍 집에 돌아와야 한다는 규칙을 정했고 이연은 그 말을 꼬박꼬박 따랐다. 하지만 예전처럼 가족을 사랑하진 않았다.

나와 신우는 1반에, 이연은 홀로 4반에 배정되었는데, 우리 세 명이 사는 아파트의 애들은 거의 대부분 우리와 다른 중학교로 가게 된 탓에 새 중학교에는 아는 애가 거의 없었다. 밖에서 볼 때 이연은 새 생활에 잘 적응하는 듯 보였다. 하지만 나는 그녀가 잘 지내고 있지 않다는 것을 금세 알 수 있었다.

"있잖아, 이연아. 우리 학교 끝나고 만나자."

부모님의 이혼 후 이연의 성격은 변해버렸다. 그녀는 나와 소름끼칠 정도로 같은 인생의 길을 밟고 있었다. 자신이 그렇게 고군분투하며 지키려 했던 가정이 결국 이혼으로 인해 파탄 나자, 이연 안에 사랑에 대한 의심이 생겨버렸다. '내가 아무리 당신들을 사랑해봤자 당신들은 당신들의 논리로 날 배신할 거고, 난 그것에 상처받기 싫으니 차라리 누구도 사랑하지 않고 사랑받지 않겠어요. 마음을 닫고 살아갈 거예요.' 그런 뒤틀린 생각과 마음이 이연에게 생겨버렸다.

"부모가 이혼한 것 가지고 뭘 그래."라고 할 수도 있다. 하지만 당시의 이연에게는 가족이 세상의 전부였고, 몇 년 동안이나 가정을 지켜보려고 고군분투해왔기 때문에 그 노력들이 전부 바스라지듯 이혼으로 묵살당해 버렸을 때 이연 안에 있는 자아는 회복 불가능할 정도로 상처 입을 수밖에 없었다. 처음으로 전부를 다해 건네본 사랑이 배신당하고, 믿어왔던 행복한 가정이 붕괴된다는 일 자체가 이연에게는 너무 가혹한 일이었다. 그런 것으로부터 자신을 지키고 더 이상 괴롭지 않기 위해서 사람은 극단의 조치를 취한다. 그게 바로 사랑을 끊어내는 일이다.

내면은 그러해도 외관상 이연은 쿨한 척 시니컬한 척, 예전과는 다르게 반 아이들에게 스스럼없이 다가갔다. 아이러니하게도 마음이 부서지니까 오히려 사교성이 늘어버렸다. 그 전까지만 해도 그렇게 애들한테 먼저 다가가보라고 했건만 죽어도 조언을 듣지 않더니, 부모님의 이혼을 계기로 이연은 딴 사람이 되어버렸다. 물론 나와 신우 앞에서는 예전 모습 그대로를 보여주긴 했지만 말이다. 나는 사랑에 대한 배신을 부모님 이혼으로 인해 처음 겪은 뒤 다시 한 번 사랑을 주게 된 대상을 고양이로 정했지만, 이연은 같은 반 친구를 그 대상으로 삼았던 모양이었다.

나와 이연처럼 큰 상처를 받게 된 이후에 건네는 사랑에는 집착이 담겨 있다. 예전과는 달리 순수함이 꼬여버려서 그런지도 모르겠다. 이연은 용기 내서 같은 반 친구에게 자신의 가정사까지 말한 모양이었다. 여기서 문제가 발생했다. 안타깝게도 그 친구는 이연의 사랑을 받을 만한 존재가 아니었다. 이연이 반에서 유일하게 마음을 연 상대는 그 친구뿐이었다. 나도 그때 고양이를 제외하고는 누구에게도 살갑게 대하지 않고 스스로 벽을 쳤는데, 그 때문에 반에서는 투명 인간 같은 존재로 여겨졌다. 난 그걸 딱히 신경 쓰지 않았고, 그건 반 애들 또한 마찬가지여서 별다른 문제가 일어나지 않았다. 하지만 이연은 상황이 달랐다. 겨우 마음을 연 상대가 그녀를 배신한다면 반이라는 공동체 안에서 이연은 다른 아이들의 불필요한 시선을 받으며 고립될 수밖에 없다. 이연은 그걸 견뎌낼 수 있을까?

"그거 알아? 이연이 아빠가 있잖아."

그 여학생은 참 나불거리기를 좋아했다. 가끔 있지 않은가. 남의 이야기를 도마 위에 올려 자신이 분위기 메이커가 되려는 몹쓸 사람. 이연은 하필 왜 자신의 마음을 열 상대를 그런 백색 도화지 위에 튀긴 먹물 같은 사람으로 정해버렸는지 모르겠다. 도화지가 반 전체를 상징한다면 이연은 이제 가위에 오려질 귀퉁이가 되어버렸다.

"진짜? 그래서 쟤가 저렇게 우울한 거야?"
"너한테 집착하는 이유가 있었네. 아 어쩐지. 너 굉장히 부담스러웠겠다."
"말도 마. 쟤 나 이외에는 말을 안 걸잖아. 그래서 내가 너희들이

랑 말만 하려 하면 저렇게 노려본다니까? 고개 확 돌리지 말고 이
따 한번 슬쩍 봐봐."

"와 정말이네. 미친년."

"내가 지 엄마도 아니고, 일일이 다 챙겨줘야 해? 그리고 너희 욕
도 엄청 하더라."

"뭐라고? 뭐라고 했는데?"

이쯤 되면 그저 이연을 불쌍히 여기고 있었을 여자애들도 자신
의 이름이 거론되었을까봐 전전긍긍하며 이야기에 몸을 담근다.
이연의 좋은 친구였던 그 여학생은 이제 일약 스타가 됐다. 그녀가
말하는 모든 것들이 진실 여부를 막론하고 수많은 소문 사이로 오
르락내리락했다. 그녀는 그 상황을 즐기고 있을 게 뻔했다.

"걔가 나랑만 친한 이유가 있잖아. 그게, 너희들은 다 신뢰가 안
간대."

"지가 뭘 안다고 그래? 하 참. 이연이 걔 어디서 주제도 모르고
남 평가질이야."

내가 알기로 이연은 그 여자애한테 "다른 애들과는 어울리기가
아직 힘들어. 내가 유독 너한테 기대는 이유는 네가 처음으로 이
반에서 내게 말을 걸어줘서 그럴 거야. 하지만 모두와는 정말 무던

히 잘 지내고 싶어."라고 말했다. 하지만 이 길지도 짧지도 않은 문장이 그런 식으로 재해석되고 만 것이다.

전형적인 사람 바보 만들기. 여학생들 무리는 가십거리에 항상 목이 말라 있고 따분하고 쳇바퀴 같은 일상에서 비일상적인 일이 일어나길 바란다. 물론 그 화제의 중심이 자신이 되어서는 안 되지만 가까이에 있는 누군가에게 일이 터지길 기대한다. 그런 의미에서 이연은 최고의 사냥감이었다. 그게 진실이든 진실이 아니든 상관이 없었다. 이 일을 통해서 여학생들 사이의 단결력은 강해질 것이고 자신들은 더 친한 친구가 될 수 있을 테니까.

"내가 반에 들어가면 애들이 다 수근거려. 막 웃어. 그리고 자리에 앉자마자 약속한 것처럼 '뚝'하고 웃음을 그치는데 그때 진짜 머리가 멍해지면서 손이 떨려서 죽을 거 같아. 적막감에 교실에 앉아 있을 수가 없어. 화장실에서 쉬는 시간이 언제 지나가나 몸을 웅크린 채 있다니까. 화장실에서도 내 이야기가 들려. 내가 뭘 잘못했는데. 내가 무슨 말을 했길래 난 죽어 마땅한, 천하의 나쁜 애가 된 거야? 체육 시간에 짝을 정하는데 나랑 짝이 되면 걔가 몰려 있는 애들한테 달려가서 막 뭐라고 한다? 그러면 또 애들이 내 쪽을 보면서 막 웃고는 입모양으로 뭘 보냐고 그래. 수업 시간에는 나한테만 오지 않는 쪽지가 돌아. 내용을 보지 않아도 내 얘기란 걸 알 수 있어. 왜냐면 그걸 돌리면서 모든 애들이 나를 힐끗힐끗 쳐다보거든.

미쳐버릴 거 같아. 그런데 선생님한테 말을 할 수가 없어.

그리고 아무도 나랑 같은 조를 하려 하지 않아. 아니, 가끔씩은 일부러 자기들 조에 나를 넣기도 해. 괴롭힐 상대가 필요하니까. 날 괴롭힘으로써 자신들의 결속력은 더 단단해지니까. 숨이 막혀서 이러다가 죽는 거 아닐까 싶기도 해. 문제는 내가 그토록 힘들어 한다는 걸 알면서도 다른 애들은 가만히 방관하고 있다는 거야. 왜냐면 괜시리 참견했다가는 똑같은 꼴을 당할 거라는 걸 그 애들은 누구보다도 잘 알고 있거든. 난 그걸 비겁하다고 말하고 싶지는 않아. 나라도 그런 상황에 처해 있다면 똑같이 행동할 게 분명하니까. 하지만 가끔은 너무 외로워. 너무 비참하고 비굴하고 또⋯."

"이연아."

"다 싫어. 정말 다 싫어. 무서워. 사람도 다 싫고. 솔직히 말해도 돼? 이제는 내가 이렇게 말하는 것도 너희가 다른 사람한테 말할까봐 걱정돼."

신우가 할 수 있는 일은 그저 이연을 다독이는 일 외에는 아무것도 없었다. 이연은 말 그대로 부서졌다. 고양이가 죽었을 때 내가 겪었던 심경 변화가 더 강하고 지독하게 이연 안에서 일어나는 것이 보였다. 이연은 초등학교 6학년 때보다도 더 우울하고 조용해졌으며 나와 신우에게도 갑자기 거리를 두었다. 이연은 전생의 서윤보다도 암울해졌다. 난 이연이 이렇게 망가지는 것을 두고 볼 수 없었다.

"내가 그 여자애들한테 뭐라 해주는 건 어때?"

내가 이연을 타이르며 이렇게 물어본 적도 있었다. 하지만 이연
은 미친 듯이 도리질을 하며 거부했다. 그랬다가는 그 아이들이 이
연이 다른 반 애들을 이용해 먹는다고 다른 반에 가서 난리를 칠
거라고 했다. 이연은 학교를 자주 쉬었다. 하교 후 나와 신우가 이
연을 찾아가도 쉽사리 문을 열어주질 않았다.

"어쩌지. 지한아, 이연이 일 선생님한테 말해야 하지 않을까? 선
생님은 이연이 아파서 결석하는 줄로 알고 계신다는데."
"아니. 그랬다간 이연이 정말 우리 둘한테 등 돌릴 수도 있어."

해결책을 강구해봐도 똑 부러지는 대안이 나오질 않았다. 나 또
한 저런 상태에 한 번 갇혀봐서 알지만 저 상태가 되면 누가 뭐라
말해도 들리지 않는다. 모두가 적으로 보이고, 화가 나고 자신의
사랑이 무자비하게 짓밟혔다는 억울함에 절망한다. 그러다 결국
모든 것을 체념하게 된다. 아, 나는 사랑해선 안 되고 사랑받을 수
도 없구나. 눈을 가리고 귀를 막고. 그렇게 사람이 투명해진다. 나
또한 유안을 만나기 직전까지 그랬다. 이제 내가 할 일은 명확하게
정해져 있었다.

'이연에게 유안이 내게 처음 했던 역할을 그대로 해주는 것.'

이연이 스스로의 감정을 숨기고, 부정하고 사랑하고 싶다는 욕망마저도 스스로 눌러서 '그런 감정이 있었나.'라고 생각할 때쯤 다시 한 번 이연에게 사랑해도 된다는 것을 일깨워주는 것이 그나마 내가 할 수 있는 일이었다. 나도 그때 유안에게 구원받고 새로이 삶을 의미 있게 살아갈 마음을 먹었으니까. 물론 유안은 그런 나를 지옥으로 떠밀어 버렸지만.

'하지만 내가 할 수 있을까?'

내가 유안이 내게 그랬던 것처럼 이연을 바꾸어놓을 수 있을까. 무엇보다도 지금 가만히 이연을 내버려두면 절대로 안 될 거잖아. 하지만 잘못 나섰다가 이연이 정말로 사람을 향한 마음의 문을 닫아버리면 어쩌지. 이 생각 저 생각으로 머리가 아팠다. 그러나 아직까지 이연은 나와 신우를 신뢰하고 있었다. 거리를 두고 있지만 그래도 우리 두 사람이 있어서 버틸 수 있다고 말했다. 그리고 절대로 자신 일에 끼어들지 말라고 신신당부했다.

'일단 지켜보자. 이연이 스스로 조금이나마 회복할 때까지.'

이연의 상황을 겪어봐서 안다. 지금은 정말 아무런 말도 먹히지 않는다. 안에서 곪은 게 터지고 스스로가 진정할 때까지는 무슨 행동을 하든 역효과를 일으킬 게 뻔했다. 이게 일반적으로 자란 아이들과 나와 이연의 차이점이었다. 보통 아이들이라면 지금 당장 조취를 취하는 게 맞고 그렇지 않으면 더 큰일이 일어날 수도 있겠지만 나와 이연은 그렇지 않다. 이럴수록 내버려둬야 한다. 실컷 상처받고 실컷 실망하고 그래서 더 단념해야 한다. 더 실망한 뒤에야 정상적인 사고를 할 수 있다. 그 상태가 되어야 다시 일어설 수 있다.

이연은 제2의 서윤과 같았다. 그동안 봐온 이연은 단 하나도 서윤과 다른 것이 없었다. 가정환경부터 모든 것이. 내가 이연을 이처럼 안타까워하는 까닭은 무엇일까. 구하지 못한 서윤을 지금이라도 내 손으로 구하라는 게 아닐까. 이리도 전생의 나와 닮은 사람이 곁에 있다는 것은 내게 기회가 또 한 번 주어진 것이다. 후회하지 말라고. 당장 풀 수 없는 유안을 향한 원한을 이것으로 조금이라도 달래라고. 신이 있다면 내게 그렇게 말하는 것 같았다.

"그래. 일단은 이연이 옆에 있으면서 기운이나 북돋아줘야지. 다른 일을 벌이는 건 아닌 거 같다."

신우도 다행히 내 말에 수긍해 선생님께 별다른 말을 하지 않았

다. 이연은 1학기가 거의 끝나갈 무렵 학교에 다시 등교하기 시작
했다. 하지만 이연이 웃는 모습을 거의 볼 수가 없었다. 우리 셋은
계속 등하교를 함께했지만 예전 같은 분위기는 찾을 수 없었다. 하
지만 이연은 우리 곁에 있을 때 가장 편안해했고 그나마 감정을 드
러냈다.

여름방학이 되자 나는 본격적으로 새로운 화방을 다니기 시작했
다. 그곳에는 평범한 입시생이나 미술학원을 전전하는 내 또래 아
이들은 없었다. 그림을 정말 좋아해서 그리러 오는 직장인들과 대
학에서 미술을 전공하는 학생들만 있었다. 일반 미술학원은 아직
도 틀에 박힌 수업을 진행했다. 입시 제도가 바뀌었음에도 그 변화
를 쉽사리 반영하지 못했기에 난 전에 다니던 곳을 그만두고 옮긴
것이다.

"이번에 공모전 나간다고 했지?"
"네. 2주 정도 남았어요."
"주제가 뭐라고?"
"여름의 기억이에요."
"그래? 기대되네."
"꽤나 규모가 큰 공모전이어서 사실 굉장히 떨려요."

화방을 운영하시는 선생님은 인상주의 및 3D 예술 쪽에 정통하신 분으로 내 그림을 굉장히 좋아했다. 그 이유가 뭐냐고 물어봤더니 붓 터치 하나하나에 의미를 부여하기 때문이란다. 옛 서윤은 그걸 하지 못해 모두에게 외면받았는데 말이다.

"여기 왜 흰색 차콜을 썼어?"
"감정은 날아가니까요. 첫사랑은 굉장히 덧없다고 느꼈어요. 그래서 흰색 차콜로 흐릿하면서도 가벼운 느낌을 줬어요."
"그럼 이건?"
"이 부분은 에칭으로 표현한 건데, 선이 날카로우면서도 빛바랜 느낌이 나오길 바라서. 기억이란 게 그렇잖아요. 전체적으로 볼 때는 뚜렷하면서도 가까이서 보려면 어질어질하니 명확하지 않은 거. 그런 걸 표현했어요."
"워드에 다 적어놨지?"
"네."
"그럼 됐다. 그것보다 여름의 기억이라고 해서 풍경이 나오나 했더니 첫사랑을 그리다니. 너도 참 네 나이와 매치가 안 되네."
"하하…. 그러게요."

신우는 내가 화방에 있을 동안 학원을 다녔다. 그리고 저녁이면 강제적으로 이연을 집 안에서 끌고 나와 다 함께 산책을 했다. 이연은 매일같이 집에 틀어 박혀서 책을 읽고 있다고 했다. 이것도 서윤이 했던 행동과 똑같았다. 서윤은 책을 지치지도 않고 읽었다. 책 속의 주인공들이 겪은 비극을 보고 자꾸만 '내게 벌어진 일은 별 거 아니야.'라고 현실도피를 했다. 그리고 점점 더 자신을 잃어갔다. 난 불행하지 않아, 왜냐면 내가 누군가를 사랑해서 힘들 일이 없거든. 이렇게 생각하면서 스스로가 느끼는 감정을 배제했다. 이연도 그 단계를 밟고 있었다. 다행인 점은 나와 신우가 곁에 있어서 그런지 서윤이 겪었던 만큼 격렬한 감정 변화를 경험하진 않는다는 것이었다. 슬슬 내가 이연에게 유안의 역할을 해야 할 때가 다다른 것 같았다. 이제는 이연이 누군가의 말을 듣고 그걸 받아들일 수 있을 정도로 안정을 되찾은 것이 분명하니까.

때는 하현달이 뜬 수요일 저녁이었다. 저녁 식사를 먹고 나면 이연을 찾아가 대화를 할 생각이었다. 이연이 다시 일어설 수 있게 내가 서윤일 적에 느꼈던 생각들을 전부 전해주고 싶었다. 이연이 얼마나 가치 있는 사람인지, 그리고 그녀가 한 행동들이 얼마나 용기 있는 행동들이었는지를 일깨워주고자 했다. 사랑을 주고받아서는 안 되는 사람은 없다는 것을 강조하고 싶었다. 나는 내가 만든 그 트라우마 속에 갇혀서 너무나도 슬픈 인생을 살았다. 나나 이연 같은 사람들은 '내가 사랑을 줘봤자 또 배신당할 텐데.'라고 생각하면서도 한편으로는 '혹시 몰라.'라는 기대에 특정한 대상에게 다시 사랑을 준다. 그랬다가 그마저 배신당하면 그때는 완전히 스스로를 절망 속에 가둔다. 내겐 고양이가 그랬고, 이연에게는 그 친구가 그랬다. 그 과정까지 겪으면 자신의 욕망과 감정 자체를 모른 척해버린다. 어느 순간 스스로가 투명해져버리는 것이다. 그렇게 되지 않도록 이연으로 하여금 자기 삶의 주인공이 자신이라는 걸 알게 해줘야 했다.

'저녁 먹기 전 이걸 좀 끝내고 가야겠어. 이연도 만나야하니.'

70퍼센트 정도는 완성된 그림을 보니 점점 더 욕심이 났다.

'점화기로 왁스를 녹인 후 캔버스 위에다 떨어뜨리는 작업을 조금만 더 해볼까.'

다들 이른 저녁 식사를 하러 화방을 나간 탓에 정작 화실 안에는 나 혼자였다. 점화기를 들고 불을 붙이려는데 틱틱 소리만 날 뿐 불꽃이 일지를 않았다.

"뭐야, 이거 왜 이래?"

신경질적으로 스위치를 당기다가 화구 쪽에 얼굴을 들이밀었다.

안다. 무모한 짓이라는 거. 평소 같으면 절대로 하지 않을 짓인데 이연을 만난다는 사실 때문이었는지 아니면 그림이 거의 끝나간다는 안도감 때문이었는지 나는 제정신이 아니었다. 계속해서 스위치를 딸깍거리는데 붉은 형광색이 검은 구멍에서 반짝였다.

"아악!"

순간 구멍에서 화악 하고 불길이 내뿜어지자 놀란 나머지 얼굴을 재빨리 위로 쳐들었으나 그와 함께 점화기가 그림 쪽으로 떨어지고 말았다.

"안 돼!"

화르륵 홍염이 그림 위로 번져갔다. 기름 먹인 종이 전체로 불이 옮겨 붙으면서 매캐한 회색 연기가 피어올랐다. 순식간에 뜨거운 열기가 그대로 느껴지는데 발이 움직이질 않았다. 심장이 쿵쾅거려 생각을 할 수가 없었다. 불을 꺼야한다는 생각은 머리를 맴돌았으나 내 몸은 굳은 듯 움직이지 않았다. 붉은 불길을 보며 바보같이 서 있기를 몇 분, 겨우 정신을 차려 화실 한쪽 귀퉁이에 있는 세면대를 향해 뛰어 갔다.

"매워… 매워."

기침이 끊이지 않았고 점점 숨쉬기가 힘들어졌다. 내가 마셨던 연기는 일반적인 물질이 타서 생기는 연기가 아니었다. 물을 떠서 불이 붙은 쪽을 향해 계속 퍼부어도 진화가 되지 않았다. 주변이 점점 연기로 자욱해지는데도 몸은 의미 없는 물 붓기를 계속하고 있었다. 불은 점점 근처에 있던 물건들로 옮겨 붙었다. 어디선가 화재가 발생했다는 알림이 울렸는데도 판단력을 상실한 내 머리는 화재 신고도, 화실을 빠져나갈 생각도 못한 채 연기를 마시고 있었다. 불은 기름이 묻은 그림들과 미술 도구에 옮겨 붙어 손을 쓸 수 없게 번지고 있었다. 인간이 위기 앞에서 어떻게 무너지는가를 보여주는 것만 같았다. 아무런 생각을 할 수가 없었고 몸을 가눌 수가 없었다.

"어지러워…."

겨우 정신을 가다듬어 문 쪽으로 다가갔으나 몸이 기우뚱 기울더니 문을 열지 못하고 문을 비스듬히 막는 형태로 넘어져버렸다. 그리고는 세상이 새까매졌다.

"정신 차려!"

짝! 짝! 누군가가 뺨을 호되게 때렸다. 익숙한 목소리. 누구지?

"유안 씨?"

도대체 어떻게 알고 온 거야. 꿈인가? 나 또 죽은 건가.

"정신 들어? 일어나. 몸 좀 일으켜봐!"

유안이 나를 일으키려고 안간힘을 쓰고 있었다. 온몸이 뜨거워서 유안의 손길이 닿는 곳마다 오소소 소름이 돋았다. 2층 창문 안으로 쏴아아 물줄기가 쏟아져 들어오기 시작하였고 저 멀리서 사람들이 올라오는 소리가 들렸다. 모든 것이 슬로비디오를 보듯 아주 천천히 흘러가고 있었다.

"안 돼…. 그림… 그림이…."
"제가 하겠습니다. 일단 내려가세요!"

다시 눈을 뜨니 방화복을 입은 소방관이 유안을 내게서 떼어놓고 있었다. 머리가 어지러워서 구역질을 하니 소방관이 나를 부축하다가 어깨에 들쳐 메었다. 어서 빠져 나가라며 소방관이 유안을 밖으로 이끄는데 나지막한 목소리가 내 입에서 흘러나왔다.

"그림이…. 그…림."

소방관은 이미 나를 들쳐 메고 나가는데 유안이 내 말을 들은 것인지 괴로운 얼굴로 잠시 날 바라보았다.

"뭐 하세요! 얼른 나오세요!"

하지만 그녀는 소방관의 말을 듣고도 다시 불길 속으로 뛰어들었다. 심장이 욱신 하고 아파왔다. 안 돼. 들어가면 안 돼. 왜 들어가는 거야? 뭐 때문에 들어가는 거야? 또 다른 소방관이 나를 지나쳐 붉은빛으로 가득 찬 방안으로 유안을 구하기 위해 들어가는 장면을 끝으로 난 또 다시 정신을 잃고 말았다.

⁝

불타버린 방은 나 혼자만 쓰던 독방이어서 다행히도 다른 사람들의 작품이 피해를 입는 일은 일어나지 않았다. 다만 유안이 많이 다쳐서 나와 며칠 동안 병원에 입원해야 하는 게 아버지의 마음을 갈가리 찢어놓았을 뿐이었다.

"엄마가 네 그림을 가져 오려고 그 화마에 휩싸인 곳으로 다시 들어갔다고?"

"네."

"너는 왜 말리지 않고!"

"정신을 잃었어요. 아빠. 죄송해요. 정말… 죄송해서 무슨 말을 해야 할지 모르겠어요."

"아냐…. 아냐. 네 탓을 하는 게 아니야. 그냥… ."

유안은 특히 두 손에 심한 화상을 입었다. 다행히 다른 곳은 치료를 하면 나을 수 있었기에 아버지의 걱정은 그나마 줄일 수 있었다. 나와 유안은 끊임없이 기침을 했다. 의사선생님 말씀으로는 미술 재료 중 일부가 타면서 독한 유해가스가 발생해 폐를 상하게 한 것 같다고 했다.

죄책감에 난 유안의 곁을 지켰다. 난 그녀가 어떻게 그 시각에 화실에 오게 되었는지, 119 신고는 누가 했는지, 무엇보다 그녀가 왜 내 그림을 가지러 다시 그 이글거리는 화마 속으로 달려갔는지 납득이 안 갔다. 그래서 계속 생각했다. 하다못해 유안 곁에서 물을 먹는 시간에도 생각을 멈추지 않고 계속했다. 유안은 그런 나를 내버려두었다. 우리 사이에 대화는 없었다. 그저 침묵만이 조용히 맴돌고 있었다. 반투명 커튼 사이로 들어온 여름 바람이 병실 안을 돌았고 나뭇가지가 바람에 흔들릴 때마다 유안의 얼굴 위에 나뭇잎 그림자가 드리워졌다. 맴맴 매미가 우는 소리가 귀를 울렸다. 예전의 그 날카롭던 신경이 많이 누그러든 듯 유안은 편안한 얼굴로 등을 기댄 채 나를 조용히 응시하기도 했고 내 앞에서 편히 잠들기도 했다. 무슨 심경의 변화가 일어난 것일까.

"있잖아요."

입원한 지 이틀이 지난 후 말을 먼저 꺼낸 건 다름 아닌 유안이었다. 다만 평소와는 달리 경어를 쓴 것이 의아했다. 노을이 깔린 병원 창틀에는 샛노란 꽃들이 만개했다. 아빠가 사 오신 꽃일까? 유안은 머리를 한쪽으로 단정하게 묶고 있었고 차분한 얼굴로 앞을 바라보고 있었다. 예전의 유안이 돌아온 듯한 모습에 나도 괜시리 기분이 묘해졌다. 며칠 동안 생각을 정리한 덕분인지 머릿속도 고요했다. 뒤엉킨 실타래 같던 악연과 분노 그리고 차오르던 감정들이 소나기가 내린 듯 다 땅속으로 스며들었고 나는 유안과 대화할 준비가 되어 있었다. 스스로 마음을 굳혔기에 더 이상 두려울 게 없었다.

"네."
"알다시피 그 그림들, 거의 타버려서 가져와도 쓸 수가 없게 되었어요."

"알고 있어요."

"그래도 가져오지 않았더라면 마음이 무거웠을 거예요."

유안은 가제가 덮여 있어 보이진 않았으나 화상을 입어 흉측해졌을 앙상한 손목 위를 물끄러미 쳐다보며 기운 없는 목소리로 말을 이었다. 그러고는 내 시선을 느꼈는지 살짝 이불로 두 손을 가렸다.

꿈을 꾸듯 유안에게 내가 조용히 말했다.

"고마워요. 가져와 줘서."

유안의 눈이 동그랗게 떠졌다. 수척해진 탓에 해골 같은 얼굴에는 두 눈밖에 보이질 않았다. 한때 뜨겁게 동경했고 사랑했던 사람이 이리 망가질 줄 누가 알았을까.

"그림을 집느라 두 손에 불이 붙는데 뜨겁지가 않았어요. 오히려, 오히려 마음이 편안해지고 조금은 정신이 들었어요."

"그래서 지금 이렇게 내게 말을 거는 거예요?"

"부탁이 있어요."

유안은 나를 서윤이라고 부르진 않았다. 하지만 이미 우리의 대화는 내가 서윤일 적 유안과 함께 나누던 대화와 다를 바 없었다. 동그란 안경 너머로 유안은 희미하게 웃었다. 하얗게 새어버린 머리카락이 묶여 있었음에도 남은 잔머리들이 사라락 유안의 얼굴 위로 흘러내렸다. 그 광경이 마치 꿈만 같아서 정신이 아득해졌다.

"예전 서윤 씨가 나를 그리다 만 스케치, 간직하고 있어요. 그거 돌려줄게요. 그걸 완성시켜서 공모전에 나가봐요."

쿵 하고 뭔가에 부딪힌 듯 머리가 어질했다. 지금 유안이 뭐라고 한 거지? 그림을 돌려준다고? 뭐라 대답을 하기도 전에 유안이 자신의 말을 이어갔다.

"대신에… 대신에 말이에요… 계속 내 아들로 남아 있어주면 안 될까요?"
"무슨 의미예요."
"서윤 씨가 이루지 못했던 꿈, 전부 이루어줄게요. 그러니 제발 제 아들 행세를 계속 해주세요. 부탁이에요. 제발."

유안이 '꼭' 하며 이불 귀퉁이를 두 손으로 움켜쥐었다. 그러자 앙상한 두 팔에 뼈만 유난히 불거져 나왔다. 안쓰러웠다. 그와 함께 이렇게까지 되어서도 아들에 집착하는 유안이 너무 안타까웠다.

"왜 그렇게까지 아들에 집착해요?"

유안이 꾹 입을 다물었다. 그러고는 엷게 웃었다. 모든 것을 내려놓아 체념한 그런 가벼운 웃음이었다. 눈을 감고 유안이 톡톡 자신의 손목을 두드렸다. 그곳에는 유안이 숨기고 싶어 했고 숨겨왔던 또 다른 자해 자국이 있었다. 유안은 계속해서 무언가 말을 하려다 다시 꾹 입을 다물었다. 해는 뉘엿뉘엿 뒷산을 넘어가고 있었고 어둠이 점점 유안과 내 얼굴 위로 드리워졌다. 유안이 다시 입을 열 때까지 난 아무 말도 않고 그저 그녀를 기다렸다. 십몇 년을 지한으로 기다린 시간보다 지금의 이 기다림이 더 길게만 느껴졌다.

병실 안이 캄캄해졌을 무렵, 작은 목소리가 들려왔다. 눈이 어둠에 익자 유안의 젖어 있는 두 눈과 시선이 얽혀들었다.

"이 정도면 충분히 고통받은 것 같아요. 더 이상 모른 척 살아갈 수 없을 테죠. 우리 두 사람 다."

유안은 그렇게 말하고 슬픈 눈으로 나를 바라봤다.

"긴 이야기를 시작해볼까 해요."

유안이 숨을 고르는 소리가 생생하게 귓가에 전달되어 왔다.

"내가 예전에 이야기한 적 있죠. 내 아버지와 어머니가 사이비 종교에 미쳐서 가정을 부순 거."

"네. 기억해요."

"한두 가지 사건을 제외하면 전부 다 진짜였어요. 웅…. 정말이 에요."

"내 동정심을 얻기 위해 지어낸 게 아니라요?"

천둥이 치던 밤, 내가 진정으로 유안에게 마음을 열게 만든 그 이야기는 아직도 생생하게 기억 속에 남아 있었다. 내가 유안의 아들로 태어나고 나서 그 이야기를 돌이켜 곱씹어보았을 때, 그건 분명 만들 어낸 이야기임에 틀림없다고 여겨 분노에 몸을 떨었는데. 지금 유안 이 하는 말을 들어보니 그건 아닌 모양이었다. 머리가 복잡했다.

"네. 다만 내가 교주로부터 성폭행당한 날 구해준 그 행인 있잖아 요. 그 사람에 대한 이야기는 조금 달라요. 그 사람이 지금 내 남편 이에요. 아아. 그리고 그때 성폭행당하진 않았어요. 그 전에 그 사람 이 날 구해주었어요."

유안이 나를 보고는 잠시 쓰게 웃었다. 덜컹 또다시 무거운 돌덩어리가 쿵 하고 가슴을 짓눌렀다. 그 남자가 내 아버지라고? 그 말인즉, 뭐야, 나와 만나기 전부터 그 사람과 계속 인연이 닿아 있었다는 소리잖아. 혼란스러워 유안을 바라보니 또다시 끝도 없이 눈물을 흘리고 있었다. 난 그저 그 자리에 얼어붙은 채 아무런 반응도 내비칠 수가 없었다.

"그 사람, 내가 거식증에 걸려 고통받고 있을 때도 다 회복할 때까지 도와줬어요. 너무 착한 사람이어서, 너무 고마운 사람이어서 내가 이런 사람을 만나도 되나 싶었어요. 서윤 씨에게 말한, 내 과거에 실망해 떠났다는 옛사랑은 존재하지 않아요. 그게 내가 서윤 씨에게 한 거짓말이에요."

"돈이 왜 필요했어요? 날 그렇게 완벽히 속일 정도로."

"그 사람은 아기를 가지고 싶어 했어요. 그게 자신의 인생 목표래요. 나와 꼭 닮은 아이를 키우며 늙어가는 게. 그런데 나는 아기를 가질 수 없는 몸이었어요. 왜인지 몰라도 임신이 안 됐어요. 입양도 생각 안 해본 건 아니에요. 하지만 그런 말을 그 사람에게 할 수는 없었어요. 그래서 마지막으로 대리모를 구하려 했는데 생각보다 돈이 많이 들었어요. 2억…. 일시불로 목돈이 필요했어요. 그렇지만 2억이란 돈까지 그 사람에게 짐을 지울 순 없었어요. 그 사람에게 걱정거리를 안겨줄 수는 없었어요. 그 사람은 날 대학에 보내

주고, 해외 유학까지 보내준 사람이었기에….”

유안은 말을 잇지 못했다.

“그렇다고 해서 당신에게 누군가를 죽일 권리가 있었나요? 자신의 아이를 위해 남을….”

숨이 가빠져왔다. 몸 깊숙이 박혀 있던 가시 같은 질문을 뽑아내려 하니 고통에 비명을 지르고 싶었다. 허탈감에 웃으려 해도 몸이 떨려 웃음이 나오지 않았다. 흰색 머리카락을 타고 유안의 말들이 자꾸만 미끄러져 내려왔다. 제각각 다른 변명들을 데리고 말들이 흘러내린다. 그 말들을 주울 생각이 없음에도 끈질긴 악연이 유안이 말한 단어들을 주워 담았고 그 말을 감정하고 판결을 내렸다.

“그는 아이를 원했지만 나처럼 절박하진 않았지요. 그냥 기다리면 아이가 생기겠지 하고 편안하게 생각했어요. 그러나 나는 달랐어요. 그에게 모든 것을 주고 싶었어요. 오늘의 내가 있기까지 그의 사랑과 배려가 아니었으면 나는 존재할 수 없었을 테니까요. 그땐 정말, 정말이지 제정신이 아니었어요. 우연히 광고를 보고 전화를 하게 되었고, 그래서 그러면 안 된다는 것을 알면서도. 딱 한 번, 딱 한 번만 자살할 사람을 데리고 오기만 하면 된다고 해서 손을 댔어요. 어차피 자살하기로 마음먹은 사람이니까 하고 스스로 합리화를 했어요. 그들이 무엇을 하는지도 정확히 나는 몰랐어요. 그들에게 서윤 씨를 데리고 간 후에야 그들이 무엇을 하려는 것인지 알게 되었어요. 후회해도 소용없었어요. 저 역시 죽고 싶었어요. 정신을 차려보니 그제야 내가 무슨 짓을 한 건지 이해가 되었어요. 그런데도 나는 죽지 못했어요. 죽음보다 더한 고통 속에 던져졌는데도 죽을 수가 없었어요."

유안이 얼굴을 가리고 떨리는 목소리로 가늘게 말했다. 유안 입에서 쏟아져 나오는 말이 가슴을 스치며 고인 빗물처럼 아리게 발밑에서 쌓여갔다. 겨울비같이 시린 말들이 가슴속을 휘저었다.

"왜… 왜… 나였나요. 충분히 불쌍한 인생을 살고 있었잖아요. 조금은 행복해도 됐던 사람이잖아요. 비참한 사람을 더 비참하게 만들어야 했어요?"

"너무 간절히, 그의 소망을 이루어주고 싶었어요. 그땐 내가… 내가… 내 정신이 아니었어요. 내가 그 사람에게 아무것도 해준 것이 없다는 사실이 무서웠어요. 그럴 리가 없다는 것을 알면서도 그에게 버림받을까봐 무서웠어요. 그래서 그런 일을 벌였어요. 내가 당신에게 그려달라고 했던 사진은 일을 하기로 마음을 먹자마자 찍은 사진이에요. 그 사진은 내가 나한테 거는 일종의 자기최면이었어요.

하지만 당신이 죽고 나서 웃지 못할 일이 일어났어요."

유안은 잠시 숨을 골랐다. 그리고 이미 충혈된 지 오래인 눈을
벅벅 비볐다.

"대리모까지 구했는데, 그냥 임신이 되어버렸어요. 날 놀리는 것
처럼. 비인간적인 일을 저지른 걸 비웃듯이 임신이 되어버렸어요.
처음에는 황당함에, 허망함에 허탈한 웃음밖에 나질 않더라구요.
서윤 씨 생각이 많이 났어요. 죄책감에 짓눌려서 한동안은 쉽사리
잠들지 못했고 '난 무엇을 위해 그 사람을 죽음에 이르게 한 거
지?'라는 생각에 힘겨운 시간을 보냈어요. 꿈속에서 서윤 씨가 나
를 향해 울부짖으면서 복수할 거라고 소리를 지르고 피눈물을 흘렸
어요. 그 때문일까요, 전 뱃속 아기에게 점점 더 집착하게 되었어
요. 누구보다도 행복하게, 내가 겪은 고통들 하나도 겪지 않게 잘
키우자고 결심했어요. 서윤 씨가 이루지 못한 화가의 꿈을 내가 낳
을 이 아이가 이룰 수 있게 해주자고 생각했어요. 그걸로 조금이라
도 마음의 짐을 내려놓고 싶었어요. 이기적이지만 그렇게라도 해
야 살아갈 수 있을 것 같았어요."
"다 변명이에요."

작게 속삭이는 내 말에 유안이 눈을 감으며 고개를 끄덕였다. 패

인 두 볼 위로 투명한 액체가 쉴 새 없이 떨어졌다.

"그날 밤에… 서윤 씨가 크리스마스트리 옆에서 잠든 내게 한 외침, 전부 다 듣고 있었어요. 그래서 서윤 씨가 방 안으로 돌아갔는데도 손가락 하나 까딱할 수가 없었고, '천벌을 받았다.'라고, 그렇게 생각했어요. 몸이 떨리고 눈물이 앞을 가리는데도 바닥에서 일어나질 못하겠더라고요. 새벽까지 그렇게 발작을 일으키면서 공포에 떨었어요. 당신이 날 죽이지 않는 것이 내겐 더 가혹한 벌이었어요. 내가 죽인 남자가 나의 아들로 돌아오다니…. 내가 한 짓에 대한 댓가라고 생각했지만 내 속의 어머니 본능이 울부짖더군요. 숨을 들이쉬는 자체가 죄악처럼 느껴지고 주위가 새까맣게 보였어요. 공포에, 절망에, 그저… 그저….'

"날 외면했었죠."

"내가 그토록 바라던 아들이, 내가 그리도 잘 키울 거라 장담했던 아들이 처음부터 존재하지도 않았던 것 아닌가 하는 생각을 정말 하고 싶지 않았어요. 당신이, 그래, 예전의 그 사람인 걸 알면서도 차마 포기할 수가 없었어요."

"유안 씨…. 당신은… 그거 알아요? 난 유안 씨에게 구원받았다고 생각했어요. 난 당신이 내게 준 사랑으로 새로운 제2의 삶을 살아갈 수 있다고 믿었고 유안 씨를 위해서라면 말 그대로 죽을 수도 있다고 생각했어요. 그런데 그건 뭐였나요. 내가 그냥 당신에게 속았던 것 그 이상도 이하도 아니었던 거잖아요. 내 인생은 뭔가요?
서윤의 인생은 뭔가요. 끝까지 사랑에 버림받은 비극의 주인공. 그
거네요. 결국에는 사랑받고 싶어서 눈이 가려진 것도 모르고 끌려
가 도살장의 소처럼 죽어버린 남자의 인생이었잖아요."

　유안이 무언가를 말하려고 입을 열다가 다시 뻐끔거리듯 닫기를
여러 번 반복했다. 나는 의자에 앉아 여름 냄새가 흘러 들어오는
바람을 맞으며 유안을 바라봤다.

　"난, 내가 너무 불쌍해서 견딜 수가 없어요. 그래서 내가 유안 씨
의 아들로 태어났을 때 날 가엽게 여긴 누군가가 당신에게 복수할
기회를 주는 거라 생각했어요. 나, 꽤나 괜찮은 계획도 꾸미고 있었
어요. 당신에게 내 정체를 숨기고 당신이 내게 온전히 의지할 때 유
안 씨가 그랬던 것처럼 떠나버릴 생각이었어요. 그런데 그날, 당신
이 한 잠꼬대 때문에 다 그르쳐버린 거예요."
　"왜 날 죽이지 않았어요?"
　"죽일 수가 없었어요. 마음이야 수백 번 당신을 찌르고도 남았는
데, 우습게도 몸이 따라주질 않았어요. 마치 그래서는 안 된다는 것
처럼, 내가 하려는 행동은 일어날 수 없는 일이라는 것처럼요. 손이
달달 떨리면서 움직이지 않았다고 하면 믿을까요? 난 그게 참 서
러웠어요. 화도 나고 속이 뒤집어지다 못해 참 많이 망가졌어요.

웃긴 건 내가 스스로 죽어 없어지는 것도 불가능하다는 거예요. 그럼 나는 무얼 위해 이곳으로 돌아온 걸까요."

"그건…."

"유안 씨가 날 죽인 것처럼 내가 당신을 끝내러 온 건 분명 아닐 거예요. 어떻게 생각해요? 유안 씨. 난 아주 오랫동안 내게 주어진 삶에 대해 고민했어요."

유안이 내 말을 듣더니 이불에 얼굴을 파묻었다. 병실 안에서 펼쳐진 진실의 장은 과격한 언행을 동반하진 않았지만 칼에 찔리고 마는 게 낫지 않을까 싶을 정도로 쓰라리고 슬펐다. 슬픔에 허우적거리다 가라앉고, 그러다가 죽는 거지. 화방에서 유안이 날 구한 그 시각 이후 지금까지 나 또한 여러 가지를 생각했다. 반쯤 재가 되어 버린 그림을 보면서 과거 일을 떠올리기도 하고. 그러다가 결국 내가 도달한 답은 이것이었다.

"내가 당신의 아들로 태어나 당신을 죽이지 않고 할 수 있는 것. 그리고 당신이 내게 할 수 있는 건…."

숨을 잠시 골랐다. 모든 말에는 힘이 있다. 지금 내가 내뱉으려는 말로 인해 나와 유안의 삶은 그 길 위를 걸어갈 것이다. 그러므로 신중하게, 그리고 또렷하게 내뱉어야만 했다.

"이대로 살아가는 거예요."

"무슨 말이에요?"

"속죄예요…."

"속죄?"

"우리 지금처럼 서로 고통받고 상처 주고, 슬프고 가엾게 살아요."

유안은 이 세상에서 가장 슬픈 얼굴로 날 바라봤다. 그런 유안을
나 역시 애처롭게 그리고 쓴 눈빛으로 보았다. 선선해진 밤공기가
우리 사이를 맴돌았다.

"유안 씨는 서윤을 죽였어요. 그의 삶을 망가뜨렸어요. 그리고 난
그런 당신을 고통스럽게 했지요. 그러나 나의 죽음에 대한 책임을 묻
는다면 나도 책임이 없다고 말할 수는 없어요. 그때 내가 당신을 따라
가지 않았더라면 난 분명 쭉 의미 없지만 소소한 인생을 살아갔을 것
이고, 유안 씨에게 그런 죄를 짓게 하지도 않았겠죠. 그러니 나 또한
내게 죄를 지은 거예요. 난 나를 죽게 만들 결정을 내렸으니까요."

그러니, 그러니까. 그 말을 하고 눈을 감았다. 별빛이 쏟아지는 우
주가 펼쳐지길 기대한 것은 아니었지만 감은 두 눈 속에는 아무것도
보이질 않았다. 캄캄했다. 난 눈을 뜨지 않은 채로 말을 이어갔다.

"우린 속죄해야 해요. 그때 죽어버린 서윤에게, 그리고 불쌍한 나 자신에게. 난 삶이 얼마나 지독하고 고통스러운지를, 절망스럽게 아픈지를 느껴야만 해요. 유안 씨 당신과 함께 살아감으로써요. 분명 난 당신을 볼 때마다 괴로울 테죠. 복수심에, 분노에 수시로 속이 타들어갈 거예요. 그건 유안 씨도 마찬가지겠지요. 유안 씨가 그토록 바랐던 사랑스런 아들이 당신이 예전에 죽인 사람이기에, 당신은 죽을 만큼 고통스럽고 동시에 날 미워하게 될 거예요. 그러나 날 볼 때마다 유안 씨가 고통스럽다면… 난 그걸로 충분해요. 우린 이 생을 고통 속에서 서윤에게 속죄하며 살아가는 거예요. 아파하면서, 슬퍼하면서, 그러면서도 함께 사는 거예요. 그러다 보면 언젠가는 구원받을 날이 오겠죠. 극단의 고통에 던져질 때. 그때가 우리가 바로 이 지옥 같은 삶을 끝낼 날일 거예요. 난 다시 안식을 찾을 거고, 유안 씨는 평화를 얻을 수 있지 않을까요. 내가 돌아온 이유는 속죄를 위해서였어요. 이제야 깨달았어요."

"아아아…."

"난 죽고 싶어도 죽을 수 없었어요. 그건 유안 씨도 마찬가지지 않나요? 우린 죽고 싶어도 죽을 수 없고 살고 싶어도 제대로 살 수도 없어요. 죽느니만 못한 삶을 살 수밖에 없는 거예요. 그건 분명 죽은 서윤에 대한 속죄예요. 쓸쓸한 생명을 그렇게 저버리게 만든 과오에 대한 천벌인 거예요. 나 또한 죄를 저질렀기에 당신을 벌할

271

자격이 없고, 당신은 그런 내게서 벗어날 방법이 없는 거예요."

고개를 들어 천장을 바라보았다. 천장이 무너졌으면 하고 잠시
바랐다. 하지만 아무 일도 일어나지 않았다. 병실 안은 조용했고 여
전히 시원한 바람이 불고 있었다. 유안은 슬픈 얼굴로 지치지도 않
는지 계속 눈물을 흘렸고 난 그런 유안을 바라보고 있었다.

"그래요…. 그렇게 해요."

유안의 두 손이 기도하듯 겹쳐졌다. 그리고는 흐느낌이 새어 나
오는 얼굴을 두 손으로 가렸다. 유안도 내가 다다른 결론에 수긍하
고 있나보다. 그 순간 답답한 가슴속이 확 뚫리는 것 같았다. 모든
게 제자리를 찾아간 것처럼.

'조용하다.'

시끄럽던 가슴속 메아리가 한순간에 멈췄다. 증오에 파들파들
떨리던 두 팔도 힘을 잃고 축 늘어졌다. 오래 헤매던 답을 이제야
찾은 것 같았다. 내 삶의 이유는 복수가 아니라 속죄였다. 유안과
함께 고통 속에서 서윤을 죽게 만든 죗값을 치른다. 그게 내가 할
일이었다. 그리고 아직 한 가지가 더 남아 있었다.

"지한아, 괜찮아?"

신우가 이연을 데리고 병문안을 왔다. 내 병실은 마침 비어 있었고 난 침대에 앉은 채 두 사람을 맞이했다. 이연은 오랫동안 웃거나 운 적이 없는 것처럼 얼굴 근육을 움직이는 것을 힘들어했다. 그럼에도 불구하고 나를 보자마자 울음을 터트렸다.

"괜찮아. 괜찮으니까 그만 울어."

이연을 겨우 달래고 있자니 신우도 울먹거림을 참느라 온 얼굴을 찌푸리고 있었다. 서윤을 위해서 누가 이렇게 울어준 적 있었나. 아무도 없었다. 죽는 그 순간까지 서윤을 위해 울어준 사람은 단 한 명도 없었다. 그런데 이젠 곁에 이렇게 든든한 내 편이 있다. 서윤이 계속 살아갔다면 아마 이런 사람을 한둘쯤은 만들 수 있지 않았을까. 가능성에 불과하지만 생각하면 할수록 과거의 나에게 더 미안해졌다. 죄스러워졌다. 그렇기에 난 과거의 나 자신에게서 뺏은 수많은 행복의 가능성들을 이 생에서 느끼며 그에게 속죄해야 한다.

"이연아."

신우와 이연이 동시에 나를 바라봤다. 이연은 서윤과 다른 삶을 살아가야 했다. 서윤과 닮은 그녀에게 새로운 삶의 길을 밝혀주는 것. 그것 또한 내가 이곳으로 돌아온 이유 중 하나이리라. 이연이 서윤과 다른, 행복한 삶을 살게 된다면 왠지 그것만으로도 난 구원을 받게 될 것 같았다.

"이연아."
"응."
"많이 힘들었지?"

이연이 신우와 나를 번갈아 보더니 살짝 웃었다. '아니야.'라고 작게 속삭이려던 이연의 입꼬리가 올라가더니 다시 수평선을 그렸다. 입술 위로 잔물결이 일었다. 속상함이, 그리고 눅눅해진 서러움이 눈물이 되어 이연의 입술을 적셔가다 참다 못한 울음소리가 서서히 터져 나왔다. "많이 힘들었구나." 그래, 다른 말 다 필요 없이 이 한마디가 이연에게는 필요했겠지. 이제 헛된 감정소비는 그만하게 해야지.

"수고했어. 혼자 떠안느라. 네가 잘못한 건 아무것도 없어."
"…정말?"

이연의 두 손을 힘주어 잡았다. 차가운 손이 점점 내 체온에 데워졌다. 이렇게 마음도 녹아갔으면. 이연에게 날아온 수많은 악담들과 질시, 공포를 조성하는 시선들. 혼자 견뎌내기 힘들었을 게 분명하다. 그럼에도 나와 신우가 자신을 동정할까봐 싫었겠지. 그런 시선을 받기는 무엇보다도 싫었을 거다. 그리고 우리에게 기대는 순간 또다시 뼈아픈 배신을 겪을까봐 무서웠을 것이다. 그래서 스스로를 고립시키고, 슬프게 만들고… 그렇게 홀로 버텼을 것이다.

'마음이 따스해도 힘들구나. 사람은.'

"너는 사랑받아 마땅한 사람이야. 내가 지금까지 본 누구보다도 너는 진실하고, 속 깊고, 상냥한 사람이야. 그러니까 네가 속상한 게 당연한 거야. 울고 싶고 소리치고 싶고 그럼에도 차마 아무 말도 하지 못하고 꾹꾹 눌러 담는 거, 이젠 하지 마."

"걔네는 왜 나한테 그렇게 못되게 굴었을까…? 왜 그리도 날 싫어했을까? 거짓말을 듣고도 왜 나에게 다가와서 묻지 않았을까?"

"그 아이들은 약하니까. 뭉치지 않으면, 누군가를 깎아 내림으로써 자신이 우월하다는 것을 느끼지 못하면 불안해서 살 수가 없으니까."

"그렇다고 해도… 그래도….'

"걔네가 무슨 말을 해도 나랑 신우는 알잖아. 네가 그런 사람 아니라는 거. 남 욕하는 거 못 해서 자신이 욕먹고, 남이 상처받을까봐 섣불리 다가가지 못해 네 진가를 아는 사람은 많지 않지만 너에 대해 잘 아는 두 사람이 여기 이렇게 있잖아. 그러니까 우리한테는 편히 다 털어놔도 돼. 모든 사람이 너한테 등 돌려도 우리만큼은 남아 있을 테니까."

신우를 향해 고개를 돌리자 신우가 세차게 고개를 끄덕였다. 내 말에 확신을 불어 넣어주는 그 행동에 나도 모르게 미소를 지었다.

"내가, 너희가 이렇게까지 해줄 만한 가치가 있는 사람이야…?"
"당연하지."
"고마워…. 너무 고마워."
"무슨 일이 있어도 옆에서 너 믿어주고, 지탱해줄게. 그러니까 무서워할 거 하나도 없어. 마음 여는 게 힘든 거 알아. 이런 일 한번 겪고 나면 더 이상은 누구한테도 본심을 이야기하기가 무서울 거야. 하지만 그럴수록 곁에 남아 있는 사람들을 봐야 해. 그 사람들이 진정으로 너를 위해주는, 너를 사랑하는 사람들이니까."

서윤이었을 때 나는 괴로움을 표출하지 못했다. 표출할 곳이 없었다. 그래서 항상 아픔을 안고 속이 문드러지는 것을 모르는 척 살아갔다. 점점 자신이 가지고 있던 감정도 잊어버렸고 사랑하는 법,

사랑받는 법도 잊어버렸다. 유안을 만나기 전까지는 말이다. 지금 이연에게 필요한 것은 다름 아닌 굳건한 사랑과 신뢰였다. 사람은 아무리 절망해도, 아무리 지옥에 던져져도 자신을 올곧게 믿어주는 단 한 사람이 있으면 다시 일어설 수 있는 법이다. 신우와 난 이연에게 그런 사람이 되어줄 생각이었다. 이연이 비록 상처받더라도 다시 사랑할 수 있게, 그래서 자신이 준 사랑을 온전히 받을 수 있을 때까지 말이다.

'유안이 끝까지 날 배신하지 않았더라면, 난 분명 행복했겠지?'

"고마워…. 나 정말 너희랑 친구가 되길 잘했어…. 정말로."
"그건 내가 할 소리야."
"나 사실 많이 힘들었어. 걔네가 너무 미웠어. 그럼에도 한 마디도 할 수가 없었어. 스스로가 바보 같은데도 그럴 수가 없었어. 왜 그랬을까. 왜 나는 나를 배신한 사람한테까지 모진 말을 할 수가 없었을까? 생각해보면 너무 답답해."
"그건 네가 너무 선한 사람이어서 그래. 난 네 선함이 좋아서 친구가 되었고 그렇기에 앞으로도 쭉 친구야. 그러니까 선한 네 본연의 모습을 그런 애들 때문에 버리지 않았으면 좋겠어."

신우가 이연을 꼭 껴안아주며 다정하게 한 단어 한 단어에 힘을 주며 말했다. 이연의 울음소리가 더 이상 들리지 않을 때까지 나와 신우는 번갈아가며 이연을 달랬다. 우리가 있는 이상 이연은 원래처럼 선한 사람으로, 사랑을 베풀고 사랑받으며 살아갈 수 있을 것이다. 아니 그렇게 만들 것이다.

작열하는 여름 햇빛 아래서 우리는 울고 웃었다. 짧은 시간 안에 많은 일이 일어났다. 그 짧은 시간 안에는 나의 외로웠던 과거에 대한 참회도 들어 있었고, 한 사람의 인생을 옳고 바른 길로 이끌어갈 결단도 담겨 있었다. 내가 밟아가지 못했던 찬란한 시간을 이연은 나 대신 걸어가 줄 것이다. 그걸로 충분하다. 그걸로 난 더 이상 슬프지 않다.

여름방학 동안 나와 신우는 꾸준히 이연을 설득했다. 이연에게 개학을 하면 자신에 대해 헛소문을 퍼트린 친구에게 사과를 받아 내야 한다고 조언했으나 이연은 아직 두려운 눈치였다. 다행히도 이연은 내 병실에서 우리 두 사람이 얼마나 그녀를 신뢰하고 아끼는지를 알게 된 뒤로는 우리에게 거리낌 없이 자신의 심정을 토로하기 시작했다. 이연은 다시 감정에 솔직해졌고 또 한 번 사랑을 슬쩍 내밀 수 있는 심성 착한 소녀로 돌아왔다.

"그렇지만, 막상 그 애 앞에 서면 말을 못할 것 같아."

"내가 대신 말하면 안 될까?"

"그랬다가는… 너도 소문에 휘말리게 될 텐데?"

"괜찮아."

말을 먼저 꺼낸 것은 신우였다. 신우는 내가 생각한 것보다도 단단하고 바른 심성을 가지고 있었다. 신우는 남들이 뭐라고 말하든 상관 안 한다고 했다. 그저 사람들이 이연에 대해 잘못 아는 게 싫을 뿐이라고 말했다. 사실 훨씬 나이가 많은 나도 하기 힘든 행동을 신우는 곧잘 해왔다. 그건 태어날 때부터 가지고 있는 그 사람만의 특성일까 싶어 언젠가 신우에게 이런 것들은 누구한테 배웠냐고 하니까 의외의 대답이 나왔다.

"누구긴. 너한테 배웠지."
"나한테?"
"응. 지금 내가 이럴 수 있는 것도 모두 네 덕분이야. 네가 해준 말들이 지금의 나를 만들었다고 생각해, 나는."
"비행기 태우지 마."
"너는 아무 생각 없이 한 말일지 모르겠지만, 난 그것 덕분에 많은 것을 깨달았어. 엇나가려고 해도 널 보면 다시 원래대로 돌아오더라. 왜인지 몰라도 넌 참 우리가 모르는 걸 많이 알고 있는 것 같아. 그래서 너의 말을 듣다 보면 저절로 수긍하게 돼."

다른 사람을 곧은길로 걸어나가게 하는 사람은 분명 대단한 사람이라고 난 줄곧 생각해왔다. 분명 성자나, 아무리 못해도 굉장히 멋진 사람만 그럴 수 있을 거라 생각했는데 신우와 이연에게는 내가 그런 사람이었다. 그 사실이 가슴을 울렁이게 해 눈시울을 붉혔다. 물론 신우에게 들키지 않으려 필사적으로 얼굴을 가렸지만.

"이연아, 내가 그 애한테 말하고 싶은데 그건 괜찮지?"
"난 괜찮지만… 너한테 너무 미안하잖아."
"그런 걸로 미안하다고 하는 거 아니야. 우리 사이에 미안이라는 말은 불필요한 말이야. 아직도 우리를 몰라?"

그 말에 이연은 아무 말도 하지 않았다. 결국 나와 신우는 이연을 설득했고 우리 두 사람은 이연이 잘못 사귄 그 여학생에게 할 말을 틈틈이 정리했다. 개학 전에 그 애를 찾아갈 생각이었다. 그래서 개학하고 나면 이연이 다른 사람들의 시선을 신경 쓰지 않고 학교에 다닐 수 있도록 말이다. 그 무렵 난 유안과 함께 퇴원 수속을 밟았다. 유안은 예전과 비교하면 한결 편안해진 얼굴로 짐을 챙겼고 나는 그런 유안을 멍하니 바라보고 있었다.

"고마워요."

유안이 그렇게 말했다.

"네?"

"고맙습니다."

유안이 흐리게 웃었다. 머리를 한쪽으로 단정하게 묶고 하얀 티셔츠를 입은 유안은 나를 향해 고개를 숙였다. 유안은 지금 어떤 기분일까. 속죄를 위해 사는 삶을 받아들이기로 한 것은 확실하다. 그녀도 나와 같이 아직도 아릿아릿 가슴을 저며오는 슬픔에 힘들어하고 있으려나. 복수를 포기하고 내 삶의 이유를 속죄로 삼은 그 순간부터 유안을 보면 더 이상 화가 나진 않았다. 다만 아플 뿐이다. 왜일까. 개운치가 않았다. 여름 속으로 걸어가는 유안을 보고 있는데 입안이 썼다.

"지한아, 어디야?"

"다 왔어. 아, 너 보인다."

나와 신우는 개학을 하루 앞둔 날 이연의 허락을 받아 그녀를 힘들게 하는 그 친구의 집을 찾아갔다. 담쟁이덩굴이 애교 있게 벽을 타고 올라가는 주택 앞에서 우린 초인종을 누르고 누군가가 대문으로 나오길 기다리며 매미 소리를 들었다. 작열하는 태양 아래서 나와 신우는 아무 말없이 대문을 바라보고 있었다. 우린 이 애가 왜 그런 행동을 했는지를 은연중에 알고 있었다. 사람은 모두 약하니까. 이 애도 사랑받고 싶어서, 사람들에게 내쳐지고 싶지 않고 겉돌고 싶지 않아서 그랬을 거니까. 그래서 우린 이 친구를 불쌍하게 여겼다.

이윽고 탁탁탁 발걸음 소리가 들리더니 대문이 비명을 지르며 열렸다. 틈새로 내 또래의 얼굴이 불쑥 튀어나왔다. 우리 둘의 얼굴을 확인한 여자애의 얼굴은 한순간에 굳어버렸다.

"왜 왔어?"

"너 우리 알지?"

"이연이랑 같이 다니는 애들 아냐? 근데 날 왜 찾아왔어?"

"할 말이 있어서."

"난 너희랑 할 말 없는데?"

"미안해. 그런데 우린 있어."

내리쬐는 땡볕 아래서 신우가 싱긋 웃었다. 비꼬는 듯한 웃음이 아니라 진심으로 호의를 가득 담은 미소여서 그런지 내가 걱정했던 것처럼 대문이 다시 쾅 소리를 내며 닫히는 일은 일어나지 않았다. 큼 큼 어색함을 어쩌지 못하고 몇 번의 헛기침을 한 끝에 내가 먼저 입을 열었다.

"있잖아. 이연이에 대한 건데."

"그럴 거 같았어. 왜, 따지기라도 하게? 근데 걔가 잘못한 것도 만만찮게 있거든?"

"그거 알아? 이연이는 널 굉장히 좋아했어."

"갑자기 나한테 와서 왜 이래? 민폐야."

"걔는 널 믿어서 모든 것을 다 털어놓은 거야. 나랑 신우는 이연이랑 다섯 살 때부터 친구여서 걔가 얼마나 착한지, 남에 대해 나쁜 소리 할 줄 모르는 애라는 거 아주 잘 알고 있어. 그러니까 솔직하게 물어볼게. 걔가 너희 반에 있는 다른 애들에 대해 뭐라고 나쁜 말한 적 있어?"

"있다니까. 있다고."

"이연이가 정확히 뭐라고 했는지 다시 말해줄 수 있을까?"

"나야 이젠 기억이 잘 안 나지."

"그렇게 네 기억에서 쉽게 지워질 말을 퍼트리고 다녔던 거야? 그 애를 죽일 듯이 몰아가놓고서?"

"아니 그러면 너는 네 친구 욕을 듣고도 가만히 있냐? 그때 말해줬어야지."

"이연이는 네 친구가 아니었어? 그리고 걔가 정말로 다른 애들에 대해 나쁘게 이야기한 거 맞긴 해? 난 너보다도 훨씬 오랫동안 그 애를 봐와서 이연이에 대해서 잘 알아. 네가 아는 이연이의 과거, 나랑 신우도 알고 있어. 하지만 우린 단 한 번도 그 애의 그런 면을 약점으로 삼고서 퍼트린 적은 없어."

신우가 조금은 화가 난 듯 나를 막아서고 딱딱한 말투로 쏘아붙였다. 돌변한 신우의 태도에 그 친구가 좀 당황한 듯 뒤로 한 발자국 물러서더니 황당한 얼굴로 우리를 쳐다봤다. 그리고 이렇게 말했다.

"너희는 왜 그렇게까지 걔를 감싸고 돌아?"
"그야, 이연이는 정말 괜찮은 애니까. 그러니까 우리에게 그 모습을 변치 않고 보여줬으면 해. 이런 일 때문에 이연이가 변할까봐 우린 굉장히 불안해. 넌 이연이의 어떤 면이 그렇게 싫었어? 뭐 때문에 그 애를 그렇게까지 고립시켜야 했어?"
"아무 이유 없어."
"아니잖아."

이번엔 내가 단호하게 대답했다.

"진짜 없다고. 그냥 싸가지가 없었어."
"이연이는 너를 제외한 다른 사람들에게는 다가가지 못했으니까 다른 애들은 이연이의 성격을 오해할 수도 있어. 하지만 너한테도 그랬어?"
"아니."
"그러면 왜 그랬어?"

"아니 그냥 싫은 걸 어떡해!"

"그냥 싫은 게 어디 있어. 있잖아, 우리가 여기서 하는 말 어디에
도 퍼뜨리지 않을 거니까 솔직하게 얘기해. 납득이 좀 가게."

"아니, 진짜 너네 미쳤어? 나 애들한테 너네 찾아온 거 다 말한다?"

"말해."

"뭐?"

"말하라고. 상관없으니까."

신우가 성큼 앞으로 걸어갔다. 예전에도 말했다시피 신우는 나
보다도 월등히 컸을 뿐만 아니라 내 또래 남학생들보다도 큰 신장
을 자랑했다. 신우에게 겁먹었는지 여자애는 뒤로 주춤주춤 물러
나고 있었다. 분명 자신은 이 친구를 이해할 수 있다고 말한 사람
치고 신우는 굉장히 흥분해 있었다.

"워워, 신우야. 진정해. 대화한다며?"

"그래도, 얘 하는 소리를 좀 들어봐!"

"있잖아, 나 네가 정확히 어떤 마음을 품고 있는지는 모르겠지
만, 나 나름대로 오랫동안 고심해본 게 있거든? 이거 들어보고 어
떻게 할지 맘대로 결정해. 우리가 널 찾아오는 것도 이게 처음이자
마지막이야."

내 말에 신우가 우뚝 자리에서 멈춰 서 아니꼬운 시선으로 여자 애를 노려봤다. 이젠 내가 말하기 나름이었다. 진심은 언제나 닿는 다고 했다. 어떤 길을 타고 전해질지는 아무도 모르지만, 그 길이 항상 꽃길이어야 하는 법은 없다. 가끔은 매서운 바람을 맞으며 가야 할 때도 있다. 지금 같은 상황에서는 아직은 싹이 트지 않은 겨울길일 뿐이지만.

"내가 보기에 넌 이연이를 많이 부러워했던 것 같아."

"내가 왜 그딴 애를!"

"마저 들어봐. 있잖아, 이연이는 주는 것에는 익숙해도 받는 것에는 익숙하지 않다보니 굳이 여러 사람에게서 사랑을 받으려 하지 않으려는 성향이 있어. 그저 자신이 진심으로 좋아하는 상대에게 무한정 베풀다 상처받을 뿐이지. 그리고 상처받아도 절대 티를 안 내. 그래서 사람들은 그런 이연이의 모습을 보고 무턱대고 오해를 하곤 해. 바보 같은 애라고. 하지만 걘 사실 누구보다도 여리고 착할뿐더러, 사랑을 줄 줄 아는 친구야. 이연이가 네게는 때로 참 강인한 애로 보였을 수도 있어. 왜냐면 너는 사람들이 널 좋아하지 않을까봐 전전긍긍하는 반면에 이연이는 별로 타인의 시선에 개의치 않아 하니까. 부러웠을 거야. 그래. 부러웠을 거야."

그 말에 신우가 격하게 긍정하며 고개를 끄덕였다.

"그런데 그거 알아? 이연이는 그런 너를 좋아하다 못해 자신의 비밀을 공유할 친구로 삼고 문자 그대로 모든 걸 공유했어. 하지만 네 부러움은 그런 이연이의 호의 때문에 더 뒤틀릴 수밖에 없었을 거야. 난 당신과 친해요, 하지만 당신이 부러워 참을 수 없으니 당신이 무너졌으면 좋겠어요. 그리고 착하다면, 진정 착하다면 어디까지 인내할 수 있는지 실험해보고 싶기도 했을 거야. 누구에게나 가학적인 심리가 있다고 해. 나도 잘 모르지만 자신에게 잘해주는 사람에게 더 잔인하게 하는 그런 심리 말이야. 사람들은 때때로 그렇게 생각해. 그건 자연스럽게 일어날 수도 있는 현상이야. 사실 가장 바보 같은 행동인데 그걸 모르고 말이지."

"아니라고!"

"그래서 넌 다른 애들에게 이연이에 대한 소문을 퍼트렸겠지. 그럼으로써 넌 수많은 사람들의 관심과 사랑을 받을 수 있는 동시에 이연이가 무너지는 것도 볼 수 있을 테니까. 이런 네 행동을 원망하진 않아. 왜냐면 넌 속으로 가슴 사무치게 외로웠는데 이연이가 너의 그런 외로움을 몰라주니 화가 났겠지. 그리고 넌 다른 애들에게 이연이가 얼마나 네게 의지하는지도 내심 자랑하고 싶었을 거야. 왜냐면 네겐 그런 상대가 지금까지 단 한 번도 없었을 테니까."

"넌 왜 다 안다는 듯이 말하는 건데?"

"너 같은 사람은 많거든. 이 세상에. 근데 아무도 네가 왜 그러는

지를, 네가 왜 그렇게 못되게 굴 수밖에 없었는지 말을 안 해줘. 너 이대로 살면 영원히 외롭다? 네 헛소문에 맞장구 쳐준 애들, 널 위하는 거 같아? 그 중 한 명이라도 진짜 친구가 있어? 미안하지만, 없어. 없다고. 속으로는 어떻게 생각하는 줄 알아? 아 걔. 그 입 싼 애. 걔한테는 아무 말도 하면 안 되겠다. 저렇게 뒤통수를 때리냐. 이연이도 마음에 안 들지만 걔도 만만치 않네."

"걔네 그렇게 생각 안 해. 날 위로도 해줬단 말이야."

"그 위로를 듣고 기분 좋았어? 아니잖아. 기분 좋을 리가 없잖아. 네 거짓말로, 네게만큼은 올곧게 잘 해준 사람이 괴롭게 됐는데 기분이 좋을 수가 없지. 내가 지금 네게 해줄 수 있는 말은 이거 하나야. 이연이에게 사과해. 그리고 반 애들 신경 쓰지 말고 이연이랑 다시 다녀. 그러면 넌 진짜 친구 한 명은 사귈 수 있어. 잠시 부끄럽고, 잠시 떠도는 말, 그게 뭐가 중요해? 넌 이번 기회로 평생 너와 함께 있을 친구 한 명을 얻는 거야. 나중에 후회하지 마. 지금 기회가 있을 때 바꿔. 우리는 더 이상 아무 말 않고 너의 의사를 존중할 테니까."

두 눈썹이 팔자를 그리며 여자애의 얼굴 위에 주름을 만들어냈다. 그녀는 고민하고 있었다. 자신의 선택이 어떤 결과를 불러올지를 지금 이 순간에도 계산하며 인상을 찌푸렸다. 그럴수록 난 이 친구한테 지금 그녀가 내릴 결단이 그녀의 미래를 어떻게 바꿀지 알려줘야 했다. 믿음을 심어줘야 했다. 이연이 이 친구에게 사과를 받고 나면, 그리고 나와 신우가 곁에서 그녀를 지탱해 준다면 이연은 절대로 제2의 서윤으로 자라지 않을 것이다. 대신에 그 누구보다도 아름답고 사랑을 베풀 줄 아는, 설령 그 사랑에 상처받더라도 금방 자력으로 회복할 수 있는 그런 사람이 되겠지. 서윤이란 꽃봉오리는 낙엽처럼 떨어져버렸지만, 이연은 분명 만개할 수 있을 것이다.

"그럼 나더러 이제 와서 뭘 어쩌라고? 사과라도 하라고? 그래 사과를 하면 어쩔 건데. 받아는 주냐."

한참을 뜸을 들이고 있다가 여자애가 말했다. 그 말에 신우의 얼굴이 펴지는 것이 보지 않아도 느껴졌고, 그건 나도 마찬가지였다.

"응. 아주 고마워하면서 받아줄 거야. 이연이는 네가 나중에 밑바닥에 떨어져도 네 곁에 남아 있어줄 사람이야. 그건 내가 보증할게. 이 세상에 누가 걔만큼 널 챙기겠어?
내 생각에 좋은 친구를 얻으려면 용기가 있어야 한다고 봐. 지금 너에겐 그런 말을 할 수 있는 용기가 필요한 때야."

실제로 나와 신우가 이연에게 이 친구와 대화해보라고 설득할 때, 이연은 만약 이 친구가 자신에게 진심으로 사과하면 예전처럼 지내고 싶다고 말했다. 그러니 그녀가 딱 한 번만 용기내서 이연에게 사과하면 모든 것이 좋아질 게 분명했다.

"알겠어."

그 애는 그 말을 마지막으로 대문을 닫았다. 그와 함께 신우와 난 푸하 하고 참았던 숨을 동시에 내뱉었다.

"잘된 것 같지?"

잠시 동안 심호흡을 한 뒤 신우가 날 향해 고개를 까딱거렸고 반쯤 그을린 얼굴을 한 우린 그게 신호라도 되는 양 내일 보자는 인사를 하고 각자의 집으로 돌아갔다. 현관문을 닫는데 싱숭생숭한 기분과 함께 그만 다리에 힘이 풀렸다. 사람 일이란 어떻게 흘러갈지 모른다지만 정말 하루하루가 알 수 없는 일들의 연속이었다. 잘못된 길로만 나아가던 내가 이제는 타인의 삶에 도움을 주고, 그로인해 타인의 삶이 내 눈 앞에서 찬란하게 피어나기까지 하다니. 모든 것이 제자리로 돌아간다. 그 사실에 가슴이 벅차올라 온몸이 떨려왔다.

"돌아왔어요?"

유안이 현관문에 기대서 엉거주춤 있는 나를 보고 조금 의아한 듯이 부엌에서 얼굴을 내밀었다. 그러고는 아무것도 못 봤다는 듯이 다시 고개를 돌렸다. 나지막한 목소리가 다시 흘러나왔다.

"저녁 다 되어가요."
"아버지는요?"
"오늘 늦는대요. 먼저 저녁 먹고 있으라고 하더라고요."
"알겠어요."
"무슨 일 있나요?"
"아뇨. 아무 일도 아니에요."
"전에 그리다 만 그림, 방에다 두었어요."

우리 두 사람은 더 이상 아무 말도 하지 않았다. 그저 통통통 파써는 소리만이 부엌에서 흘러나오고 있었다. 신발을 벗고 나는 홀린 듯 방으로 향했다. 캄캄한 방 안에 불을 밝히니 이젤 위에 미치도록 그립고, 밉고, 그리고 가장 아꼈던 유안의 스케치가 놓여 있었다.

"아…."

그림 속의 유안은 지금과는 다른 사람처럼 보였다. 광대가 움푹 파져 있지도 않고 볼은 볼그스름했다. 선이 부드럽지만 얼굴에는 지혜가 담겨 있었다. 내가 그때 본 유안은 이렇게 생겼구나. 분명 유안이 내게 준 사진은 그림과는 달랐을 것이다. 하지만 이게 바로 내가 내 나름대로 그 사진을 해석한 방식이었다. 지금 그리라면, 전혀 다른 그림이 탄생하겠지.

"그려봐요. 손 가는 대로, 마음 가는 대로. 난 당신이 어떤 그림을 그려도 다 받아들일 준비가 되어 있어요."

식탁 앞에서 유안은 그렇게 말했다. 그리고 금방 날씨로 화제를 돌렸다. 우리 사이에는 어색함이 아직 남아 있었고 세월이 흘러도 사라지지 못할 깊은 슬픔이 배어 있었다. 우린 그것을 지우려고도, 모른 척하려고도 하지 않았다. 그저 쏟아지는 모든 감정에 솔직해지고 서로 상처받고 괴로워하며 잔잔히 살아가기로 했다. 그게 우리들의 속죄하는 삶의 방식이었다.
대화는 자주 끊겼다. 예전처럼 날 선 분위기는 아니었지만, 가슴 아린 쌉쌀한 바람이 어디선가 계속 불어왔다.

∴

세상일이 늘 생각대로만 굴러가지 않는다는 건 나도 알고 있다. 그래도 그렇게 사전 작업까지 나름대로 치밀하게 밀어붙였는데, 아

무래도 깔끔하게 정리되는 데는 역부족이었나보다. 2학기 개학식이
끝난 직후 대부분의 학생들이 가방을 싸고 집으로 돌아갈 준비로
여유로움을 만끽할 무렵이었다. 그 평화로움 사이로 이연의 반에서
싸움이 났다는 소식이 청천벽력처럼 나와 신우의 귀에 들려왔다.

"야야, 4반에서 싸움 났대."
"무슨 일인데?"
"수이가 이연이한테 소리 지르고 난리 났다는데?"

쾅 하고 신우가 가방을 떨어뜨렸고 난 순간적으로 눈앞이 아찔해
졌다. 우리 두 사람은 굳은 표정으로 곧장 이연의 반으로 뛰어갔다.
불행하게도 복도는 이미 소문을 듣고 몰려온 다른 반 학생들로 아
수라장을 이루고 있었다. 신우가 앞장 서서 아이들 무리를 제치는
데 찢어질 듯한 고음이 귀를 울렸다. 덜컹하고 심장이 나가 떨어지
는 듯한 기분에 까치발을 들어 고개를 쭉 빼니 내 앞을 가로막고
있는 두 열의 학생들 무리 앞으로 씩씩거리는 수이와 그런 수이를
바라보고 있는 이연이 보였다.

"내 말 좀 믿어달라고!"
"이제 거짓말 좀 그만해."

얼핏 보기엔 수이를 감싸고 있지만 정확히는 수이를 심문하기 위해 몰려 있는 여자애들이 수이와 이연을 적대적인 눈으로 번갈아 노려보고 있었다. 이연은, 내 예상과는 다르게 그 어느 때보다도 담담하고 고요한 얼굴로 수이를 바라보고 있었다. 사람들에게 원형경기장처럼 둘러싸여 있음에도 이연은 어떠한 동요도 하지 않았다.

"어떤 상황인 거야?"

내가 급하게 옆에 있던 다른 반 친구에게 묻자 복잡한 듯이 머리를 긁적이더니 입을 열었다.

"전수이가 정이연한테 학교 끝나고 얘기 하자고 그랬나봐. 그런데 그걸 보고 여자애들이 무슨 일이냐고 그래서 전수이가 자신이 정이연한테 너무했던 것 같아서 사과하려 한다고 말했대. 그러니까 여자애들이 사과할게 뭐가 있냐고, 혹시 자기들한테 거짓말 친 거 있냐고 유도 심문을 했나봐."
"유도 심문?"
"그러니까 전수이가 놀라가지고 정이연한테 다 뒤집어씌우는 것처럼 말하고 있어. 누구 말이 맞는지 모르겠지만."

그 말을 듣고 다시 이연을 바라보니 왜 이런 상황이 되었는지 납득이 갔다. 하지만 당연히 화가 나고 억울할 만한 상황에서, 기묘하게도 이연은 지금 수이가 발악하는 게 모두 이해가 간다는 듯이, 다 품을 수 있는 것처럼 평온한 얼굴로 수이를 대면하고 있었다. 내가 아는 이연은 여린 사람이었다. 하지만 지금 내 눈앞에 있는 이연은 제2의 서윤도, 벼랑 위에 내몰린 아슬아슬한 모습의 이연도 아니었다.

"수이야, 이제 그만해도 돼. 네가 아무리 말해도 지금 우리를 둘러싸고 있는 애들은 우리 말에 귀 기울여주지 않을 거야. 그냥 쟤네는 싸움이 벌어진 게 재밌을걸. 그냥 싸움 구경을 하고 싶은 거라고."

그 말에 수이는 진심으로 열받은 듯 악을 쓰며 이연의 말에 반박했다.

"너는 항상 그래. 남은 상관 안 하지? 어떻게 그렇게 태연할 수 있어?"
"내가 그래서 한 번이라도 다른 사람들에게 민폐를 끼친 적 있어? 내가 남을 해코지한 적 있긴 해? 없잖아."

그 말에 왁자지껄하던 관중이 일순에 조용해졌다. 이연은 그런 반응에도 아랑곳하지 않고 자신이 하던 말을 계속해나갔다.

"더불어 살아가는 것 좋지. 난 충분히 그건 잘 해나가고 있어. 하지만 너는 셀 수 없이 많은 사람들로부터 부족한 애정을 채워 담으려고 하니까 외로운 거야. 너 사실 지금도 나한테 사과하고 싶잖아? 네가 이렇게 남들 눈치 보면서 날 욕하지 않아도 넌 충분히 사랑받을 수 있어."

"너 수이한테 그딴 식으로 말하지 마."

수이 곁에 있던 한 여자애가 이연에게 톡 쏘아붙였지만 이연은 그저 그 애를 담담히 응시할 뿐 화를 내지도 반박을 하지도 않았다. 지금 이연은 그저 올곧게 수이만을 위해 말하고 있었다.

"넌 내가 학교에 들어와서 처음으로 나한테 말을 걸어준 사람이야. 참 고마워하고 있어. 신우나 지한이를 제외하면 내게 그렇게 다가와준 사람이 없었거든."

"감성팔이 하지 마."

"수이야, 너는 왜 네가 나한테 말한 비밀을 아무한테도 얘기 안 할 거라고 확신해?"

그 한 마디에 수이가 얼어붙은 듯 굳어버렸다. 또한 수이의 근처를 맴돌던 무리도 수이에게 의심스런 시선을 던졌다. 이 사실은 나도 신우도 이연에게 듣지 못했던 내용이었다.

"너는 이미 내가 그럴 사람이 아니라는 거 알았잖아. 그래서 맘대로 나에 대해 헛소문을 퍼트렸던 거고. 그래도 난 너한테 말 한 마디 안 할 걸 아니까. 그리고 그 정도로 날 잘 알고 있다면 내게 진심으로 사과하면 내가 그걸 기쁘게 받아주리란 것도 알 거라고 생각하는데."

이연은 자신의 옆에 내려둔 가방을 다시 걸쳐 멨다. 그와 함께 주변을 살피던 수이의 얼굴이 파랗게 질렸다. 모든 사람들이 이연에게 집중하고 있었다. 그리고 그 관중 속에는 나와 신우 또한 포함되어 있었다.

"하지만 만약에 내가 저 애들한테 네 비밀을 말했으면 어떻게 됐을까? 생각해본 적 없어?"

"넌 뭐가 그렇게 떳떳해?"

"항상 고개 숙이고 가만히 있던 내가 이렇게 당당하게 말하고 있으니 낯설게 느껴지지? 난 지금까지 내가 혼자인 줄로만 알았어. 하지만 이제 날 전적으로 지지해주는 사람들이 둘이나 있다는 걸 알게 되었고, 그 덕에 이렇게 네게 말할 수 있게 된 거야. 너는 못 가진 진짜 친구. 그래서 그런 진짜 친구조차 없는 네가 하나도 무섭지가 않아."

잠시 말을 끊고 있던 이연이 다시 말을 이었다.

"물론 불안하지 않다면 그건 거짓말이겠지. 이렇게까지 말했는데도 아무것도 변하지 않을까 봐. 그래서 내가 나를 더 싫어하게 될까 봐. 하지만 어떤 기회로 진심만이 모든 것을 해결한다는 걸 알게 되었거든."

이연이 잠시 숨을 골랐다. 목소리가 살짝 떨리고 있었지만 표정만큼은 굳은 확신을 담고 있었다.

"가만히 있으니까 날 마음대로 해도 된다고 생각했겠지만, 나도 감정이 있는 사람이야. 상처받는다고. 죽고 싶다고도 생각했어. 내가 반에 들어가자마자 싸늘해지는 공기, 경멸 어린 시선들, 엉망이 되어 있는 서랍장, 느껴지는 게 없었겠어? 어떤 때는 다음날 학교에 가지 않아도 될 이유를 만드느라 잠도 이루지 못했다고. 내가 무언가를 잘못했으면 모르겠는데 도무지 난 잘못한 게 없더라고. 생각해보니 내가, 니들의 괴롭힘에 괴로워할 이유가 단 하나도 없었어."

이연이 수이를 둘러싼 무리를 주욱 둘러보았다. 이연과 눈이 마주치는 동공들이 살짝씩 흔들렸다. 침묵이 내려앉은 가운데 여자애들 사이로 날카로운 목소리가 튀어나왔다.

"네가 그렇게 억울했으면 진작에 오해를 풀었으면 됐을 거 아냐. 왜 이제 와서 말을 바꾸려 하는데?"

이연은 목소리가 튀어나온 곳을 응시하는 대신 수이를 바라봤다. 두 사람의 시선이 얽혀들고 묘한 긴장감이 흐르는 가운데 이연이 먼저 입을 열었다.

"미련하게 들릴지 모르지만 난 네가 끝까지 곤란한 상황에 처하지 않길 바랐어. 네가 헛소문을 퍼뜨릴 때도 나는 너를 믿었어. 그럴 리가 없다고 생각했거든. 난 네가 처음 베풀어줬던 친절과 배려를 잊지 못했어. 그래서 네가 그런 소문을 퍼뜨렸다고 생각하고 싶지가 않았어. 너를 믿고 싶었거든."

"지금 이 얘기를 해서 뭐가 달라지는데?"

"난 네가 아직도 좋은 사람이라고 믿어. 여전히 나는 나한테 다정하게 대해준 너를 생생하게 기억해. 그게 진짜 네 본심 아니었어? 가십거리로 인기를 끌어모으고, 관심을 받기 위해 나를 밑바닥까지 끌어내리는 건 네 본심이 아니잖아."

"잘난 척하지 마."

수이가 씩씩거리면서 이연을 향해 다가갔다. 하지만 이연은 고요하게 그런 수이를 안쓰럽다는 듯이 바라볼 뿐이었다. 수이도 순간 주춤하며 뒤로 물러났는데 난 그 순간에 수이의 얼굴에서 깊은 후회를 읽을 수 있었다. 수이는 후회하고 있었다. 일을 이렇게 키운 자신을, 그리고 신우와 나로부터 그만한 충고를 들었는데도 변화하지 못한 자신에 대해서도 화가 나 있었다. 천성의 약함이 고스란히 드러나는 표정에 괜시리 가슴이 시렸다. 수이가 불쌍해졌다. 이연도 같은 걸 느끼고 있었는지 표정을 풀고 말을 이어갔다.

"수이야."
"왜."
"나 너 이제 원망 안 해."
"…뭐?"
"나 너 용서할 거니까."
"누구 맘대로 용서를 해? 난 잘못한 거 없어."
"너는 진심으로 나한테 사과하고 싶지 않아? 마지막 기회야. 수이야."
"그러니까 난!"
"난 있잖아, 진심으로 사람을 대하는 걸 좋아해. 그만큼 상처받고 배신당하면 잘 회복하지 못하지만, 그래도 한번 신뢰한 사람은 끝까지 신뢰해. 너는 너를 끝까지 신뢰해줄 수 있는 사람을 잃고 싶어? 아니면 허울뿐인 가짜 친구들만 곁에 잔뜩 둘래?"

그 말을 끝으로 이연은 가방을 마저 메고 군중들을 제치고 유유히 자리를 떠났다. 이연은 자신이 뒤집어쓴 누명을 벗으려고도 하지 않았고, 구차한 변명을 늘어놓지도 않았다. 단지 자신의 진심만을 말하고는 자리를 떴을 뿐이었다. 이연의 새로운 모습에 관중들은 모두 얼얼한 표정을 하고 있었고 그건 수이도 마찬가지였다. 관중들은 자극적인 욕설이 오갈 것이라 예상했다가 김샜다는 기색을 드러내며 뿔뿔이 흩어졌지만 그 틈새로는 이연을 옹호하는 말들도 간간히 나오고 있었다. 물론 수이를 감싸고 있던 여자애들 무리는 분통을 터트리며 길길이 뛰고 있었지만.

나와 신우를 제외하고도 이연의 진가를 알아봐주는 사람들이 등장했다는 사실에 당사자가 아님에도 뿌듯한 마음에 가슴이 일렁였다. 심장박동은 감정과 연결되어 있음이 분명하다. 쿵쿵 심장 소리가 귓가에서 울리며 자꾸만 북소리를 냈다. 축하한다는 듯이, 기뻐하자는 듯이 말이다. 신우도 이연을 두둔하는 목소리를 들었는지 한껏 격양된 얼굴로 내 쪽을 쳐다봤다.

하지만 그 무엇보다도 내 가슴을 뛰게 만든 것은 이연이 서윤의 그림자로부터 완전히 벗어났다는 사실이었다. 이미 이연은 서윤과는 완전히 다른 길을 걸어가고 있었다. 방금 이연이 수이에게 한 말로 충분히 알 수 있었다. 이연은 나와 같은 징크스 속에 휘말리지도 않을 것이고, 수이로 인해 더 이상 상처받지도 않을 것이다.

그녀는 비극적인 사람이 아닌, 행복하게 사랑을 받고 사랑을 베푸는 사람이 될 것이다.

'이걸로 충분한가?'

서윤을 닮은 사람을 구했다. 이연이 다른 삶을 살 수 있도록 잘 인도했다. 그걸로 계속 느껴왔던 답답함이 해소되어야만 할 텐데, 이상하게도 아직도 무언가가 부족했다. 가장 중요한 무언가를 놓치고 있다는 생각이 은연중에 자꾸 떠올랐다. 무엇 때문일까. 이연의 삶을 행복으로 돌려놓았고, 이제 속죄하며 살아가기만 하면 되는 건데. 왜 이리도 아쉬운 기분이 들지?

"지한아, 이연이 쫓아가야 하지 않을까?"
"그렇긴 한데, 보니까 수이가 이연을 따라간 것 같아. 우린 한 10분 후에 집 쪽으로 가자. 어차피 이연이랑 같은 단지니까."

신우는 내 말에 고개를 끄덕이고는 복도 벽에 몸을 기댔다. 그러고는 까마득하게 잊고 있었던 이야기를 꺼냈다. 복도 창문을 통해 나뭇잎이 바람에 실려 왔고 매미 소리에 정신은 아득했다. 개학날 오후의 황금 같은 휴식 시간을 폐차기 위해 삼삼오오 뭉쳐서 학교를 빠져나간 아이들 덕분에 우리 주위에는 아무도 없었다. 아련하고 평화로운 그 시각에 신우는 이야기를 시작했다.

"예전에 해준 이야기 기억나?"

"무슨 얘기?"

"전생에 자신을 죽인 살인자를 지목해서 복수를 완성한 꼬마 이야기. 그러고 나서는 과거의 기억을 다 잊어버리고 평범한 꼬마로 돌아왔다고 했지."

"아, 기억나. 아주 생생하게."

"그거 비하인드스토리가 있어."

"그런 이야기에도 비하인드스토리가 있어?"

"응. 그 애가 전생의 기억을 잊어버리게 된 진짜 이유는 살인자를 감옥에 집어넣어서 복수를 완료했기 때문이 아니래."

"그러면?"

"그 후에 직접 살인자를 면회해서 그 사람을 용서했기 때문에 전생의 기억을 놓아줄 수 있었던 거래."

"복수가 아니라고…?"

"응. 그 사람을 용서했기에 떠날 수 있었대."

그 말을 듣는 순간 뎅 하고 머리에 종이 울렸다. 신우의 목소리가 메아리처럼 계속해서 머릿속에 울려 퍼졌다. '용서했기에', '용서했기에', '용서했기에'. 오랫동안 찾아 헤맨 마지막 퍼즐 한 조각을 찾

은 것처럼 모든 의문들이 실타래 풀리듯 풀려 나갔다. 정답은 지극히
도 단순했고 가까이에서 조용히 숨죽이고 기다리고 있었다. 지금까
지 왜 그리도 가슴이 아렸는지, 왜 그리도 마음이 허했는지 이제는
알 것 같았다. 그 사실을 깨닫자 눈앞이 희뿌옇게 되면서 예상치도
못한 눈물이 줄줄 흘렀다. 두근두근 심장이 뛰었다. 지금까지 계속
내 가슴 한켠을 짓누르고 있던 정체 모를 중압감이 소리 없이 사라
지는 것 같았다. 내가 다시 이곳으로 돌아온 이유는 속죄를 위한 것
이 아니었다. 다시 새로운 삶을 부여받은 이유는… 아아, 그래.

"용서하기 위해서였구나…."
"지한아, 울지 마. 왜 울어!"
"고마워…. 고마워 신우야."

그토록 찾아 헤맨 내 삶의 이유가 이 어린 친구의 한 마디 말에
모두 있구나. 샤워를 할 때마다 배수구를 막은 것은 복수심에 똘똘
뭉친 머리카락도, 내 속에서 나가떨어진 잡념도 아니었다. 그저 용
서하고 싶다는, 내 속에서 차마 불 밝히지 못한 따뜻한 마음이었
다. 난 그 때묻지 않은 마음을 항상 거절하고 모른 척했다. 내 그림
자 뒤편에 꽁꽁 숨겨두고 그걸 찾아 헤맸다. 그리고 지금에서야 겨
우 뒤돌아 어둠 속에서 오들오들 떨고 있던 나의 가장 선한 마음을
발견할 수 있었다.

"신우야, 지한아."

저 멀리서 이연이 우리 쪽으로 손을 흔들며 다가오고 있었다. 쉴 새 없이 흐르는 눈물 탓에 이연의 얼굴을 자세히 볼 수 없었지만 이연의 얼굴은 평화로워 보였다. 용서한다. 모든 것으로부터 해방될 수 있다면 난 이제 유안을 용서하겠다. 하지만 과연 나 자신을 용서할 수 있을까?

"너희 둘 덕분에 수이랑 잘 이야기했어. 어, 지한이 왜 울어!"
"신경 쓰지 마, 그나저나 수이는 뭐래?"
"진심으로 나한테 사과했어. 그래서 용서해줬어. 사실은 그 애가 내게 잘못했다고 하기 전에 나 혼자 그 애를 먼저 용서하고 말았지만."
"어떻게 그럴 수 있었어? 안 미웠어? 넌 수이에게 괴롭힘당한 당사자잖아."

그러자 이연이 내가 지금껏 들었던 말 중에서 가장 근사한 말을 했다. 여름이 이연의 말을 기억했다가 계절이 시들고 다시 자신의 계절이 돌아올 때까지 바람에 신고 다녔으면 좋겠다 싶을 정도로 소중한 말이었다.

"내가 수이를 용서할 수 있었던 이유? 의외로 간단해. 내가 아프기 싫으니까. 날 아프게 하고 싶지 않으니까. 난 나를 사랑하는 걸. 병실에서 너희들이 내게 용기를 북돋아주고, 내 곁에는 항상 너희들이 있을 거라고 얘기해준 뒤에 깨달았어. 너희가 날 얼마나 위해주는지 알게 되니까 나란 사람 자체가 굉장히 소중하게 느껴지더라고."

"무슨 의미야?"

"그러니까, 남을 미워하는 게 세상에서 가장 힘든 일이라는 걸 알았어. 남을 미워하고 원망하면 그걸 계기로 살아갈 순 있을지 몰라도, 절대로 행복한 사람은 될 수 없어. 내가 수이를 용서한 이유는 다름 아닌 나를 위해서야. 난 행복한 사람으로 쭉 남아 있고 싶거든. 마음고생 하고 싶지 않고 미움에 내 에너지를 쏟기도 싫어. 그래서 용서했어. 나, 사실은 아버지한테도 용서한다고 말했다? 그 후로 아버지는 더 이상 엄마를 무섭게 하지 않아. 그건 내가 아버지를 진정으로 용서했기 때문이 아닐까."

"그러니까 너는 네가 괴로워지는 걸 바라지 않아서 용서했다는 거야?"

"미움은 나에게 독이 될 뿐이야. 마음을 빈 병이라고 치고 병따개를 용서라고 한다면, 미움은 탄산이 가득한 액체야. 흔들린 병 안에 미움이 가득 차 있으면 펑 하고 터져나올까봐 병따개로 따기가 점점 무서워질 수밖에 없어. 하지만 잠시만 참으면 돼. 그 병따개를 따고 나면 미움의 가스는 전부 사라질 테니까. 그럼 그 병 안에 다

306

른 근사한 것들을 채울 수 있잖아. 상대방을 용서하지 않으면 병 속은 이미 증오로 가득 차서 다른 것들을 넣을 수 없어."

"사람은 끝없는 고통에서 벗어나 행복해지기 위해 용서하는지도 몰라. 분명 전생의 기억을 가진 그 남자도 슬픔으로부터 해방되기 위해서 살인마를 용서했겠지?"

신우가 마치 무언가를 아는 듯 내 등을 토닥여주며 그렇게 덧붙였다. 여름날 고마운 사람들에게 둘러싸여 알게 된 삶의 이유는 그 무엇보다도 따스하고 가슴 저리는 감동이었다.

"늦게 왔네요."

공원에서 홀로 몇 시간을 서성이다 집에 돌아왔을 때는 이미 저녁 시간이 훌쩍 지나 있었다. 계속되는 야근으로 아버지는 오늘도 늦게 오신다고 했고 유안은 집에서 혼자 나를 기다리고 있었다. 공원에서 나는 이제부터 전하려는 말이 불러올 파장에 대해서도 생각해보았고 그것이 나를 어떻게 바꿔놓을지에 대해서도 고민했다. 나의 기억도 그 이야기 속의 소년처럼 사라져버리려나? 더 이상 미련도, 아쉬움도 없다면 사라지는 것도 괜찮겠지. 하지만 역시 슬픈 것은 어쩔 수 없네. 아무리 고통스러운 기억이라도 그 기억을 잃고 싶지는 않은데. 그럼에도 유안을 용서하고 모든 것으로부터 자유로

위질 수 있다는 것은 그 무엇보다도 근사한 일 같았다. 나는 지금 그토록 근사한 순간을 맞이하기 위한 마지막 단계를 밟고 있다. 눈물범벅이 될 수도 있고, 미소가 만면할 수도 있겠지. 길고 긴 악연을 끊기 위해서, 그리고 오랜 기간 헤매다 찾은 진짜 삶의 이유를 유안에게 알려주기 위해서 난 천천히 운을 뗐다. 떨리는 목소리가 공기 속에서 흔들렸다.

"유안 씨."

유안이 뭔가 심상치 않다는 것을 느꼈는지 이쪽을 돌아봤다. 그녀는 여전히 거식증 환자처럼 말라 있었고 머리는 새하얗게 새어 있었다. 이젠 나도 그녀도 서로를 놓아줄 때가 된 것이다.

"사실 내 주위에 서윤을 꼭 닮은 사람이 있어요. 그래서 나, 그 사람의 인생을 어떻게든 바꿔보려고 노력했어요."

내 말에 유안은 모든 것을 다 받아들이겠다는 표정으로 나를 보았다. 어떤 말을 듣게 된다 한들 더 이상 슬플 일이 있을까.

"그 사람은 다행히 서윤과는 정반대의 행복한 삶을 살게 될 거예요. 하지만 과거의 나를 닮은 사람을 통해 저 역시도 전혀 예상치 못한 것을 깨달았어요."

　손이 파들파들 떨려왔다. 이 한마디가 뭐가 그리 어렵다고 몸이
잔뜩 긴장해 있나? 한참을 침묵하는 나를 보며 유안 역시 말없이
기다려주었다.

　"바로, 용서예요."

　그 말을 하며 난 그녀의 눈을 마주보았다. 최대한 곧게 믿음을 실
어 유안과 눈을 마주쳤다. 유안의 두 눈은 벌써 반쯤 붉어져 있었고
내 말의 진정한 의미를 이해하려 애쓰고 있었다.

　"서윤을 닮은 그 친구가요, 용서를 했어요. 자신의 믿음을 배신한
사람을 용서했어요. 그 이유가 뭐냐고 물으니까 뭐라는 줄 아세요?
고통에서 벗어나고 싶어서 그랬대요. 자신을 사랑해서, 더는 자신이
아픈 것을 두고 볼 수 없기 때문에 타인을 용서했어요. 미움은 쌓이
면 독밖에 되지 않으니 그 마음을 비우고 더 아름다운 것들로 채워
가고 싶어서 용서했대요."

　"흐윽…. 흑…."

여름밤의 나른한 미풍이 집 안으로 흘러 들어왔다. 비록 미풍이지만 그 미풍에는 지난날의 괴로운 기억과 쌓여온 원한을 모두 몰고 나갈 힘이 있었다. 바람에 유안의 머리칼이 흔들리는 것을 보며 말을 이어갔다.

"그래서 유안 씨를 용서하려고요. 내가 서윤으로서 계속 살아 있었더라면, 그래서 그 친구처럼 곁에서 나를 믿어주는 사람이 있었더라면 분명 같은 결정을 내렸을 테니까요. 서윤과 똑 닮은 사람이 내린 결론이 용서였고, 그걸로 그 친구가 행복해졌으니 내가 유안 씨를 용서해야 과거의 나도 분명 행복한 사람으로 기억될 수 있겠지요."

그 순간 울고 있던 유안이 무너지듯 내 앞에 무릎을 꿇었다. 크리스마스트리 아래 유안이 누워 있던 그날 이후 다시는 돌아갈 수 없는 어린 시절의 마지막을 장식했던 이곳에서, 유안이 뼈만 남은 처참한 모습으로 흐느끼며 말했다.

"용서해주세요."

유안의 그 짧은 한 마디 말에 마음속에서 홍수가 터졌다. 끝끝내 닫고 있던 제방이 무너지면서 온갖 감정들이 뒤섞여 눈물로 쏟아져 내렸다. 나는 나를 사랑한다. 그러므로 용서해야 한다. 더 이상 내가 미움에 이끌려 다니지 않고 나의 의지로 살아갈 수 있도록, 전생의 삶을 끝내고 영원한 안식을 취할 수 있도록.

"네…. 유안 씨. 유안 씨를 용서하고 나 자신도 용서를 해야지요.
그러나 나는, 나를 위한 용서보다 진심으로 유안 씨를 용서하고 싶어요."

순간 내가 지난날 겪었던 일련의 일들이 영화의 한 장면처럼 차례차례 눈앞에서 흘러갔다. 그중에는 유안과 함께했던 옛 추억도 있고, 신우와 이연과 함께 했던 시간도 있었다. 몇 년의 기억들이 스쳐 지나간 뒤에는 마지막으로 말갛게 웃고 있는 서윤의 모습이 보였다. 내가 그토록 보고 싶어 했던 행복한 내 모습을 보고 있자니 가슴이 저며 와서, 터질 것만 같아서, 울지도 못하고 그저, 그저 두 손을 허우적거릴 수밖에 없었다. 그리고 그런 나를 향해 내 앞에 있는 행복한 내가 조용히 속삭였다.

"고마워. 날 행복한 사람으로 만들어줘서."

아름다운 어느 여름날, 몇 년을 이어온 유안과 나의 끔찍한 악연은 끝이 나고 알 수 없는 미래의 바람이 우리 사이로 불어 들어왔다.

Epilogue

"신우야, 한국 도착했어?"

"응. 이제 공항 리무진 타고 집에 들어가고 있어."

"이연이랑 수이는?"

"둘 다 뒷좌석에서 잘 자고 있어. 오는 비행기 안에서 내내 네 작품 얘기만 해서 귀에 못 박히는 줄 알았다."

"영국까지 와줄지 몰랐어. 정말… 고마운 게 너무 많아. 너희한 테는."

"뭘, 오히려 우리가 전 세계에 대서특필되는 위대한 화가를 뵙게 되어 영광이었지."

신우의 목소리는 오랜 비행으로 인해 꽉 잠겨 있었지만 어느 때보다도 활기찼다. 그도 그럴 것이 나 혼자 대학을 영국으로 오는 바람에 이렇게 우리 네 사람이 함께 뭉치는 건 정말 드문 일이었다.

"오늘이면 전시 끝이네. 다시 한 번 축하한다! 한국 신문에도 온통 너랑 네 전시회 사진으로 도배되어 있어."

신우와의 전화를 끊고 전시관을 돌고 있자니 이번 전시회를 여는 데 가장 크게 도움을 준 대학 동기가 내 쪽으로 다가와 말을 걸었다.

"'감정을 그리는 화가'라니. 크, 그래. 네 작품은 하나하나 의미가 없는 게 없지. 감정이 너무 격하게 느껴져서 보는 사람이 경기를 일으킬 정도니까. 네가 직접 겪어보고 그리는 건 아닐 텐데, 얼마나 깊은 슬픔을 느끼면 이런 그림을 그린대? 난 죽었다 깨어나도 못 그리겠다."
"뭐, 죽었다 깨어나면 그릴 수도 있지."
"지금 그걸 농담이라고 한 거야?"

동기는 성공적인 전시회에 대한 극찬을 수다스레 늘어놓고는 다른 코너 쪽으로 발걸음을 옮겼다. 넓은 전시관을 슥 둘러보고 있자

니 유안과 처음 만났던 전시관이 문득 떠올랐다. 그때는 지인들 외
엔 관람객도 거의 없는 전시회였는데, 지금은 몰려드는 관람객 때
문에 줄을 서야 하다니….

'많은 것이 변했다.'

생각해보면 내가 유안을 용서한 그날로부터 참 오랜 세월이 지
났다. 가장 놀라운 사실은 기사 속의 그 꼬마와는 달리 난 유안을
용서했음에도 전생이 사라지지 않고 그대로 남아 있었다는 것이
다. 그 사실에 얼마나 안도했는지. 나는 그것을 신이 준 새로운 삶
이라고 여기고 내가 원하는 대로 살아보기로 결심했다.

유안을 용서한 뒤로는 그녀를 봐도 끈끈이처럼 남아 있던 가슴
의 시큰거림이 더 이상 느껴지지 않았다. 이연이 말한 대로 미움을
쏟아낸 가슴은 새로운 감정들을 받아들이느라 분주했고, 과거의
상처는 잘 아물어 옛 기억이 되었을 뿐이다. 물론 유안과 고통 속
에서 허우적대던 나날들을 헛되다고 생각하진 않는다. 유안을 죽
도록 미워했던 그 시간들이 없었더라면 제대로 된 용서도 하지 못
했을 테니까.

유안은 내게 용서를 받고서도 쉽게 편해지려 하지 않았다. 그리고
한참을 자신의 인생에 대해 고민한 후에 한 가지 결론에 도달했다.

"나는 나를 사랑하는 방법을 몰랐어요. 그래서 다른 사람을 사랑할 줄도 몰랐어요. 스스로를 사랑할 줄 모르면 스스로를 용서할 수도 없어요. 용서 자체가 사랑에 기반 해서 생기는 거니까."

내가 유안에게 용서한다는 말을 하고 난 어느 날 유안은 식탁에서 중대 발표를 했다. 혼자서 배낭여행을 하고 싶다는 거였다. 아버지는 처음에는 크게 반대하며 혹시 자신에게 불만이 있거나 건강에 문제가 있는 거냐고 캐물었지만 유안은 시종일관 차분한 얼굴로 그저 스스로를 돌아보고 싶다고 말했다. '다시는 부서지고 싶지 않다.' 이 말이 아버지의 마음을 돌려놓은 결정타였다. 유안은 내 정체를 알게 된 후 몸과 마음이 한 번 산산조각 났었다. 아버지는 그것을 다만 우울증이라고 생각했지만, 그 나름대로 유안에 대해 심각하게 걱정했다. 또다시 유안의 그런 모습을 보고 싶지 않았던 아버지는 결국 유안을 보내줄 수밖에 없었다.

아버지는 내 진짜 정체를 지금까지도 모른다. 물론 유안의 과거도. 나는 이 무고한 가장이 끝까지 자신의 가정을 화목하고 행복한, 그리고 자랑스러운 아들을 둔 문제없는 가정으로 알아주길 바란다. 고통이란 세상에 덜 내려앉을수록 좋은 거니까.

유안은 탄생 자체가 형벌인 곳으로 떠났다. 어느 날에는 그곳이 아프리카 중부의 외딴 마을이 되었고, 어느 날은 네팔의 고산지 마을이었다. 그녀는 자신이 살아 있다는 것조차 인정하고 싶지 않은 듯 그곳의 어린아이들을 돌보는 데 모든 에너지를 쏟아붓는 것 같았다. 때때로 엽서나 이메일을 보내오기도 했다.

어느 날 그녀는 이제 조금씩 스스로를 사랑하기 위해 노력하고 있다고 엽서를 보내왔다. 떠나온 이유에 대해서도 썼다. 용서받기 전에는 어떻게든 버텨보려고 했지만, 막상 내게서 용서라는 말을 들은 뒤에는 한시도 집에 있을 수가 없었다고 했다. 무엇보다 스스로를 용서할 수가 없었다며 내게 여전한 속죄의 마음을 알렸다. 용서해줘서 고맙다는 말로 편지는 마무리됐다.

유안은 이미 충분한 죗값을 치렀고, 나는 그녀가 돌아오면 언제든지 맞이할 준비가 되어 있었다. 하지만 그녀가 마지막으로 보낸 엽서를 봐서는 아직 돌아올 기미가 보이지 않았다. 그 엽서마저도 한참 전부터 끊겨 현재로서는 유안이 어디 있는지조차 모르는 상황이었다.

중학교를 졸업하고 나는 예술고등학교가 아닌 일반고등학교에 진학하게 되었다. 예고에 지원하긴 했으나 수상 경력이 부족한 탓에 떨어지고 말았다. 만약 내가 서윤일 적에 그렸던 유안의 스케치를 공모전에 내고, 그 작품으로 수상을 했더라면 예고에 합격했을지도 모르겠다. 하지만 그 그림을 결코 공모전에 낼 수는 없었다. 주변에서 대상감이라고 부추겼지만, 나는 이상스레 그 그림을 혼자만 간직하고 싶었다.

고등학교에 들어가면서 수이는 이연과 항상 함께 다녔고 신우는 공부에 매진하면서도 등하교는 꼭 우리 세 사람과 함께했다. 눈부신 우리의 한때는 눈 깜짝할 사이에 지나가버렸고, 우린 각자 다른 대학에 들어갔다. 해외의 미대에 진학한 나는 교수님의 총애를 받는 젊은 인재로 거듭나게 되었다. '감정을 그리는 화가'도 그때 얻은 타이틀이었다. 아이러니하지 않은가. 분명 서윤과 같은 길을 걷고 있는데 삶이 이렇게 다르다니.

"자네는 감정 표현이 정말 탁월하네. 그림이 아니라 말을 하고 있는 것 같아."

'미래를 여는 영 아티스트'라는 그룹에 참여한 뒤로는 세계적인 유명 아티스트 단체의 눈에 띄어 세계 각국을 돌아다니게 되었다. 그러기를 몇 년, 이제는 세계 어느 나라에서나 개인전을 열 수 있을 정도의 명성을 얻었다. 사람들은 내 전시회에 와서 울고 웃고, 치유받았다. 내가 그림을 그리는 이유는 간단했다. 나 자신에 대한 반성인 동시에 제3, 제4의 서윤이 내 그림을 통해 자신의 감정을 이해하고 세상 속으로 나아갈 수 있게 하는 것이다. 사랑을 주지도, 받지도 못하는 비극적인 사람은 서윤 한 사람으로 충분하다. 나는 그저 다른 사람들이 그와 같은 경험을 하지 않고 행복하게 살아가길 바랄 뿐이다.

"이제 슬슬 정리하자."

전시관을 닫기 위해 밖으로 나가려는데 입김을 타고 하얀 눈 결정이 춤을 추듯 눈앞에서 살랑이며 사라졌다.

'눈?'

겨울이긴 했으나 맑은 날이어서 눈은 기대하지도 않았는데. 그런 예측을 깡그리 무시하듯 하늘에서는 함박눈이 내리고 있었다. 검은 밤하늘 위를 수놓는 눈송이가 별바다 같았다. 감상에 빠져 멍하니 하늘을 보고 있는데 누군가가 다가오는 기척이 느껴졌다.

"아아아!"
"오랜만이에요."

두 눈동자가 확장하며 눈 앞에 있는 상대를 쳐다보았다. 새하얀 백발, 여전히 마른 얼굴, 그리고 한쪽으로 단정히 묶은 머리.

"유안 씨…!"
"뉴스 본 후부터 부랴부랴 준비해서 비행기를 탔는데, 다행히 늦지 않은 모양이네요."

유안이 희미하게 웃었다. 내 눈 앞에 있는 유안이 허상은 아닐까 싶을 정도로 첫눈은 몽환적인 분위기를 연출하고 있었고, 주위는 고요했다. 이것이 진정 꿈은 아니겠지. 유안의 얼굴을 보고 있자니 가슴이 터져 죽을 것 같았다. 자글자글한 눈 주름은 유안이 겪어온 세월을 그대로 나타내고 있었다. 그럼에도 유안 특유의 분위기만은 변치 않은 채 그대로 살아 있어서 세월의 흐름이 하나도 느껴지지 않았다. 순간 그립고 사무친 마음에 왈칵 눈물이 솟았다.

"이 전시회 때문에 갑자기 일정을 바꾼 거예요?"
"네. 이 전시회는 꼭 봐야할 것 같아서요….."
"이제는 집으로 돌아오세요."
"아직 할 일이 남아 있어요. 때가 되면 돌아가겠지요."

유안은 다른 사람의 얘기를 하듯 독백처럼 이 말을 마치고는 만감이 교차하는 듯한 표정으로 잠시 나를 보았다. 유안을 안쪽으로 안내하고 전시관을 쭉 둘러보는데 데자뷔처럼 옛 기억이 희미하게 내려앉았다. 분명 다른 장소, 다른 시간에 일어난 일임에도 마치 방금 일어났던 것처럼 익숙했다. 유안을 처음 만난 날의 기억이 났다. 그때도 그녀가 전시회 마지막 날의 마지막 관람객이었지.

"데자뷔, 이럴 때 쓰는 말이죠?"

달라진 게 있다면 이제 나는 감정에 솔직한 사람이라는 점과 유안은 자신을 사랑할 줄 아는 사람이 되었다는 사실이겠지. 전시관의 분위기는 온화하고 평화로웠다. 먼 길을 돌고 돌아 드디어 그리운 고향집에 다다른 느낌이었다.

"이 작품이 마지막 그림이에요."

밖에는 눈송이들이 세상을 온통 하얗게 칠하고 있었고 유안과 나는 마지막 피날레를 장식할 작품 앞에 서 있었다.

"이 그림은…!"
"유안 씨, 지금이라면 제목을 정해주실 수 있겠어요?"

질문을 하는 목소리가 덜덜덜 떨려왔다. 이 작품을 완성시킨 그 순간부터 오랫동안 유안에게 묻고 싶었던 말이었다. 유안은 한참을 마지막 작품 앞에서 돌처럼 굳어 있었다. 그러고는 기도하듯 두 손을 모아 이마에 대었다. 공모전에 내지 않고 몇 번이나 수정한, 유안이 내게 부탁했던 사진을 토대로 내 모든 것을 바쳐 그린 그림. 이 작품을 보고 열이면 열, 사람들은 눈물을 흘렸다. 그리고 그건 유안도 예외가 아니었다. 나 또한 이 작품을 완성시키며 얼마나 울부짖었던가. 내 인생과 유안의 인생이 전부 담긴 이 그림에는 우리들의 시간이 스며들어 있었다.

유안은 그렇게 오랜 세월을 헤매며 자신을 단죄하고도, 아직 흘릴 눈물이 남아 있는지 계속 흐느끼며 말했다.

"제목은…"

목이 메어 왔다. 나는 나도 모르게 두 눈을 꼭 감고 그림 위에 한 손을 얹었다. 그 손 위로 뼈만 앙상하게 남은 유안의 두 손이 내 손을 꼬옥 잡았다. 기억을 되찾고 나서는 한 번도 제대로 잡아보지 못했던 손이었다. 따스함에 눈시울이 붉어졌다. 뜨거운 눈물이 그녀의 두 손 위에 방울 되어 떨어질 무렵, 유안이 내게 겨우 들릴 만한 목소리로 조용히 속삭였다.

"제목은… 용서입니다."

말을 끝낸 유안의 두 눈동자 속에는 어떤 미련도, 애증도 남아 있지 않았다. 솜처럼 가벼워진 유안은 두 팔을 벌려 나를 꼭 안았다. 가슴이 터지도록, 여윈 두 손이 바스라지도록 그렇게 나를 안았다. 잔잔한 울림이 유안의 미처 터져 나오지 못한 울음으로부터 전달

되어 왔으나 그녀의 등을 한껏 끌어안는 것 외에는 아무것도 할 수 없었다.

전시회가 막을 내리고 하얀 눈 속으로 유안은 다시 떠나갔다. 이제는 언제 다시 만날지 모른다. 하지만 언젠가 때가 되면 다시 만날 수 있겠지. 점점 멀어지는 유약한 유안의 어깨를 바라보며 나는 나도 모르게 파동이 이는 가슴을 움켜쥐었다.

그로부터 한 달 후 나는 전시회 관계로 노을빛이 유난히 붉게 물든 뉴욕의 어느 거리를 걷고 있었다. 그때 내게 아버지로부터 그 어느 때보다도 간결한 문자 한 통이 도달했다.

"지한아. 엄마는 다시는 우리에게 돌아오실 수 없게 되었구나. 너무 보고 싶구나. 아들아."

그 짧은 문장은 내 두 발을 붙들어 그 자리에 우뚝 멈춰서게 했다. 눈물로 뿌옇게 흐려진 시야로 한참을 멍하니 멈춰선 채 같은 문장을 몇 번이고 다시 읽어내려 갔다. 그러나 내용이 바뀌는 기적은 일어나지 않았다. 주위에서 시끄러운 자동차 경적 소리가 울려대고 어디선가 거친 고함소리가 났으나 내겐 아무 소리도 들리지 않았다.

그 순간 어디선가 은은한 제비꽃 향기가 날아왔다. 나는 천천히 고개를 들어 주위를 둘러보았지만 어느 곳에도 유안은 보이지 않았다.

그로부터 며칠 뒤, 세기의 천재 화가의 대표작인 '용서'가 미술관이 아닌 그의 자택 안방에 걸리게 되었다는 보도가 나오면서 많은 팬들이 아쉬움을 토로했다는 기사가 짧막하게 실렸다.

표지 그림으로 풀어보는
작가노트

처음 작품을 구상할 때, 유안이라는 인물을 가장 먼저 설정했습니다. 이 소설은 유안이라는 인물을 뿌리로 삼아 쓴 셈입니다. 선명한 머릿속의 이미지를 좇아 이야기를 풀어나가다 보니 제 안에서 생생히 살아 있는 유안을 그림으로 표현하고 싶었습니다. 이것은 그 그림에 대한 이야기이자, 제 소설의 회화적인 해석입니다.

표지에 실린 그림 왼쪽의 여자는 소설의 1부에서 서윤과 만날 당시 유안의 모습입니다. 제 상상 속의 유안은 항상 숄을 걸치고 단정히 머리를 땋고 있는 이미지가 강했습니다. 차분하면서도 서윤이 기댈 수 있는 이미지의 여성을 상상하다 보니 이런 옷차림의 유안이 탄생하게 되었습니다. 그림 속 유안은 보호본능을 자극하는 아름다움을 가지고 있습니다. 신비로운 분위기를 풍기면서도 무너질 것처럼 유약해 보이죠. 서윤의 눈에 비친 유안은 이런 느낌의 여자가 아니었을까요.

현실을 직시하기엔 겁이 나고, 누군가에게 손을 뻗기에는 마음의 상처가 너무 깊은 유안은 그림 속에서 눈을 감고 두 손을 숨기고 있습니다. 그렇다고 해서 처절한 표정으로 울지는 않습니다. 자신의 감정을 억누르는 데 익숙한 유안은 그저 고요히 눈물을 흘릴 뿐입니다.

산양의 얼굴을 한 오른쪽 여성은 소설의 2부에서 지한의 눈으로 바라본 유안의 모습입니다. 순박해 보이지만 표정을 읽을 수 없는 산양은 서양에서 악마를 상징합니다. 서윤을 꾀어내 결국 죽음에 이르게 한 유안은 이 동물에 어울리는 악한 모습을 하고 있습니다.

유안이 산양의 얼굴을 하고 있는 데는 또 다른 의미가 있습니다.

326

서윤이 사랑했던 유안의 모습은 지한이 증오하는 유안의 모습과 차이가 큽니다. 깡마른 몸뚱이에 새하얗게 센 머리, 항상 불안에 젖어 있는 표정은 사랑스러웠던 옛 모습과 대조됩니다. 하지만 아무리 미워하는 사람일지라도 한때는 사랑했던 사람입니다. 변해버린 유안의 모습을 마주하는 것은 지한에게도 분명 고통스러운 일이라 생각하여 산양의 모습으로 바꿔놓았습니다. 산양의 흰털과 떨리는 울음소리는 2부의 후반부에 등장하는 유안의 모습과도 흡사합니다.

과거의 기억을 되찾은 지한은 유안을 증오하고 경멸합니다. 행복의 원천이었던 아들이 자신이 죽음에 이르게 만든 서윤과 동일 인물이라는 것을 알게 된 유안의 가슴은 찢어지고 썩어 문드러집니다. 지한은 유안이 망가지는 모습을 보면서 카타르시스를 느끼기보다는 아이러니하게도 가슴이 답답해짐을 깨닫습니다. 그에 대한 실마리를 찾지 못한 채 방황하는 지한의 주변에는 신우와 이연이라는 친구가 있습니다. 이들과 관계를 쌓으면서 지한의 마음은 점차 치유되고, 지한은 자신의 솔직한 감정을 마주하게 됩니다. 이를 통해 지한은 유안을 향한 분노의 감정 아래 숨죽이고 있던 다른 감정들의 실체를 발견하게 됩니다. 바로 연민과 동정입니다. 지한이 유안을 용서하겠다는 결정을 내린 후, 찢어진 유안의 가슴은 다시 꿰매어집니다. 산양의 탈을 쓴 유안의 가슴에는 이처럼 찢어졌다 꿰매어진 붉은 자국이 남아 있습니다.

붉은 실은 과거와 현재의 유안을 이어줍니다. 자신을 사랑할 수 없었던 유안은 자아를 찾기 위한 여행을 떠납니다. 그 과정에서 상처 입고 망가진 자신의 과거 역시 자신을 이루는 일부임을 깨닫고 받아들이게 됩니다. 지한이 유안을 용서하면서 유안의 영혼도 함께 성장한 것입니다. 자신의 진정한 모습을 찾은 유안은 지한의 전시회에 참석하고, 지한은 과거 서윤일 적에 유안에게 느꼈던 신비로운 분위기를 다시 한 번 경험합니다. 유안은 그림에 용서라는 제목을 붙인 후 다시는 지한을 만날 수 없는 세상으로 가버리죠.

지한은 유안을 용서함으로써 과거에 그녀를 사랑했다는 사실과 현세의 어머니로서도 사랑했다는 것을 인정하게 됩니다. 악마 같은 유안도, 사랑스러운 유안도 결국은 자신의 연인이자 동시에 어머니란 것을 받아들인 것이죠. 그런 지한의 마음이, 두 유안을 붉은 실로 잇고 있습니다.

어두운 과거를 가슴 깊이 묻어두고 사랑받고 싶어서 몸부림쳤던 여자. 그 욕망 때문에 악마의 탈까지 쓰게 된 여자, 유안. 유안은 제게 여전히 가슴 아픈 인물입니다. 제가 유안에게 느낀 이 슬픔이 독자분들께 잔잔히 흘러 들어가 조용히 마음을 울리기를 바라봅니다.